www.tredition.de

AF185711

# Cynthia Lotz

# Sie verschwinden nicht

## Nora Nieberg ermittelt

www.tredition.de

© 2020 Cynthia Lotz

Verlag und Druck:
tredition GmbH, Halenreie 40-44, 22359 Hamburg

ISBN
Paperback:     978-3-347-21158-2
Hardcover:     978-3-347-21159-9
e-Book:        978-3-347-21160-5

# Prolog

Das Haus und das Grundstück waren genau das, was sie sich gewünscht hatten, als sie es damals auf den Immobilienseiten im Internet entdeckten.

Der mittlere Bereich vor dem Haus war mit Kopfsteinpflaster ausgelegt. Im Zentrum stand eine große Buche. Die Haustür war aus massivem Holz, verziert mit wunderschönen Schnitzereien.

Rechts daneben gab es einen Carport. Dieser war an drei Seiten geschlossen und durch Kletterpflanzen eingerahmt.

Links davon war ein Vorgarten angelegt. In diesem befanden sich einige große Basaltsteine. Dazwischen wuchs Lavendel, Katzenminze und Storchschnabel. Mittendrin standen verschiedenfarbige Rosenbüsche. Zwischen Vorgarten und Garten gab es einen niedrigen, rustikalen Holzzaun.

Der eigentliche Garten hinter dem Haus war über 3000 Quadratmeter groß. Er bot genug Platz, um Tiere zu halten. Der Garten verlief leicht ansteigend. In ihm standen uralte Bäume, darunter mehrere Birken, Weiden, Hainbuchen und Eichen.

An das Haus angelehnt befand sich, zur Gartenseite hin, ein Wintergarten, dessen Frontseite sich komplett öffnen ließ. In der Nähe stand ein alter

Holzschuppen, gefüllt bis oben mit Feuerholz. Daneben gab es einen Geräteschuppen. Beide Schuppen waren berankt mit Efeu.

Es gab zwei Hochbeete und ein eingerichtetes Gewächshaus, sowie drei Komposthaufen im Zustand unterschiedlicher Reifegrade.

Am Ende des Grundstücks stand ein leerer Offenstall. Seitlich daran angebaut gab es einen Raum, der ursprünglich einmal für Futter vorgesehen war. Darin gab es Anschlüsse für Licht und Wasser. Dorthin gelangte man über einen gewundenen Weg aus Natursteinplatten.

Das Haus selbst war ein altes, nicht sehr großes Fachwerkhaus. Dieses war erst kürzlich renoviert worden. Es stand am Ortsrand in einer Sackgasse mit nur zwei weiteren Häusern.

Solch ein Anwesen wäre für sie in der Stadt niemals erschwinglich gewesen, aber auf dem Land standen so viele Häuser leer, dass die Preise für Städter unvorstellbar niedrig waren. Während sich bei einem Verkauf die Einheimischen immer wieder fragten, wie es dem Verkäufer gelungen war, einen Käufer zu finden, der bereit war, so viel Geld für ein solches Haus zu bezahlen.

Beide hatten im Umkreis von Frankfurt nach einem günstigen Haus gesucht. Sie dachten, dass es gut für ihre Beziehung sei, während der Fahrt vom und zum Arbeitsplatz, darüber zu sprechen, was der Tag von ihnen erwartete und was der Tag dann tatsächlich zu bieten gehabt hatte.

Der Ort bot bei genauerem Hinsehen ein paar weitere Vorteile.

Es gab einen Autobahnanschluss in unmittelbarer Nähe und eine Tankstelle, jeweils einen Arzt, Zahnarzt, Tierarzt, Supermarkt, Bäcker, Wochenmarkt, Blumenladen und einen Biohofladen. Weiterhin gab es eine Apotheke, eine Bankfiliale und ein italienisches Restaurant mit Biergarten. Es gab einen Kindergarten und eine Grundschule, was aber für beide bedeutungslos war, da sie weder Kinder hatten noch welche planten. Ein wirtschaftlich wichtiger Faktor für den Ort und die Umgebung war eine Fabrik am Ortsende. Der Ort hatte mit den sechs eingemeindeten Ortsteilen ungefähr 3000 Einwohner. Die Kernstadt, in der das Haus stand, hatte um die 1000 Einwohner.

Rund um den Ort gab es ein sehr gut ausgebautes Fahrradwegenetz. Sie könnten ihre nagelneuen E-Bikes mitbringen, um damit an der frischen Landluft ihre Freizeit zu genießen.

In allen Himmelsrichtungen fanden sich Attraktionen in einer ausgesprochen reizvollen Landschaft. Historische Fachwerkstädte, Burgen und Schlösser thronten auf Bergrücken oder bestimmten den Mittelpunkt der Orte. Die sanften Hügel und Täler auf dem größten Vulkanmassiv Mitteleuropas waren durchzogen von kleinen quirligen Bächen. Massive Blocksteinfelder und bizarre Basaltklippen zwischen tiefen, dunklen Wäldern erinnerten an Urwälder und vermittelten ein Gefühl von Wildheit und

Abenteuer. Das Umfeld dagegen erinnerte an parkähnliche Strukturen. Zwischen blühenden Bergwiesen standen auf dem offenen Weideland Kühe, Pferde oder Schafe. Unzählige Hecken und Bäume boten den Tieren Schatten und den Insekten Nahrung. Der Raps blühte im Mai auf den Feldern und in den Gärten die Tulpen. Am Horizont konnte man bei klarer Sicht die Berge der Rhön sehen und an manchen Stellen die Skyline von Frankfurt.

Die Aussicht war nicht so spektakulär wie ein Alpenpanorama oder ein Meerblick, dafür aber bot sie fast unberührte, menschenleere Natur und eine vielfältige Tierwelt.

Die letzten Eigentümer wollten ihren Lebensabend an der See verbringen. Sie hatten sich dort bereits für ein Haus entschieden. All dies führte dazu, dass der Kaufvertrag zügig unterschrieben wurde, nachdem die Bank ihr Einverständnis dazu gab und die Eigentumswohnung in Frankfurt verkauft war. Innerhalb von zwei Monaten stand dem Umzug nach Bergental im hessischen Mittelgebirge nichts mehr im Wege.

Es war Idylle pur. Aber dann kam alles anders.

# Montag, 25. Mai

Es war ein Montagmorgen, 8.15 Uhr.

Nora stand in der Küche und schenkte sich einen Becher Kaffee ein. Sie trug ihn in den Wintergarten, setzte sich in einen der bequemen Sessel und blickte in den Garten. Die beiden Kater Robin und Satchmo lagen auf den anderen Sesseln. Ihre nächtlichen Streifzüge waren wohl anstrengend gewesen. Ansonsten wäre sofort einer von beiden aufgestanden, um sich auf Noras Schoß zu legen und sich streicheln zu lassen.

Nora war noch immer darüber erstaunt, an einem ganz normalen Wochentag, anstatt in einem Büro in Frankfurt, in ihrem Wintergarten sitzen zu können. Sie hielt das für puren Luxus. Sie hatte vor fünf Jahren dieses Haus mit ihrem Mann Carlos gekauft. Seitdem hatte sich viel für sie geändert. Stück für Stück hatten sie sich von ihren Vorstellungen verabschiedet. Übrig blieb eine Realität, die vor Jahren nicht absehbar gewesen war. Nora dachte oft, dass es sich nun genau richtig anfühlte. Sie spürte, dass sie angekommen war. Natürlich gab es das eine oder andere, das sich verbessern ließe. Insgesamt würde sie sich aber als zufrieden und glücklich bezeichnen.

Die erste Vorstellung, von der sie sich nach ihrem Umzug aufs Land hatten verabschieden müssen, lässt sich am besten mit dem Begriff Freizeit umschreiben. Das war etwas, das es mit einem Mal nicht mehr gab. Es gab die Arbeit in der Stadt, im Haus und im Garten und die Staus auf der Autobahn.

Im ersten Winter wurde das Haus innen neu gestrichen. Verschiedene Einrichtungsgegenstände mussten dazu gekauft werden. Leider harmonisierten ihr Geschmack und der von Carlos nicht. Die Einkäufe in den Einrichtungshäusern endeten regelmäßig im Streit. Meist gab er entnervt nach. Zu den angenehmsten Erlebnissen gehörten die Besuche auf den Flohmärkten der Umgebung. Ihr gelang es immer wieder, dort etwas Schönes zu erwerben. Carlos weigerte sich, sie zu begleiten. Er fand ihre neu erworbenen Schätze meistens hässlich und unnütz.

Sobald das Frühjahr anbrach, verlagerten sich die Aktivitäten in den Garten. Es bereitete Nora viel Freude, die Hochbeete und das Gewächshaus zu bestücken. Sie lernte die Blumenhändlerin Rosemarie Wolf, genannt Rosi, kennen. Diese hatte im Ort einen Blumenladen mit Gärtnerei. Rosi war gebürtige Bergentalerin und das, was man eine „lebende Dorfzeitung" nannte. Sie kannte jeden im Ort und war bestens über alles und jeden informiert. Schnell freundeten die beiden Frauen sich an. Rosi konnte alles an Pflanzen, die Nora sich wünschte, besorgen. Nora konnte nicht glauben, dass ihr bereits im ersten Jahr alle Gemüse- und Kräuteranpflanzungen gelangen. Sie brachten ihr eine reichhaltige Ernte ein. Alles wuchs und gedieh prächtig, ebenso ihre neu gepflanzten Sommerblumen und

Stauden. Nora war beeindruckt von sich, ihren diesbezüglichen Fähigkeiten und dem Willen der Pflanzen, jeden Anfängerfehler zu verzeihen.

Eine neue Erfahrung für Nora war, wie schnell Gras wachsen kann. Falls sie nicht plante, ihr restliches Leben hinter einem Rasenmäher herzulaufen oder auf einem Aufsitzmäher festzuwachsen, musste eine Lösung her.

Die Ersten, die sie damals näher kennenlernten, waren Dirk Hill und Franka Porter. Franka hatte Dirk während ihres Europatrips auf der Durchreise kennengelernt und war geblieben. Das war vor 23 Jahren gewesen. Ursprünglich stammte sie aus den Niederlanden. Beide betrieben den Biohofladen auf dem Hof, den Dirk von seinen Eltern geerbt hatte. Dort gab es alles frisch, egal, ob es Eier, Milch, Käse oder Brot war. Auch selbst gemachte Öle, Essige, Marmeladen und Gelees sowie eine Auswahl wirklich sehr guter, internationaler Weine gab es dort. Weiterhin betrieben sie auf ihrem Hof eine hobbymäßige Pferdezucht mit Vollblutarabern.

Nachdem das Gras überhandnahm und Nora sich nicht mehr zu helfen wusste, wandte sie sich an Dirk. Sie fragte ihn um Rat. Kurz entschlossen rief er Franka hinzu, schilderte ihr das Problem und beide nickten sich zu. Franka fragte Nora, ob sie sich vorstellen könne, dass einige ihrer Pferde bei ihr im Offenstall für ein paar Wochen leben könnten. Nora war begeistert von dem Gedanken, beim Blick aus dem Fenster diese wunderschönen Tiere beobachten zu können. Franka beruhigte sie hinsichtlich der Versorgung. Sie würden sich selbst um alles kümmern. Sie waren froh, noch eine weitere Koppel für ihre Pferde hinzuzubekommen, da es bisher wenig geregnet hatte und die diesjährige Heuernte vermutlich knapp ausfallen würde.

Noch am selben Abend erschienen Dirk und Franka mit ihrem Jeep auf dem Feldweg hinter ihrem Grundstück. Nora und Carlos beobachteten interessiert, wie die beiden routiniert einen Elektrozaun aufbauten, eine Wasseruhr im Offenstall anbrachten und alles für den Einzug der Pferde vorbereiteten. Das Problem mit dem Gras schien damit gelöst zu sein. Nach dem Einzug der zwei Stuten Habibi und Taiga am nächsten Tag kamen Dirk oder Franka täglich vorbei, um die Pferde zu versorgen. Oft gesellte sich Nora dazu und freute sich über die unbeschwerte Art der beiden. Es entstand eine Freundschaft, die durch gegenseitige Einladungen zu Abendessen im Laufe der Zeit immer enger wurde. Nachdem das erste Jahr vorbei war, standen die E-Bikes noch immer unbenutzt in der Garage.

Die zweite Vorstellung, von der sie sich verabschieden mussten, war der Gedanke, dass Pendeln gut für die Beziehung wäre und man die damit gewonnene gemeinsame Zeit durch gute Gespräche positiv gestalten könnte. Nora war morgens meistens schlecht gelaunt. Die Fahrt durch Staus im Berufsverkehr dauerte deutlich länger als ursprünglich berechnet. Sie musste deshalb früher aufstehen als geplant, was ihr schwerfiel. Carlos hingegen war schon morgens gut gelaunt und erzählte während der ganzen Fahrt. Nora war jede einzelne Antwort zu viel.

Abends war es genau umgekehrt. Carlos nervten die Staus, er hatte Hunger, wünschte sich ein kaltes Bier und seine Ruhe. Nora schilderte ihm währenddessen ausführlich, was sie alles an Arbeiten im Haus und Garten plante.

Unter der Woche fehlten für diese Arbeiten meistens die Zeit und auch die Energie, sodass sie jedes Wochenende und jeden Urlaubstag dafür nutzten.

Carlos war selbstständiger Börsenmakler in der City. Nora arbeitete in einem Immobilienmaklerbüro in Frankfurt-Sachsenhausen. Im Laufe der letzten Jahre hatte sich ihr Arbeitsgebiet immer mehr in Richtung Hausverwaltungen verlagert.

An einem lauschigen Spätsommerabend, zwei Jahre nach dem Hauskauf, saßen Carlos und Nora spätabends gemeinsam bei einem Glas Wein im Garten. Gedankenversunken blickte Nora auf die Pferde. Sie sagte zu Carlos:

„Ich möchte nicht mehr jeden Tag nach Frankfurt zum Arbeiten fahren."

Carlos antwortete lachend:

„Das ist jetzt nicht dein Ernst. Du bist gar nicht der Typ, der nur Marmelade kocht und Kuchen backt."

Nora musste ihm recht geben, aber sie lachte dabei nicht.

Der Gedanke, spontan geäußert, ließ sie nicht mehr los. Zwei Wochen später teilte sie ihm mit:

„Ich mache mich selbstständig mit einer eigenen Hausverwaltungsagentur."

Er wusste, dass sie das konnte und alle Argumente dagegen konnte sie entkräften.

Kurz danach kündigte sie ihren Job in Frankfurt und richtete sich im Haus ihr neues Büro ein. Sie meldete ihr Gewerbe an und startete die Werbung dafür.

Auch Carlos hatte keine Lust mehr aufs Pendeln. Genauso wenig wie auf die Staus auf der Autobahn und die viele zusätzliche Arbeit auf dem Grundstück. Er hasste Gummistiefel und Arbeitshandschuhe. Ihm fehlte die Stadt, die Straßencafés, die Kneipen, die vielen Menschen. Hauptsächlich fehlte ihm Spaß und Freizeit. Sein Weg, das Problem zu lösen, hieß Nadja, war 15 Jahre jünger als er und Nora. Sie feierte gerne Partys. Vier Monaten später war sie von Carlos schwanger.

Drei Jahre nach dem Hauskauf wurden sie einvernehmlich geschieden. Damit verabschiedeten sie sich auch von der Vorstellung von einem gemeinsamen Leben auf dem Land.

Sie hätte weinend zusammenbrechen können, aber das tat sie nicht. Sie hatte mit Carlos eine Ehe geführt, wie es Tausende gab. Man war sich in der gegenwärtigen Situation ähnlich und hatte einen Partner, den man vorzeigen konnte. Das Umfeld und die Interessen deckten sich. Man verdiente gutes Geld, traf sich im Fitnessstudio, zur Happy Hour in der derzeit angesagtesten Szene-Bar oder beim Nobelitaliener. Der Sex war leidenschaftslos, aber dafür regelmäßig. Man hatte neben der Arbeit nicht auch noch Stress mit der Partnersuche. Es war bequem, aber nicht mehr. Nora verglich Beziehungen oft mit einem fragilen Mobile mit Strohanhängern. Solange jeder an seinem Platz blieb, war alles in Balance. Verrückte eine Position, musste auch der Gegenpart rücken oder das Gleichgewicht geriet aus den Fugen. Nora hatte sich bewegt und Carlos nicht. Das war es, nicht mehr und nicht weniger.

Carlos überließ ihr großzügig das Haus. Selbstverständlich gegen ein angemessenes Entgelt. Sie überließ ihm die neu gekauften Möbel, die nicht ihrem Geschmack entsprachen. Nun konnte sie sich so einrichten, wie es ihr gefiel.

Wie es sich für zivilisierte Menschen gehört, versprachen sie sich, Freunde zu bleiben.

Nora hoffte, dass er und Nadja mit dem Baby nicht auf die Idee kommen würden, sie und ihr Haus als Ziel für sommerliche Sonntagsausflüge in Erwägung zu ziehen.

Carlos hoffte, Gummistiefel und Arbeitshandschuhe nie mehr zu benutzen.

Nadja begann, von der Anschaffung eines Hundes und eines Hauses auf dem Land zu träumen.

***

Heute war Nora eine attraktive Frau von 43 Jahren mit langen schwarzen Haaren. Hochgesteckt hinterließ das bei Kunden einen seriösen Eindruck. Offen getragen sah sie damit sexy aus. Als Pferdeschwanz zusammengebunden entsprach es am meisten ihrem Naturell. Ihre grünen Augen strahlten wie Smaragde. Ihre Figur war ein wenig zu üppig, aber das stand ihr gut. Langsam wäre es an der Zeit, nach einem neuen Partner Ausschau zu halten. Bisher war Nora jedoch kein Mann begegnet, der ihr Herz hatte schneller schlagen lassen. Sie wollte dieses Mal mehr. Mehr Leidenschaft, mehr gemeinsame Interessen und vor allem mehr Liebe. Für Oberflächlichkeit war sie inzwischen zu alt.

Es gab jedoch Situationen in ihren Leben, in denen sie sich fragte, ob und wie lange sie sich diese Anspruchshaltung noch leisten konnte. Das waren dann meistens Situationen, wenn es um schwere körperliche Arbeit ging. Sobald diese abgeschlossen waren, verwarf sie diese Überlegungen sofort wieder. Trotzdem war ihr klar, dass Haus und Garten sie auf Dauer überfordern würden. Die Obstbäume mussten im Herbst geschnitten werden. Allein mit dem Zusammenfegen des vielen Laubs der Bäume brachte sie im Herbst drei volle Wochen zu. Mithilfe ihrer Freunde konnte sie einiges bewältigen und der Rest musste von Handwerkern erledigt werden.

***

Nora stand auf und brachte ihre leere Kaffeetasse zurück in die Küche. Es wurde Zeit, mit der Arbeit zu beginnen.

Noras konnte gut von ihrer Firma leben, ohne sich einschränken zu müssen. Ihr Kundenstamm hatte sich aufgrund ihrer Zuverlässigkeit und eines angemessenen Preis-Leistungs-Verhältnisses im Laufe der Zeit deutlich vergrößert. Heute würde sie mit ein paar Handwerkern über notwendige Reparaturen reden müssen. Auch diesen Bereich nahm sie Vermietern ab, sofern diese es wünschten.

Nachdem sie dies erledigt hatte, fuhr sie zu Rosi. Nora benötigte Samen und Gemüsepflanzen, um das Gewächshaus zu bestücken. Weiterhin ein paar Kräutertöpfe für die Küche. Rosi hatte immer frisch aufgebrühten Kaffee bereitstehen. Für Nora war ein Besuch dort jedes Mal eine kleine Auszeit mit netten Gesprächen.

Gerade als sie Rosis Laden betreten wollte, verließ ein Mann eilig das Geschäft, ohne auf sie zu achten. Sein Schwung ließ sie rückwärts taumeln. Er bekam gerade noch ihren Arm zu fassen, um zu verhindern, dass sie stürzte. Ohne sie anzusehen, blaffte er sie an:

„Passen Sie doch auf."

Nora war zu verdutzt, um rechtzeitig eine schlagfertige Antwort parat zu haben, was sie vermutlich den Rest des Tages bereuen würde. Bevor sie überhaupt etwas entgegnen konnte, ließ er sie bereits wieder los. Er blickte sie aus den schönsten Augen an, die sie je gesehen hatte, grinste und sagte das wenig intelligente Wort „Wow", drehte sich um und verschwand. Nora blieb auf der Schwelle zum Laden stehen. Sie versuchte herauszufinden, ob sie diesem unverschämten Kerl lieber Blumentöpfe hinterherwerfen oder sich ihm an den Hals werfen sollte. In Anbetracht der Tatsache, dass Nora bereits seit zwei Jahren geschieden war und auch davor schon längere Zeit keinen Sex mehr gehabt hatte, bot sich Letzteres eher an. Leider war er zum Zeitpunkt, bevor Nora sich entscheiden konnte, schon in sein Auto gestiegen und davongefahren. Ihr blieb nichts anderes übrig als unverrichteter Dinge den Laden zu betreten.

Rosi, die von alledem nichts mitbekommen hatte, bot ihr strahlend einen Kaffee an und fragte:

„Wie geht es dir, meine Liebe?"

„Danke, gut. Was war denn das für ein Kerl, der eben deinen Laden verlassen hat?"

Rosi stutzte kurz und informierte Nora darüber, dass es sich bei „dem Kerl" um den attraktiven Tierarzt des Dorfes handelte. Wie immer war Rosi auskunftsfreudig. Zum Schluss gab es wenig, was Nora nicht über ihn wusste. Er hieß Oliver Loth, war

45 Jahre alt und hatte zwei erwachsene Kinder. Außerdem war er ziemlich grimmig und introvertiert. Lachen konnte er vermutlich gar nicht. Ob es etwas neben seiner Arbeit gab, wusste keiner.

Nora wechselte schnell das Thema, aber Rosi waren ihre geröteten Wangen nicht entgangen. Sie spürte instinktiv, wenn sich etwas als Information nutzen ließ. Dass sich die Zugezogene in den Tierarzt verliebt hatte, hätte durchaus das Potenzial für einen guten Dorfklatsch. Aber so weit war es noch nicht.

„Ich habe gerade noch genügend Zeit, um mich um neue Pflanzen zu kümmern, bevor der Arbeitsstress losgeht. Hast du etwas Interessantes an Pflanzen da? Ich suche ein paar Küchenkräuter und möchte mein Gewächshaus bestücken", fragte Nora zur Ablenkung und um auf den eigentlichen Grund ihres Besuches zurückzukommen.

Rosi antwortete:

„Ich habe bereits eine große Auswahl."

Nora fand alles, was sie brauchte. Rosi erzählte ihr, welche Neuigkeiten es im Dorf gab. Leider kannte Nora die meisten der Hauptakteure aus Rosis Erzählungen nicht. Trotzdem gefielen ihr die lustigen Anekdoten. Sie trank ihren Kaffee zu Ende, lud ihre Pflanzen ein und brachte sie nach Hause. Satchmo und Robin waren inzwischen aufgewacht und forderten lautstark ihr Futter ein. Beide waren urplötzlich bei ihr erschienen und waren bei ihr geblieben. Sie fragte sich manchmal, wie sie vor dem

Leben bei ihr an Futter gekommen waren und ob sie ein anderes Zuhause gehabt hatten. Es war unwahrscheinlich, dass sie jemals darauf eine Antwort bekommen würde.

Danach bereitete sie die Pflanzen für ihr neues Leben im Gewächshaus vor.

Sie war bis in den frühen Nachmittag damit beschäftigt, als sie freudiges Wiehern hörte. Das war ein sicheres Anzeichen für die Ankunft von Dirk Hill oder Franka Porter. Vermutlich bedeutete das Wiehern: Hurra, es gibt Futter. Sie verließ das Gewächshaus und ging in Richtung Pferdestall. Inzwischen blieben die zwei Stuten Habibi und Taiga das ganze Jahr bei ihr auf dem Grundstück. Der Elektrozaun war einem optisch deutlich attraktiveren Holzzaun gewichen. Auf diesen konnte man hochklettern und sich draufsetzen. Sie konnte sich kaum noch vorstellen, beim Blick in den Garten keine arabischen Vollblüter mehr zu sehen. Diese Pferde waren hinreißend, sanftmütig und sehr menschenbezogen. In der Zeit nach der Trennung war sie oft bei den Pferden gewesen. Es waren die besten Zuhörer, die sie sich in schweren Zeiten vorstellen konnte.

Franka hatte ihr mehrfach angeboten, mit ihr auszureiten. Lange Zeit fehlte ihr der Mut, aber letztes Jahr hatte sie ihn aufgebracht. Das war eines der tollsten Erlebnisse, die sie jemals hatte. Die Magie, sich einem so großen Tier anzuvertrauen und dabei in eine völlig unbekannte Welt einzutauchen, hatte sie erfasst und danach nicht mehr los-gelassen. Inzwischen fieberte sie jeder Einladung zu einem gemeinsamen Ausritt entgegen und half auch bei der Versorgung regelmäßig mit, vor allem, wenn Franka oder Dirk unter Zeitdruck waren. Franka neckte sie schon damit, von der ‚Araberitis' befallen zu sein.

An den Zaun gelehnt, beobachtete Nora Franka im Umgang mit den Pferden. Nachdem diese die Tiere versorgt hatte, unterhielt sie sich kurz mit Nora. Sie musste wieder zurück zu ihrem Hof und verabschiedete sich von ihr. Nora ging zum Haus zurück. Sie freute sich auf eine warme Kanne Tee, ein gutes Buch und überlegte, eine Pizza zu bestel-len. Gerade als sie eine Thermoskanne Tee fertig hatte und die Pizza bestellen wollte, klingelte es an der Haustür.

\*\*\*

Sie hatte es nie bereut, aufs Land gezogen zu sein. Nach der Scheidung gelang es ihr, ihr Leben so zu organisieren, dass sie wieder das hatte, was man Freizeit nannte. Inzwischen kam regelmäßig ihr E-Bike zum Einsatz. Sie liebte ihre Ausflüge da-mit sehr. Bei einer dieser Touren lernte sie Peter Harms kennen. Drei Kilometer vom nächsten Dorf entfernt hatte sie einen Platten und kein Werkzeug dabei. Peter fuhr an ihr vorbei, stoppte, begutachtete das Problem und löste es mithilfe des Ersatzteillagers in seiner Satteltasche. Zum Dank lud sie ihn auf einen Kaffee ein. Er willigte ein. Sie fuhren gemeinsam zum nahe gelegenen Stausee und kehrten dort in ein Ausflugslokal ein. Das Gespräch entwickelte sich so abwechslungsreich und lustig, dass sie beide nicht merkten, wie die Zeit verging. Er erzählte ihr, dass er gebürtiger Berliner sei und 41 Jahre alt. Er wohnte und arbeitete als Künstler in Bergental. Seine Werke verkaufte er in Berlin und Frankfurt in Galerien und auch online. Dass er ein leidenschaftlicher Radfahrer war und sich für die Verkehrswende im Land einsetzte, erfuhr sie genauso, wie dass er sich politisch engagierte, gegen fast alles, was ihm ungerecht vorkam. Er war eine strahlende Persönlichkeit, spritzig, witzig und intelligent. Sein blasses Gesicht erinnerte sie an die Gesichter von ungeschminkten Models. Es fehlte der Pep. Seine Figur war gertenschlank. Für einen Mann war er nicht besonders groß. All das Äußere verblasste aber, wenn er erzählte, dann erlag man seiner Faszination.

Bei einbrechender Dämmerung mussten sie sich beeilen, um Bergental noch vor völliger Dunkelheit zu erreichen. Peter lud sie zum Abschied ein, wann immer ihr der Sinn danach stand, ihn in seinem Haus und Atelier zu besuchen.

Was sie ein paar Tage später tat.

An einem sonnigen Nachmittag schwang sie sich aufs Rad und fuhr durch das Dorf zu der von ihm angegebenen Adresse.

Im Nachhinein fragte sie sich, was sie erwartet hatte. Ganz sicher nicht das, was ihr begegnete.

Peter wohnte am anderen Ende des Dorfes. Als letztes Haus am Ende einer Sackgasse, etwas zurückversetzt, sodass es von der Straße nicht gleich zu sehen war. Aber sobald man es erblickte, verschlug es einem den Atem. Grellpink war die Fassade, mit surrealen Wandbemalungen, die an übergroße Tattoos erinnerten. Im Vorgarten befanden sich verschiedenartige Skulpturen. Getöpfert, geschweißt und aus unterschiedlichen Materialien zusammengebaut. Sie stand staunend davor. Alles das passte perfekt zu dieser Person. Nur, warum er ausgerechnet von Berlin nach Bergental gezogen war, konnte sich Nora nicht erklären. Vermutlich gefiel ihm die Mittelgebirgslandschaft ebenso wie Nora. Neben dem Wohnhaus stand eine große Scheune, deren Front größtenteils aus Glas bestand. Das musste das Atelier sein.

Als sie darauf zuging, hörte sie schon Geräusche, die darauf schließen ließen, dass Peter dort am Arbeiten war.

Nachdem auf ihr Klopfen keine Reaktion erfolgte, öffnete sie die Tür. Peter bog sich im Nachhinein vor Lachen bei dem Versuch, ihren Gesichtsausdruck zu beschreiben, den er sah, nachdem sie eingetreten war. Seine Ausführungen dazu stellte sie kein bisschen infrage.

Was sie als erstes sah, war eine bildhübsche Frau im knappen Minirock, mit einem lockeren T-Shirt und weißen Sneakers mit bunten Farbflecken.

Was sie nicht sah, war Peter. Es dauerte ein paar Sekunden und erst, als die Frau sie ansprach, realisierte sie, dass die Frau eigentlich Peter war. Damit hatte sie nicht gerechnet. Die „Frau" war dezent geschminkt, aber das reichte aus, um Peters Gesicht völlig zu verwandeln. Peter kam laut lachend auf sie zu. Er wandelte den berühmten Satz des ehemaligen Berliner Bürgermeisters:

‚Ich bin schwul und das ist gut so' ab in:

„Ich bin eine Transe und das ist gut so und schwul bin ich auch noch."

Er wischte sich die Hände am Rock ab, umarmte Nora, bat sie einzutreten und sich seine Werke anzusehen.

Nachdem Nora verarbeitet hatte, dass diese Petra Peter war, genoss sie die Führung durch das Atelier. Sie betrachtete bewundernd seine mehr oder weniger vollendeten Werke. Danach ließ sie sich von ihm zum Abendessen einladen.

Das war der Beginn einer wunderbaren Freundschaft.

***

Als sie nun die Tür öffnete und Peter mit zwei Pizzakartons und einer Flasche Rotwein vor ihrer Haustür stand, freute sie sich und bat ihn mit den Worten herein:

„Wenn du jetzt auch noch eine Pizza Margherita für mich bestellt hast, glaube ich an Telepathie."

In den Schachteln befand sich eine Margherita für sie und eine Meeresfrüchte-Pizza für ihn. Es war gut, dass er nicht darauf bestand, das Thema Telepathie zu vertiefen.

Statt des Tees gab es den Rotwein.

Noch gab es in ihrem Leben keine Probleme. Sie verbrachten einen entspannten Abend miteinander. Sie lachten viel und erzählten sich Anekdoten aus ihren Leben. Peter schimpfte über die Verzögerung bei der Verkehrswende und der Klimapolitik. Nora versuchte immer, die andere Seite der Medaille zu berücksichtigen. Nach einem sehr netten Abend verabschiedeten sie sich. Zu diesem Zeitpunkt konnte keiner von beiden wissen, was noch auf sie zukommen würde.

\*\*\*

## PETER HARMS

*Nora ist wirklich eine Bereicherung für mich. Sie ist aufgeschlossen, intelligent und witzig. Als Zugereister bekommt man nicht so leicht Kontakt zu den Einheimischen. Mir ist es nie gelungen. Das liegt vielleicht auch daran, dass ich ‚anders' bin. Nora läuft einmal zu Fuß durch den Ort und hat danach gleich ein paar neue Bekannte mehr. Ich halte das für eine spezielle Begabung. Durch sie habe ich Kontakt zu Rosi, Dirk und Franka bekommen. Aber das ist bei Weitem kein so enges Verhältnis wie zu Nora. Ich genieße die Abende im Sommer bei ihr im Garten und die Winterabende vor ihrem Kaminofen im Haus. Sie hat ein Händchen für stilvolles Ambiente und versteht etwas von Wein. Ich beneide sie um ihren Weinkeller, der sich stetig füllt. Kochen kann sie allerdings nicht. Ich bin da aber auch sehr kritisch, weil ich ein leidenschaftlicher Koch bin und viel Zeit mit der Zubereitung von Mahlzeiten verbringe. Im Gegenzug zu ihren Einladungen lade ich sie oft zum Essen ein oder bestelle mal was für uns. Nur leider kann ich gewisse Geheimnisse mit ihr nicht teilen. Das finde ich schade und hoffe, dass sich das irgendwann ändern wird. Ich werde die Hoffnung darauf nie aufgeben. Einmal fragte sie, was mich aus Berlin hierher ver-*

schlagen hat. *Eine einfache und durchaus berechtigte Frage. Wie hätte ich das beantworten sollen? Es wäre alles einfacher, wenn ich hätte in Berlin bleiben können. Hier gibt es aber auch Vorteile. Ich habe ein riesiges Atelier. Die Radwege und Mountainbikestrecken sind ein Traum. Die Natur ist intakt, soweit sie es überhaupt noch irgendwo sein kann. Die Lebensmittel sind frisch und direkt um die Ecke, beim Erzeuger zu kaufen. Trotzdem fehlt mir etwas Wesentliches, was ich in Berlin ausleben konnte. Na ja, man kann halt nicht alles haben.*

# Dienstag, 26. Mai

Am nächsten Morgen betrachtete Nora ihre Katzen ganz genau. Sie fraßen ihr Futter mit Appetit, keine lahmte oder zeigte sonstige Krankheitssymptome. Ärgerlich. Alles wäre ihr recht gewesen, einen Grund zu finden, den Tierarzt aufzusuchen. Aber die beiden waren so gesund und munter, wie sie nur hätten sein können. Da fiel ihr ein, die Katzen waren noch nicht geimpft worden. Sofort fing ihr Herz an, schneller zu schlagen. Sie nahm ihr Handy zur Hand, öffnete die App „das Örtliche" und suchte nach der Telefonnummer des Tierarztes.

Bevor sie diese jedoch wählte, hielt sie inne und fragte sich, was sie da gerade tat.

„Bin ich hormonell so übersteuert, dass ich mich dem ersten ungehobelten Burschen an den Hals werfe, der mich umrennt, nicht schwul ist und sogar noch verheiratet?"

In Anbetracht dieser Überlegung, und weil in diesem Augenblick ihr berufliches Festnetztelefon klingelte, verwarf sie diesen Plan und nahm das Kundengespräch an. Der Kunde hatte Ärger mit einem Mieter. Er verlangte von ihr, alles Notwendige in die Wege zu leiten, um demjenigen zu kündigen. Aufgrund des Sachverhaltes sah sie keine Chance für eine Kündigung. Wegen mangelnder Einsicht des Kunden einigten sie sich darauf, dass sie einen Anwalt beauftragen würde, sich der Angelegenheit anzunehmen. Das Telefonat war so frustrierend, dass Nora danach keine Lust mehr hatte, auch noch mit einem brummigen Tierarzt zu reden. Vermutlich wegen des erspürten Risikos, in einen Transportkorb eingesperrt und geimpft zu werden, entschieden sich die Kater sicherheitshalber, den Tag außer Haus zu verbringen. Dies war ein weiteres Argument, den Tierarzt nicht anzurufen.

***

Außer ihren Freunden gab es noch die Nachbarn. Nora hatte wirklich Glück mit ihnen gehabt.

Auf der einen Seite wohnte Oma Pötschke, so nannten sie alle und so stellte sie sich auch Nora vor. Oma Pötschke war 82, Rentnerin und Witwe, seit vor sechs Jahren ihr Mann verstarb. Sie hatte einen Sohn, den sie für unfähig hielt und eine Schwiegertochter, die „eine unerträgliche Dummschwätzerin" war. Aber ihre 17-jährige Enkelin Sina vergötterte Oma Pötschke und das beruhte auf Gegenseitigkeit.

Gelegentlich kaufte Nora für Oma Pötschke mit ein. Das bereitete ihr Freude und Oma Pötschke war dankbar dafür. Nora bekam im Gegenzug die Geschichte des Dorfes und die Jugendsünden der

Älteren erzählt. Was meist dazu führte, dass beide sich vor Lachen bogen.

Sina kam regelmäßig vorbei, um ihre Oma zu besuchen. Sohn und Schwiegertochter sah man eher selten vorbeikommen. Ihre verkrampften Gesichter nach jedem Kurzbesuch wiesen auf keinen harmonischen Besuchsverlauf hin.

Auf der anderen Seite wohnte eine junge Familie. Carmen und Benny Stuber, beide 28 Jahre alt, sie arbeitete aushilfsweise als gelernte Floristin bei Rosi im Laden, er als Schreiner im elterlichen Betrieb. Sie hatten drei gemeinsame Kinder und ein viertes war unterwegs.

Da gab es die dreijährige Milena, den vierjährigen Lucius und die achtjährige Lilli. Carmen liebte Kinder. Ihr war schon in der Pubertät klar, dass sie eine große Familie wollte. Sie selbst hatte eine Schwester. Diese war alleinerziehende, berufstätige Mutter von zwei Jungen, die Carmen bei Bedarf immer mitbetreute.

Zwischen den Grundstücken gab es einen Zaun und das Beste daran war das Loch im Zaun. Sobald eines der Kinder vermisst wurde, konnte man davon ausgehen, dass es auf Noras Gelände war. Milena verfolgte die Kater und wollte mit ihnen schmusen oder von Nora vorgelesen bekommen. Lucius war der Gefährdetste, weil er sich hauptsächlich für den Geräteschuppen und das darin befindliche Werkzeug interessierte. Lilli war am leichtesten zu finden: immer bei den Pferden.

Solange Nora in der Stadt lebte, hatte sie nie darüber nachgedacht, eigene Kinder zu bekommen. Kinder und Hunde in der Stadt taten ihr leid. Seit sie auf dem Land lebte und die Stuber-Kinder regelmäßig zu ihr kamen, fragte sie sich öfters, wie es gewesen wäre, selbst Kinder zu haben.

Milenas Kritik an ihrer Buchauswahl führte dazu, dass sie ein Fach im Bücherregal nach oben räumte und das untere mit neuerworbenen Kinderbüchern bestückte. Das rief wilde Begeisterungsstürme bei Milena hervor. Hoch motiviert von so viel Lob, folgte ein zweites leer geräumtes Fach für Spiele. Carmen fand, das seien gute Voraussetzungen, Nora immer öfters mal zu bitten, auf ihre Kinder kurz aufzupassen. Dieser Bitte kam sie gerne nach. Allerdings gelang es ihr besser, diese Aufgabe zu erfüllen, wenn es nur ein Kind zu betreuen gab. Mit dreien war sie eindeutig überfordert. Carmen versicherte ihr, das würde mit zunehmender Übung besser werden.

Für Lilli besorgte sie ein paar Pferdebücher und einen pinkfarbenen Putzkasten mit Zubehör. Beide gingen gemeinsam zu den Pferden und ließen sich von Franka zeigen, wie man diese putzt.

Für alle zusammen gab es einen Sandkasten und für Lucius einen richtigen John-Deere-Traktor. Das führte dazu, dass er, wenn er groß sei, nicht nur seine Mama, sondern auch Nora heiraten wollte. Milena wollte sie dann auch heiraten, obwohl sie keinen Traktor bekommen hatte.

Wenn Nora die Kinder beobachtete, dachte sie oft, sie hätte mit zwanzig beginnen sollen, vier Kinder zu bekommen. Und falls sie noch mal zwanzig sein könnte, es trotzdem nicht tun würde. Das amüsierte sie und sie schloss Frieden mit ihrer Kinderlosigkeit.

\*\*\*

Die Temperaturen waren inzwischen frühlingshaft angestiegen. Nora freute sich auf gemütliche Abende in ihrem Garten mit anregenden Gesprächen mit Peter, Rosi, Franka und Dirk. Diese vier waren so etwas wie ihre Zweitfamilie geworden. Eine freundliche und hilfsbereite Zweitfamilie, die sie sich ausgesucht hatte. Ihre eigentliche Familie war deutlich schwieriger.

Franka und Dirk blieben inzwischen wieder länger bei den Pferden. Dafür gab es einen Grund. Die zwei Stuten auf ihrem Grundstück waren hochträchtig und die Geburt stand unmittelbar bevor.

In den nächsten Tagen sollten die Stuten zu den beiden nach Hause umziehen. Dort gab es im Stall eine Überwachungskamera. Sie konnten dort, bei einer nächtlichen Geburt mit Komplikationen, eher eingreifen. Nora befürchtete, dass dann keine Pferde mehr bei ihr seien. Dirk tröstete sie und versprach, ihr als Ersatz ihren Zuchthengst Menes und seinen Kumpel, den hochbetagten Shetland-Wallach Meiko, auf die Koppel zu stellen.

Aber dazu sollte es nicht mehr kommen.

In der kommenden Nacht hörte sie aufgeregtes Wiehern. Sie zog sich schnell an, betätigte die Außenbeleuchtung. Eine Stute lag, die andere wieherte nervös. Man musste sich nicht mit Pferden auskennen und nicht selbst ein Kind zur Welt gebracht haben, um zu wissen: Jetzt geht es los, da kommt ein Fohlen.

Sie lief schnell zurück ins Haus und rief bei Dirk an. Schlaftrunken ging er ans Telefon und war blitzartig hellwach, als er Noras aufgeregte Stimme hörte.

„Wir sind sofort da", war alles, was er sagte, bevor er den Hörer aufknallte und Franka weckte. Keine fünf Minuten später hörte sie das Auto vorfahren. Im Stall gingen alle Lichter an und sie zog sich eine wärmere Jacke an, um länger draußen bleiben zu können, denn sie wollte unter keinen Umständen die Ankunft des Fohlens verpassen. Franka hatte schon viele Fohlen gezogen, zur Routine wurde das sicher nicht, aber Nora merkte am Verhalten von Franka, dass etwas nicht stimmte. Dirk versuchte, sie zu beruhigen, griff gleichzeitig zum Handy und wählte die Nummer des Tierarztes. Noras Herz begann schneller zu schlagen. Sie fragte, ob alles in Ordnung sei, aber Frankas ängstlicher Blick ließ keinen Zweifel daran aufkommen, dass dem nicht so war.

Es dauerte nicht lange und Tierarzt Oliver Loth war da. Er sprach ein paar Worte mit Dirk und ging zu der Stute Habibi, die auf dem Boden lag, redete beruhigend auf sie ein und untersuchte sie dann. Kurze Zeit später sah sie zwei Beine herausgleiten und dann ging alles ganz schnell und das Fohlen war da. Sofort nach der Geburt spritzte er dem Fohlen vorbeugend ein Serum gegen Fohlenlähme.

„Es ist ein kleiner schwarzer Hengst", teilte Oliver mit. Franka brach in Tränen aus. Nora blickte irritiert zu Dirk und dieser sagte grinsend:

„Das ist die Anspannung, die jetzt nachlässt, sie ist nur erleichtert, dass Stute und Fohlen es geschafft haben."

In diesem Moment blickte der Tierarzt auf, erstaunt, Nora zu sehen. Selbst im Licht der Stalllampe konnte man Noras Erröten sehen. Dirk erklärte Oliver, dass sie es Nora zu verdanken hätten, dass jetzt alles gut ausgegangen sei. Oliver blickte Nora verschmitzt lächelnd an und sagte:

„Normalerweise bekomme ich nach einer gelungenen Geburt immer einen Eimer mit warmem Wasser angeboten. Zum Händewaschen. Einen Schnaps auf den neuen Erdenbürger gibt es meistens auch noch dazu."

Bevor Nora auch nur eine Sekunde nachdenken konnte, antwortete sie ihm:

„Kommen Sie doch ins Haus, da bekommen Sie alles", und als ihr klar wurde, dass sie nicht allein waren, schickte sie in Richtung Dirk und Franka schnell ein „Das gilt natürlich auch für euch" hinter-her.

Oliver und Dirk nahmen das Angebot an, nur Franka wollte sich noch nicht von Stute und Fohlen trennen. Nora würde ihr später den Schnaps hoch-bringen.

Nachdem sich Oliver und Dirk die Hände gewa-schen hatten und bei Nora im Wohnzimmer ihre ‚Heimertshäuser Engelsmilch‘, eine lokale Spezia-lität, entgegennahmen, sagte Oliver zu ihr:

„Ohne Sie wäre morgen früh das Fohlen tot ge-wesen. Sie haben ihm das Leben gerettet."

Nora errötete schon wieder. Etwas mehr Cool-ness wäre jetzt genau das, was sie bräuchte.

„Ich bitte Sie, Sie haben das Fohlen gerettet, nicht ich." Auch von Dirk kam Widerspruch:

„Ohne dich hätte Oliver morgen früh nichts mehr für das Fohlen tun können."

In diesem Augenblick betrat Franka das Zim-mer, umarmte zuerst Nora, dann Oliver und sagte aus tiefstem Herzen zu beiden:

„Danke."

Schnell schenkte Nora auch ihr etwas zu trinken ein.

„Dann trinken wir jetzt mal auf das Fohlen, dass es ein langes und gesundes Leben vor sich hat. Wie soll es denn heißen?", fragte Oliver in die Runde.

„NURABI", antwortete Franka.

„Auf Nurabi", prosteten sich alle zu.

„Wie geht es denn jetzt weiter? Gibt es etwas, dass ich tun kann, damit es beiden auch weiterhin gut geht?", erkundigte sich Nora.

„Ich werde morgen noch einmal nach den beiden sehen, aber ich vermute, es wird keine weiteren Komplikationen geben", entgegnete Oliver und schob die Frage nach:

„Sind Sie denn hier, falls ich Hilfe oder Wasser zum Händewaschen brauche?"

„Ja", strahlte Nora, „den ganzen Tag."

Dirk tauschte einen Blick mit Franka, was aber von sonst niemandem im Raum wahrgenommen wurde.

Inzwischen war es drei Uhr nachts und alle verabschiedeten sich voneinander. Nicht, ohne dass Franka Nora und Oliver noch einmal mit Tränen in den Augen umarmte und zwei ‚Danke' hinterherschickte.

Lange konnte Nora nicht einschlafen. Eine Geburt ist, egal bei welchem Lebewesen, ein aufwühlendes Erlebnis.

Als sie dann das Gesicht von Oliver vor sich sah, war sie versucht, sich fallen zu lassen und sich ihren Träumen von zärtlichen Küssen und leidenschaftlichem Sex hinzugeben.

Oliver war ein äußerst attraktiver Mann. Er hatte schwarze, schulterlange, lockige Haare und einen Dreitagebart. Die dunkelbraunen, strahlenden Augen und die sinnlichen Lippen ließen keine Wünsche offen. Seine Figur machte einen kräftigen, durchtrainierten Eindruck. Muskeln, die von Arbeit und nicht vom Fitnessstudio stammten, rundeten das Bild ab.

So ein Mann müsste einen unverheirateten Zwillingsbruder haben, hoffte sie inständig. Sie wusste natürlich, dass die Chance, von einem Kometen erschlagen zu werden, größer war.

Blitzartig schaltete sie in den Realitätsmodus und beschimpfte sich dafür, dass sie sich wie ein pubertierendes Girlie verhielt. Leider hielt dieser Realitätsmodus nicht lange vor und während des Einschlafens versank sie träumend in seinen Armen.

# Mittwoch, 27. Mai

Als sie am nächsten Morgen das Auto von Dirk hörte, lief sie zum Stall und begrüßte ihn. Ein Blick auf das Fohlen und seine Mutter ließ sie vermuten, dass beide gesund und munter waren. Der Kleine rannte wie wild um die Stute herum, ungelenk, aber glücklich. Dirk bestätigte diesen Eindruck und erzählte ihr einiges über Trächtigkeit, Geburt und Aufzucht von Hengstfohlen. Sie hörte ihm interessiert zu. Die Vorstellung, diese Entwicklungen bei dem jungen Hengst miterleben zu dürfen, begeisterte sie. Sie hatte ihn bereits ins Herz geschlossen. Dirk bekam einen Anruf und verabschiedete sich. Sie blieb allein am Zaun zurück und beobachtete noch eine Zeit lang den kleinen Hengst. Dieser rannte ein paarmal auf sie zu, drehte kurz vor ihr schnell ab und zu seiner Mutter zurück. Die Zeit, wo er zu ihr käme, würde noch kommen. Da war sie sich sicher.

Und nicht nur er.

***

Obwohl sie den ganzen Tag nach Oliver Ausschau hielt, erzählte ihr Franka abends, als sie zum Füttern kam, dass er bereits da gewesen sei und sehr zufrieden mit dem Zustand von Stute und Fohlen war.

Verärgert darüber, dass sie ihn verpasst hatte, schwang sie sich auf ihr Rad und powerte sich völlig aus. Solange, bis langsam der Frust der Erschöpfung wich. In diesem Zustand konnte nicht einmal der strahlende Sonnenschein und das milde Wetter ihre Stimmung heben. Bestenfalls konnte der Blick über die wunderschöne Landschaft ihre schlechte Laune lindern. Sie war noch immer bei jedem Ausflug in die Natur von der Schönheit des hessischen Mittelgebirges überwältigt. Ende Mai blühten in allen Gärten bereits die ersten Sommerblumen. Auf den Feldern sah man die ersten Keimlinge und auf den Wiesen wuchs das Gras. Ausgepowert und etwas milder gestimmt, fuhr sie gemütlich wieder nach Hause.

Schon bevor sie die Haustür öffnete, hörte sie das Telefon klingeln. Sie erreichte es gerade noch rechtzeitig, bevor der Anrufer auflegte. Freunde, gute Bekannte und ihre Schwester riefen sie am Handy an. Kunden, Nachbarn und ihre Mutter auf dem Festnetz. Ihre Mutter war am Apparat. Sie wartete nie, bis Nora ihren Namen nannte, sondern hatte bereits den ersten Satz von sich gegeben, bevor Nora den Hörer am Ohr hatte. Ohne zwischendurch Luft zu holen, ergoss sich ein Redeschwall über Nora:

„Ich habe Klienten, wegen denen ich morgen nach Bergental muss. Deshalb komme ich morgen auf einen Kurzbesuch bei dir vorbei. Ich gehe davon aus, dass du dann zu Hause bist. Mir geht es gut. Bist du gesund? Ich habe im Augenblick weniger Arbeit, aber ich bin zuversichtlich, dass es wieder mehr wird. Ich brauche das Geld ja. Hörst du mich? Bist du noch dran?"

„Hallo Mutter", entgegnete Nora, „ja, ich bin noch dran und höre dich. Ich bin fast immer daheim." Sie konnte sich nicht verkneifen, den Satz hinterherzuschicken:

„Danke der Nachfrage, ja, es geht mir gut."

Mit der Frage „bist du gesund?" erhoffte ihre Mutter nicht zu erfahren, wie es Nora ging, sondern sie wollte wissen, ob für sie selbst eine Ansteckungsgefahr bestand.

Ihre Mutter war nicht der Typ Mensch, der subtile Bemerkungen wahrnahm oder den Zynismus darin erkannte. Es ging immer nur um sie. Andere Menschen spielten in ihrem Leben nur dann eine Rolle, wenn sie ihr zum Vorteil gereichten. Damit war fast immer finanzieller Nutzen gemeint. Selbst bei Nora und ihrer Schwester Simone machte sie da keine Ausnahme.

Gisela Esch war 71, Rechtsanwältin, und noch in ihrer eigenen Kanzlei aktiv. Sie war keine arme Frau, die aufgrund von kurzfristig vermindertem Einkommen am Hungertuch nagen musste. Zwei vermögende Ehemänner hatte sie unter die Erde gebracht. Deren gut angelegte Aktien und Immobilien in bester Lage machten sie zu einer vermögenden Frau. Gisela brauchte Geld um des Geldes wegen, je mehr, desto besser. Geld bedeutete Macht. Macht über jeden in ihrem Umfeld und über ihre Töchter im Speziellen, die sie von frühester Kindheit gegeneinander ausgespielt hatte. Menschen, die ihr keine Bewunderung zollten, wurden skrupellos aussortiert. Nora neigte nicht dazu, ihr diesen Wunsch zu erfüllen. Das machte sie zum schwarzen Schaf der Familie und ihre Schwester zum guten Kind. Im Laufe der Jahre war es Nora gelungen, ihre Mutter zu durchschauen. Sie weigerte sich, deren Spiel mitzumachen. In den letzten Jahren versuchte sie, wenigstens ein besseres Verhältnis zu ihrer Schwester aufzubauen. Simone sah sich jedoch als das bevorzugte Kind der Mutter. Sie hielt Nora bestenfalls für neidisch und schlimmstenfalls für eine Verschwörungstheoretikerin.

Nora durchschaute solche Zusammenhänge nicht besser als andere. Diese Erkenntnisse waren das Ergebnis einer jahrelangen Therapie, mit Hilfe einer sehr guten Therapeutin.

„Ich komme dann morgen nach meinem Termin zu dir. Um 15 Uhr. Kuchen brauchst du keinen zu backen. Du weißt, das bekommst du nicht hin, aber du kannst für mich bei eurem Italiener einen Salat bestellen mit Diätdressing. Bist du eigentlich immer noch so stämmig oder hast du inzwischen abgenommen?“

Nora verdrehte die Augen, holte tief Luft, versuchte über die typischen Unverschämtheiten ihrer

Mutter hinweg zu hören, und antwortete ihr, ohne zu aggressiv zu klingen:

„Der Italiener hat morgen Ruhetag."

„Dir wird schon etwas einfallen", entgegnete Gisela, bevor sie, ohne sich zu verabschieden, auflegte.

So liefen die meisten Gespräche mit ihrer Mutter. Sie fragte sich, ob sie eine masochistische Ader hatte, da sie sich das immer wieder antat. Ihre damalige Therapeutin meinte, Nora sei zu nett und harmoniesüchtig. Sie müsse ihrer Mutter Grenzen setzen. Sie hatte es versucht, war damit kläglich gescheitert, hatte resigniert und bemühte sich nun, wenigstens den Kontakt mit ihr auf ein Minimum zu reduzieren. Selbst dieser wenige Kontakt war nervenaufreibend genug. Ein Zusammenleben mit ihr wäre für Nora der Super-GAU. Nach jedem Kontakt mit der Mutter war sie dankbar, dass sie nach ihrem verstorbenen Vater kam, charakterlich und optisch, und wenig von ihrer Mutter hatte. Ihre Schwester hingegen kam mehr nach der Mutter. Optisch war sie ihr Ebenbild, sehr zierlich, blond und blauäugig. Sie lebte als Journalistin in Berlin und der Abstand zur Mutter hätte ihr gutgetan, wenn sie nicht fast täglich mit ihr telefonieren würde. Vielleicht lag es doch an ihr, dass sie mit beiden ihre Schwierigkeiten hatte, dachte Nora oft. Aber das ernsthaft in Erwägung zu ziehen würde bedeuten, dass die jahrelange Therapie sinnlos gewesen wäre. Ihre Therapeutin hatte ihr immer wieder erklärt, dass Menschen wie Gisela schwierig seien und dass es nichts geben würde, dass man sich im Umgang mit ihnen vorwerfen müsste. Im Hinblick auf den bevorstehenden Besuch stand in Großbuchstaben der Satz vor Noras innerem Auge:

Schlimmer geht immer.

Und es kam schlimmer. Sehr viel schlimmer.

# Donnerstag, 28. Mai

Der nächste Vormittag war mit viel Arbeit im Büro verbunden. Die ersten Unterlagen zu Umlagenabrechnungen der Vermieter waren in der Post. Es gab vier Wohnungen, die neu vermietet werden sollten. Drei davon mussten vorher renoviert werden. All das galt es zu organisieren. Nora hatte eine Handvoll Handwerker, auf die sie sich verlassen konnte. Dazu noch doppelt so viele Ausweichhandwerker, wenn der feste Stamm zeitlich nicht zur Verfügung stand. Gute Handwerker zu finden wurde immer schwieriger. Für einfachere Reinigungs- oder Renovierungsarbeiten beschäftigte sie zwei Hausmeister. Erst kurz vor 12 Uhr sah Nora auf die Uhr und bemerkte, wie viel Zeit vergangen war. Sie fuhr mit dem Rad ins Dorf und besorgte für sich eine Kleinigkeit zu essen und für ihre Mutter Zutaten für einen Meeresfrüchtesalat. Sie wusste, dass ihre Mutter diesen mochte.

Sie nahm nur ein belegtes Brötchen zu sich und bereitete danach den Meeresfrüchtesalat vor, ohne Dressing, das hatte sie fertig gekauft. Beides stellte sie in den Kühlschrank und entschloss sich, die Zeit bis zum Eintreffen ihrer Mutter damit zu verbringen, ihre restlichen E-Mails zu beantworten und noch ein paar notwendige Telefonate zu führen. Da inzwischen einige neue E-Mails hinzugekommen waren, gab es viel zu tun. Darüber vergaß sie die Zeit.

Als sie fertig war, blickte sie auf ihre Uhr und musste feststellen, dass es bereits halb vier war.

Sie erschrak, ihre Mutter kam niemals zu spät. Das war noch nie vorgekommen. Wenn sie sagte, sie sei um 15 Uhr hier, konnte man sicher sein, dass sie zwischen 14.45 Uhr und 14.59 Uhr vor der Haustür stand und klingelte.

Es musste etwas passiert sein.

Sie rief auf dem Handy ihrer Mutter an, aber dort meldete sich nur die Mailbox. Danach rief sie im Büro ihrer Mutter an. Die Sekretärin Frau Werner sagte ihr, dass ihre Mutter um Punkt 12 Uhr das Büro verlassen hatte und sie über ihre weiteren Tagespläne nicht informiert hatte. Was nicht untypisch für ihre Mutter war. Da sie einen Termin in Bergental hatte, entschied sich Nora, erst einmal abzuwarten. Bei jedem Termin konnten unvorhersehbare Verzögerungen eintreten.

Sie rief ihre Mutter im Stundenrhythmus an, aber weder erschien sie persönlich, noch ging sie an ihr Handy.

Als gegen 18 Uhr ihr Festnetztelefon klingelte, riss sie den Hörer vom Apparat und hoffte, dass es ihre Mutter sei.

Dem war nicht so.

Der Anrufer sprudelte schon aufgeregt los. Es dauerte einen Moment, bis Nora realisierte, dass es sich bei dem Anrufer um Sina Pötschke handelte. Sie konnte ihre Oma telefonisch nicht erreichen.

„Heute Vormittag habe ich sie noch im Garten gesehen", versuchte Nora sie zu beruhigen.

„Aber jetzt ist Oma nicht da. Ich mache mir Sorgen. Ich versuche sie schon seit heute Mittag zu erreichen. Ich war auch schon bei ihr zu Hause und habe überall nach ihr gesucht. Weißt du, wo sie ist? Hat sie dir etwas gesagt, zum Beispiel, dass sie wegwollte? Sie war noch nie weg. Wo sollte sie auch hin?"

Sina war nervös.

„Hat deine Oma denn irgendwelche Verwandten oder Bekannte, bei denen sie sein könnte?"

„Nein, sie war nie irgendwo anders als hier im Gebiet. Wir sind ihre einzigen Verwandten. Alle ihre Freunde und Bekannte sind hier aus Bergental. Ihre Freundin Erika ist auch nicht da. Die geht normalerweise auch nie weg. Die hat sonst niemanden mehr."

Jetzt fand Nora das alles doch etwas mysteriös.

„Das klärt sich auf. Dafür gibt es bestimmt eine logische Erklärung", versuchte sie, Sina erneut zu beruhigen, ohne selbst daran zu glauben.

Es gibt Situationen im Leben, die einen belasten und denen man am besten mit Aktivität begegnet. Sie fand, dass sie Sina beschäftigen müsse:

„Ich halte es für das Beste, wenn du dich mal im Ort umhörst. Du bist hier geboren. Frage mal die Leute, ob irgendjemand etwas von den zwei alten Damen gehört oder gesehen hat. Frage auch die jungen Leute in deinem Alter. Melde dich wieder, sobald du Neuigkeiten hast."

Sina schaffte es gerade noch, „Tschüss" zu sagen und den Hörer aufzulegen, bevor sie hoch motiviert loszog, um diese Aufgabe zu erfüllen.

Um 20 Uhr rief Nora bei der Polizei an. Sie fragte, ob es einen Unfall gegeben hätte und was sie machen müsste, um ihre Mutter vermisst zu melden.

Sie bekam zur Antwort, dass es keinen Vorfall gegeben hätte, und sie könne sie sofort als vermisst melden. Dazu müsse sie persönlich vorbeikommen. Ihre Mutter könne ihren Aufenthaltsort selbst bestimmen und müsse sie nicht darüber informieren. Sofern keine Anzeichen für eine Gefahr für Leib und Leben bestünde, würde die Polizei zunächst nichts unternehmen. Außerdem würden die meisten innerhalb von wenigen Stunden wieder auftauchen und sie solle besser bis zum nächsten Morgen warten.

Um 22 Uhr rief sie Simone in Berlin an.

„Hi Nora, was bewegt dich, bei mir anzurufen", nahm ihre Schwester das Gespräch entgegen. Sie war wie ihre Mutter: unhöflich, aufs Wesentliche konzentriert, was entweder mit ihrem Beruf zusammenhing oder mit den mütterlichen Genen.

„Mutter ist verschwunden", entgegnete Nora genauso kurz.

„Mutter verschwindet nicht", stellte Simone klar.

Noras Ansicht nach fehlte jetzt nur noch das Wort ‚basta'.

„Doch", antwortete Nora.

Um das Spiel nicht weiter zu spielen, informierte Nora sie über die Hintergründe ihrer Behauptung. Sie spürte, dass Simone mit jedem Satz von ihr immer nervöser wurde, dies aber niemals zugeben würde.

„Es gibt bestimmt einen logischen Grund für ihr Verhalten. Vermutlich hast du sie mal wieder verärgert und sie geht nur bei dir nicht ans Handy."

„Dann ruf du sie doch an, wenn sie kann, geht sie doch bei ihrem Engelchen bestimmt sofort ans Telefon", blaffte Nora zurück.

„Das mach ich", erwiderte Simone, ignorierend, dass ihre Schwester jetzt gerade ziemlich sauer war, und legte auf.

Nora kochte vor Wut, sagte sich aber, falls ihre Mutter bei Simone ans Telefon ging, könne sie wenigstens beruhigt sein und das war den Ärger mit Simone wert.

Zwei Minuten später klingelte ihr Telefon und Simone sagte:

„Sie geht nicht dran, wir müssen etwas unternehmen."

Nora war noch immer gereizt:

„Ach ja, was denn zum Beispiel?"

„Ich komme. Wenn ich gleich losfahre, bin ich in sechs Stunden bei dir, das heißt um 5 Uhr morgen früh."

„Nein, tu das nicht", warf Nora ein, „entweder geht es ihr gut und dann erübrigt sich morgen früh die Fahrt, oder es geht ihr nicht gut, dann bräuchten wir jede Minute Schlaf, die wir kriegen können. Dann reicht es auch, wenn du morgen gegen 9 Uhr losfährst und gegen 14 Uhr hier bist."

Das leuchtete Simone ein und dieses Mal verabschiedeten sie sich so höflich voneinander, wie es ihnen möglich war.

Nora konnte nicht gleich einschlafen, dazu war sie zu aufgewühlt. Sie überlegte sich, welche Schritte möglich und notwendig wären. Ihr fielen keine ein. Das war eine Situation außerhalb ihres Erfahrungshorizontes. Da sie selbst davon überzeugt war, dass der kommende Tag anstrengend werden würde, versuchte sie zu schlafen, was ihr mithilfe eines schnurrenden Katers Satchmo im Arm schließlich gelang.

# Freitag, 29. Mai

Völlig übermüdet wachte Nora am Morgen auf. Selbst die Sonnenstrahlen, die durch das Fenster brachen und der frisch gebrühte Kaffee konnten ihre Stimmung nicht heben. Mutter verschwunden, Schwester im Anmarsch, es fehlten nur noch Sintflut und Erdbeben. Sie versuchte erneut, ihre Mutter zu erreichen. Wieder sprang nur die Mailbox an. Eine Nachfrage im Büro ergab keine neuen Informationen. Allerdings wurde jetzt auch die Sekretärin Frau Werner nervös. Sie kannte ihre Chefin gut. Unentschuldigt nicht im Büro zu erscheinen, war in all den Jahren noch niemals vorgekommen. Sie fragte sich, ob ihr etwas zugestoßen sein könnte und ob dies Auswirkungen auf ihre Anstellung haben könnte. Mit ihren 61 Jahren wären ihre Chancen, einen neuen Job zu finden, gleich null. Nora bat sie herauszufinden, bei wem sie einen Termin in Bergental hatte. Frau Werner weigerte sich mit dem Argument, Frau Esch würde ihr niemals erlauben, auf ihrem Schreibtisch herumzuschnüffeln. Nora musste klug und behutsam vorgehen:

„Frau Werner, meine Mutter, meine Schwester und ich, wir wissen alle, dass es keine bessere, zuverlässigere und ehrlichere Person als Sie gibt. Das steht überhaupt nicht in Frage. Selbst für den Fall, dass meine Mutter in dem Augenblick das Büro betreten würde, in dem Sie sich über ihren

Schreibtisch beugen würden, würde sie Ihnen nichts Böses unterstellen."

Selbstverständlich wusste Nora es besser, aber sie musste Frau Werner dazu bringen, sie zu unterstützen, deshalb fuhr sie fort:

„Es wäre auch meiner Mutter lieber, Sie suchen nach Hinweisen, anstatt die Polizei."

Das leuchtete Frau Werner ein. Sie versprach, sich sofort an die Arbeit zu machen und sich umgehend zu melden, sobald sie etwas gefunden hätte.

Es befanden sich inzwischen weitere Umschläge der Vermieter mit den Gemeindeabrechnungen in ihrem Posteingang. Die heiße Phase der Arbeit begann. Sie nutzte die wenigen Stunden vor dem Eintreffen ihrer Schwester, um sich damit zu beschäftigen. Das war klar strukturierte Fleißarbeit. Etwas, was durchaus zu Beruhigung beitragen konnte.

Mittags nahm sie den Meeresfrüchtesalat zu sich und dachte, es ergäbe keinen Sinn, ihn in der aktuellen Situation für ihre Mutter aufzuheben. Er schmeckte hervorragend.

Wie sie nicht anders erwartet hatte, klingelte Simone pünktlich um 14 Uhr an ihrer Tür. Selbst 450 km Distanz und vermutlich etliche Staus konnten solche Menschen wie Gisela und Simone nicht davon abhalten, pünktlich zu erscheinen.

Stylish voll auf dem allerneusten Berliner Level trug sie, farblich passend zu ihrem restlichen Outfit, einen kleinen Weekender ins Haus. Dieser würde Simone vermutlich für einen zweiwöchigen Urlaub reichen. Dessen Inhalt würde Nora schon ausfüllen, wenn sie nur eine halbtägige Radtour machte. Das bedeutete für Nora, dass Simones Gepäckgröße nichts über deren Aufenthaltsdauer bei ihr aussagte.

„Hast du sie in der Zwischenzeit erreicht?", begrüßte Simone sie, wie immer sofort aufs Wesentlichste fixiert. Nora hatte es nicht einmal mehr versucht. In ihren Augen ergab das keinen Sinn, sie hatte ihrer Mutter gestern Abend gefühlte hundert Mal auf die Mailbox gesprochen und sie erfolglos um Rückruf gebeten.

„Schön, dass du gesund angekommen bist. Nein, ich habe sie nicht erreicht."

„Warum sollte ich nicht gesund ankommen? Was hast du inzwischen unternommen, um unsere Mutter zu finden?"

Auf die erste Frage antworte Nora gar nicht, die zweite beantwortete sie:

„Ich habe mit Frau Werner gesprochen und sie gebeten herauszufinden, zu wem sie hier in Bergental wollte. Sobald sie etwas gefunden hat, meldet sie sich."

„Was hast du sonst noch unternommen?"

„Was genau hätte ich denn noch unternehmen sollen, deiner Meinung nach? Hundestaffel organisieren, die nicht gewusst hätte, wo sie beginnen sollen? TV-Werbung schalten: Nicht demente Frau vermisst seit einem Tag?"

Nora merkte, wie sie immer gereizter wurde.

Simone winkte nur ab:

„Warst du bei der Polizei und hast die Vermisstenanzeige aufgegeben?"

„Nein", gab Nora zu.

In diesem Augenblick klingelte es an der Tür und Simone rannte zur Tür und öffnete sie. Sina sah sie verdutzt an. „Wer sind Sie denn?"

„Ich bin Simone Esch. Was willst du?"

„Was werde ich wohl wollen, wenn ich an der Tür zu Noras Haus stehe und klingele? Ich will mit Nora reden."

„Die hat jetzt keine Zeit", erwiderte Simone und wollte Sina die Tür vor der Nase zuschlagen.

In dem Moment stand Nora hinter ihr, schob sie zur Seite und fauchte sie an:

„Hallo? Gehts noch? Das ist mein Haus und hier entscheide ich, für wen ich Zeit habe", und an Sina gewandt:

„Komm herein, Sina."

Simone zuckte die Schultern und meinte:

„Wenn du denkst, dass du für Kaffeekränzchen Zeit hast. Ich bringe schon mal meine Sachen ins Gästezimmer und danach fahren wir zur Polizei."

„Wer ist die denn?", fragte Sina.

„Meine Schwester", stöhnte Nora.

Sina ließ es dabei bewenden. Familie konnte man sich nicht aussuchen. Danach kam sie sofort zur Sache:

„Ich habe nichts, absolut nichts darüber erfahren, wo Oma und Erika sind. Was sollen wir denn jetzt machen?"

Das wusste Nora auch nicht so genau. Wie war sie überhaupt in diese Situation geraten? Sie konnte aber Sina in ihrer Not nicht allein lassen.

„Wir machen jetzt Folgendes: Meine Mutter ist auch verschwunden. Deshalb ist meine Schwester hier. Wir fahren gleich zur Polizei und geben wegen ihr eine Vermisstenanzeige auf. Ich frage dort nach, ob sonst jemand aus Bergental vermisst wird. Ist das okay für dich?"

Sina nickte, sah Simone die Treppe herunterkommen, verzog das Gesicht und verließ schnell das Haus, nachdem sie Nora ein „Danke, du bist okay" zurief.

„Bist du soweit? Können wir jetzt endlich losfahren?", fragte Simone.

Was hätte Nora darauf anderes als ein „Ja, sofort" antworten können? Sie schnappte sich Handtasche und Schlüssel und dann fuhren sie zur nächsten Polizeistation.

Dort wurden sie am Empfang von einem Mann abgeholt, der sich als Kommissar Klaus Baldur vorstellte und sie bat, ihn in sein Büro zu begleiten. Simone legte augenblicklich los und verlangte eine sofortige Suchaktion, weil es nichts Wichtigeres gäbe, als Ihre Mutter zu finden. Klaus Baldur hörte geduldig zu, tauschte immer mal Blicke mit Nora, die ihn für seine Geduld mit Simone bewunderte. Als diese kurz Luft holte, nutzte er die Gelegenheit, um sich an Nora zu wenden:

„Was sagen Sie dazu?"

Nora erklärte ihm die ihr bekannten Hintergründe. Er nickte, wandte sich an Simone und teilte ihr ganz sachlich mit, dass es aufgrund der Faktenlage keine Möglichkeit gäbe, die komplette Polizei ausrücken zu lassen. Aber selbstverständlich würden alle Informationen aufgenommen und eine Suchmeldung nach Gisela Esch an alle Polizeistationen weitergeleitet. Dann rief er das entsprechende Formular auf seinem Computer auf und gab alle relevanten Informationen darin ein. Das ausgedruckte Protokoll mussten sie dann beide unterschreiben. Bevor er sie verabschiedete, nutzte Nora die Gelegenheit und fragte ihn, ob in Bergental im Augenblick noch jemand vermisst wurde. Erstaunt zog er die Augenbrauen in die Höhe:

„Nein, wie kommen Sie denn darauf?"

„War nur so eine Frage, hätte ja sein können", entgegnete Nora und beeilte sich, das Büro zu verlassen. Simone stampfte schon wütend voraus. Sie hatte sich deutlich mehr von dem Besuch erhofft und wusste nicht mit ihrer überschüssigen Energie wohin. Nachdem sie wieder zu Hause waren, rief Nora im Büro ihrer Mutter an. Frau Werner meldete sich sofort. Sie hatte nichts von ihrer Chefin gehört und keine Unterlagen über einen aktuellen Fall in Verbindung mit Bergental gefunden. Allerdings hatte sie auf dem Notizblock den Namen „Lederer" gelesen und eine Telefonnummer aus Bergental. Bei Nora setzte kurz die Atmung aus. Der Name sagte ihr etwas.

Lederer war der Name des größten Arbeitgebers in Bergental und des mächtigsten Mannes im Ort. Was hatte Gisela mit ihm zu tun? Sie war Fachanwältin für Arbeitsrecht. Das könnte die Verbindung sein. War sie bei ihm gewesen?

Viele Bergentaler arbeiteten für ihn, auch der Sohn und die Schwiegertochter von Oma Pötschke. Aber näher kannte sie niemanden, der in der Firma beschäftigt war.

Sie hielt es für klüger, diese Information Simone nicht zu geben. Vermutlich würde sie das Haus der Lederers stürmen, ohne Sinn und Verstand, und ohne Rücksicht darauf, wie viel Schaden sie damit anrichten würde. Sie telefonierte inzwischen unermüdlich und, wie sich herausstellte, mit der örtlichen Presse. Als Journalistin wusste sie, welche Hebel sie betätigen musste, um bei ihren Kollegen Erfolge zu erzielen.

„Ich bin gleich wieder da, muss nur schnell etwas besorgen fahren", teilte Nora ihrer Schwester zwischen zwei Telefonaten mit. Bevor Simone nachfragen konnte, war Nora schon aus dem Haus und mit dem Rad unterwegs zu Dirk. Dort kaufte sie ein paar frische Zutaten. Sie fragte ihn, was er über die Familie Lederer wüsste.

„Was willst du denn über die wissen?"

„Alles", war die knappe Antwort.

Man sah Dirk an, dass er verwundert war, aber er gab bereitwillig Auskunft:

„Hans Lederer ist der größte Arbeitgeber hier im Gebiet, ohne ihn sähe es hier anders aus. Es gäbe viele Arbeitslose und kaum nennenswerten Gewerbesteuereinnahmen für die Gemeinde. Er hat die Firma von seinem Vater geerbt. Hans ist 69, verheiratet mit Gerlinde, sie ist zwei Jahre jünger als ihr Mann. Sie haben zwei erwachsene Söhne: Paul ist 43 und der Ältere, unverheiratet, ein netter Mann, der etwas von gutem Wein versteht. Dann gibt es noch Jens, der Jüngere, er ist 41 und ein unangenehmer Typ. Er ist verheiratet und hat zwei kleine Kinder. Beide Söhne arbeiten im elterlichen Betrieb mit. Außerdem ist Hans auch noch Jäger."

Dirk mochte keine Jäger, diese Einstellung teilte er auf dem Land mit vielen Katzen- und Hundebesitzern und mit Reitern.

Das waren die Fakten. Dorfklatsch würde sie von ihm nicht erfahren. Sie fragte ihn, ob er gehört hätte, dass Oma Pötschke und ihre Freundin Erika verschwunden seien. Auch vom Verschwinden ihrer Mutter erzählte sie ihm. Er reagierte erstaunt und sagte:

„Nein. Oma Pötschke und Erika tauchen schon wieder auf. Die verschwinden nicht. Von deiner Mutter weiß ich gar nichts. Ich hoffe, auch sie taucht wieder auf. Ich muss jetzt auch mal weitermachen." Damit war für ihn das Gespräch beendet. Um den Dorfklatsch zu den Fakten hinzuzufügen, musste sie bei Rosi vorbeifahren.

Im Laden waren drei Kunden und sie wartete, bis Rosi diese bedient hatte. Etwas unter Zeitdruck, weil sie Simone nicht zu lang allein lassen wollte, kam Nora direkt zum Thema: „Rosi, kannst du mir Informationen zu den Lederers geben, nicht die Fakten, die kenne ich wie jeder hier im Ort. Ich wüsste gerne, was man sich so über sie erzählt."

Rosi fand dieses Anliegen nicht befremdlicher, als hätte Nora sie um einen Blumenstrauß gebeten. Sie antwortete, ohne nachzufragen, warum sie das wissen wollte:

„Die Leute hier brauchen Hans Lederer alle mehr oder weniger. Egal ob sie ihr Haus abzahlen oder die Ausbildung der Kinder finanzieren müssen oder die Gemeinde, die vieles nur bestreiten kann, weil er hier seinen Betrieb hat. Das zu wissen ist nie gut fürs Ego. Er hat Macht, er weiß das, er nutzt das skrupellos aus. Er ist, nett ausgedrückt, ein sehr schwieriger Typ."

Das waren klare Worte von Rosi, offensichtlich war sie kein Fan von ihm. Sie fuhr fort:

„Er ist bekannt dafür, seine Mitarbeiter nicht gut zu bezahlen. Arbeitsschutzauflagen hält er für

Schikane, die er in der Regel nicht erfüllt. Er droht jedem Mitarbeiter mit sofortiger Entlassung, der mit dem Gedanken spielt, Gewerkschaftsmitglied zu werden. Damit kommt er genauso durch wie mit allem anderen, weil die Menschen hier von ihm abhängig sind und keine Alternative haben. Modernes Sklaventum. Dazu passt, dass er den jungen weiblichen Mitarbeiterinnen gerne mal den Hintern tätschelt. Die MeToo-Bewegung ist in Bergental noch nicht angekommen. In regelmäßigen Abständen hört man ihn in seinem Büro schreien. Seine Sekretärin weiß damit umzugehen, aber der Rest der Belegschaft duckt sich dann besser weg, denn keiner will in so einer Situation seinen Zorn abbekommen. Seine beiden Söhne arbeiten beide im Betrieb mit. Sie sind sehr unterschiedlich. Der Ältere heißt Paul, er ist eher ein stiller, sensibler Typ. Obwohl er bildhübsch ist, hat er nie geheiratet, aber versucht haben es viele Frauen bei ihm. Hans Lederer hält ihn für ein Weichei und entsprechend geringschätzig behandelt er ihn. Er ist aber insgesamt sehr viel effektiver und intelligenter als sein Bruder. Der Jüngere heißt Jens, ist der zweite Hans und was Frauen angeht, hält er sich nicht mit Tätscheln auf, sondern verlangt deutlich mehr, obwohl er verheiratet ist und zwei kleine Kinder hat. Er hat es seinem Vater und dessen Beziehungen und Geld zu verdanken, dass er nicht vorbestraft ist. Brutale Schlägereien in Bierzelten und Kneipen waren bis vor ein paar Jahren bei ihm noch an der Tagesordnung, er ist der klassische Hitzkopf. Seine Frau Miriam hat nichts zu melden bei ihm, sie ist bedeutend jünger als er. Sie ist genauso alt wie ich. Wir waren zusammen in einer Klasse in der Schule. Sie haben zwei Kinder, die dreijährige Emma und den siebenjährigen Ben. Hoffentlich wird der mal nicht so wie sein Vater. Weil Miriam gelernte Kosmetikerin ist, sieht man ihre blauen Flecken, die sie gelegentlich hat, nicht so deutlich. Hans Ehefrau Gerlinde ist Hausfrau und auch, wenn sie immer so harmlos tut, ist sie zu Hause, meiner Meinung nach, die Regentin. Sie hat daheim die Hosen an und er aus", lachte Rosi, „aber dazu gibt es unterschiedliche Einstellungen im Dorf. Willst du noch etwas wissen? Warum fragst du?"

Um schnell nach Hause zu kommen, stellte Nora eine Gemüsepflanze auf die Theke, kramte das Geld dafür aus ihrem Portemonnaie und antwortete:

„Es hat mich einfach mal interessiert."

Das reichte Rosi als Argument völlig aus.

Man muss verstehen, dass das nicht nur Klatsch ist. Für die Leute auf dem Dorf ist es wichtig, dass man den anderen kennt, und weiß, was er tut und wie er tickt. Es ist von großer Bedeutung, informiert zu sein. Wenn man Hilfe braucht, ist es wichtig zu wissen, von wem man sie bekommt und ob man sich auf denjenigen verlassen kann. Das lässt sich leider nicht immer mit der Wahrung der Privatsphäre vereinbaren.

Nora informierte Rosi noch darüber, dass ihre Mutter und zeitgleich Oma Pötschke und deren Freundin Erika verschwunden waren. Wie schon

Dirk sagte auch Rosi sofort: „Oma Pötschke und Erika verschwinden nicht."

Wie konnten sie sich da so sicher sein, überlegte Nora auf dem Nachhauseweg.

\*\*\*

## ROSEMARIE ‚ROSI' WOLF

*Ich kann bald nicht mehr, mir wird alles zu viel. Der Laden reicht gerade aus, um meine Mutter und mich durchzubringen und für das Geld, um Maria zu bezahlen, die mir seit zwei Jahren bei der Pflege meiner Mutter hilft. Maria ist nach Hause gefahren und dort erkrankt. Bis es ihr wieder besser geht, bin ich auf mich allein gestellt. Dann ist Carmen, meine Aushilfe, wieder mal hochschwanger und steht bei Arbeitsspitzen nicht zur Verfügung. Die Arbeit ist gewaltig, obwohl sie wenig einbringt. Meine pflege-bedürftige Mutter kann nicht mehr aufstehen, muss gewickelt werden und ist gelangweilt, weil Maria nicht mehr rund um die Uhr für sie da ist. Meine Mutter ist 52 Jahre alt und hatte vor zwei Jahren einen Schlaganfall. Mein Vater hat uns verlassen, als ich noch ein Baby war. Ich bin jetzt 32 Jahre und bereits so ausgelaugt, als wäre ich 82. Andere in* meinem Alter machen Karriere, heiraten und bekommen Kinder oder feiern wenigstens Partys. Und ich schufte rund um die Uhr, damit ich das Haus und den Laden nicht an die Bank verliere.

Jetzt hat auch noch Nora solche großen Probleme wegen ihrer verschwundenen Mutter. Wo Oma Pötschke und Erika sind weiß ich auch nicht, aber ich werde wegen dieser drei Personen meine Ohren aufsperren.

Nora weiß über meine Situation Bescheid und wollte mich aus dem Suchprozess deshalb ausschließen. Wenn ich spät abends, bis in die Nacht hinein, allein in meinem Laden stehe, dann wäre ich auch lieber bei Nora und den Freunden als hier. Nora schaltet mich dann oft online hinzu. Solche Videokonferenzen sind dann Geselligkeit und geistige Anregung pur für mich. Nachdem meine Mutter abends endlich eingeschlafen ist, muss ich noch Sträuße und Gestecke machen, weil ich tagsüber, wegen der vielen Zwischensprints zu meiner Mutter, dazu gar nicht mehr komme. Ich mag Nora, sie ist so natürlich und unkompliziert. Meine Mutter mag ich auch. Ich bin froh für jeden Tag, den ich sie habe. Und jetzt mach ich mal weiter mit der Arbeit.

\*\*\*

Als Nora in ihre Straße einbog, kam ihr in voller Fahrt Sina entgegen. Ihr Gesichtsausdruck ließ keinen anderen Schluss zu, als dass sie gerade Simone an der Haustür getroffen hatte. Das vermutlich sehr kurze Gespräch war offensichtlich nicht zur Zufriedenheit von Sina verlaufen. Sie bremste abrupt, als sie Nora sah:

„Deine Schwester ist echt ätzend. Ich habe überhaupt nichts wegen Oma und Erika in Erfahrung gebracht."

Auf den ersten Satz ging Nora nicht ein.

„Du musst deine Eltern dazu bewegen, eine Vermisstenanzeige aufzugeben. Ich werde mir etwas überlegen, was wir sonst noch unternehmen können. Willst du mit zu mir kommen?"

Bei der Vorstellung, noch einmal Simone zu begegnen, schüttelte Sina heftig den Kopf:

„Ich werde jetzt erst einmal mit meinen Eltern reden." Dann schwang sie sich auf ihr Rad und fuhr davon.

Zu Hause angekommen, war Simone noch immer oder schon wieder am Telefonieren. Das verschaffte Nora die Möglichkeit, ihre Katzen zu füttern, die Einkäufe einzuräumen und die Gemüsepflanze umzutopfen. In dem Moment, indem sie damit fertig war, beendete Simone ihr Telefonat.

„Sag mal, machst du dir eigentlich auch Sorgen um unsere Mutter oder ist dir alles egal? Schwätz-

chen mit Girlies halten, shoppen gehen und Blüm-
chen kaufen, ist vielleicht nicht besonders hilfreich,
um Mama zu finden."

Nora, die gerade Kaffee aufgesetzt hatte und mit
dem Rücken zu Simone stand, versuchte, ruhig zu
bleiben, was ihr immer weniger gelang. Dieses Mal
gar nicht mehr. Sie knallte den Löffel, den sie noch
in der Hand hielt, auf die Arbeitsplatte. Das führte
dazu, dass Robin und Satchmo fluchtartig die Küche verließen. Dann drehte Nora sich langsam um.
Es hätte sie nicht gewundert, wenn aufgrund ihrer
Stimme die Umgebung zu Eis erstarrt wäre:

„Es reicht. Wenn du dich jetzt nicht mal langsam
zusammenreißt, dann kannst du deine Sachen packen und in ein Hotel ziehen. Ich bin deine Unverschämtheiten endgültig leid. Was genau hast du
denn unternommen, um unsere Mutter zu finden,
und vor allem, was hast du erreicht? Wo ist sie
denn? Kopflos alle Menschen angiften kannst du ja
perfekt. Ich bin gespannt, ob du auch effektiv etwas
erreichen kannst."

Simone kannte ihre Schwester gut genug, um zu
wissen, dass jetzt ein Tropfen genügte, um das
Fass zum Überlaufen zu bringen. Sie verlegte das
Gespräch auf die sachliche Ebene und nahm das
Persönliche raus.

„Ich habe mit den örtlichen Zeitungen telefoniert
und alte Pressekontakte aktiviert. Morgen wird die
Story in den Tageblättern erscheinen, die hier im
Gebiet gelesen werden. Die überregionalen Zeitun-

gen werden dadurch automatisch auf die Geschichte aufmerksam. Danach kommt Dynamik in die Suche. Durch diese Aktivität wird die Polizei zum Handeln gezwungen und die Chancen, sie zu finden, steigen."

Nora war sich da nicht so sicher. Trotzdem sagte sie ihr, dass dies eine gute Idee sei.

Ob es eine genauso gute Idee sei, Simone an ihren Überlegungen teilhaben zu lassen, musste sich erst noch herausstellen.

„Hier in Bergental ist nicht nur Mutter verschwunden. Meine Nachbarin und ihre Freundin auch", trug Nora bei und hatte damit die volle Aufmerksamkeit ihrer Schwester.

Simone musste darüber erst einmal nachdenken. Mit dieser Entwicklung hatte sie nicht gerechnet. Sie musste ein paar Sachen recherchieren.

Die Informationen zur Familie Lederer hielt Nora zurück. Ihre Schwester war zu kalkulierbar und verstand dörfliche Strukturen kein bisschen. Sie würde, ohne zu zögern, Noras friedliches Leben auf dem Land zugunsten einer großartigen Story vernichten. Sich mit der Familie Lederer auf einen Kampf einzulassen, musste geplant und nicht hitzköpfigen Großstädterinnen überlassen werden. Noch wusste Nora nicht mit Bestimmtheit, ob ihre Mutter den Termin in Bergental mit Hans Lederer hatte.

Nora ging in den Garten. Dirk und Franka waren noch nicht da. Der kleine Nurabi wurde von Tag zu

Tag aufgeweckter. Die Stuten kamen freundlich brummelnd an den Zaun und ließen sich von Nora streicheln. Das trockene Brot, das sie aus der Tasche zog, wurde begeistert in Empfang genommen und auch der Kleine interessierte sich dafür, aber sie wusste nicht, ob er das schon vertrug, und gab es ihm sicherheitshalber nicht. Dirk fuhr vor, winkte ihr zu und trug die gefüllten Kraftfutterschüsseln zu den Stuten, davon animiert, begann der Kleine an seiner Mutter zufrieden zu saugen. Nora wollte nicht mit der Tür ins Haus fallen, aber sie brauchte eine Antwort:

„Dirk, ich habe ein Problem. Oma Pötschke und ihre Freundin Erika sind noch immer verschwunden. Sina macht sich große Sorgen um sie. Ich mir auch. Meine Mutter ist zeitgleich auch hier verschwunden. Du kennst doch die Leute hier so gut wie dich selbst, kannst du mir nicht helfen? Vielleicht hat jemand irgendetwas gesehen oder gehört."

„Was macht denn deine Mutter hier in Bergental? Du erwähntest einmal, dass sie in der Kreisstadt wohnt", fragte Dirk irritiert.

„Sie hatte einen Termin hier in Bergental, wollte mich danach besuchen und ist seitdem verschwunden."

„Oma Pötschke und Erika verschwinden nicht. Aber das mit deiner Mutter ist sonderbar", dachte Dirk laut nach und versprach: „Ich werde mich umhören. Franka kommt später noch einmal hier vorbei. Vielleicht weiß sie etwas."

Damit verschwand er, ohne eine Antwort abzuwarten. Franka war später vielleicht gesprächiger.

Sie wollte gerade zurück ins Haus, als sie ein Auto kommen hörte. Es war der Tierarzt. Kaum war er ausgestiegen, winkte er in ihre Richtung. Ihm jetzt noch zu entkommen, wäre unhöflich gewesen.

„Hallo", begrüßte er sie freundlich lächelnd, „sind Sie schon dem Charme des kleinen Nurabi erlegen?"

„Völlig", erwiderte Nora lachend.

Pferde boten sich als unverfängliches Thema zum Small Talk perfekt an. Damit ist dann aber bald Schluss, wenn die Luft vor Erregung vibriert und jedem der Beteiligten klar wird, dass sie nur ein Stellvertretergespräch führen. Es geht hier um etwas völlig anderes. Nora fand diesen Mann so hocherotisch, dass sie kurz davor war, alle ihre moralischen Bedenken über den Haufen zu werfen und ihm direkt in die Arme zu fallen. Er hingegen war so freundlich und entspannt, dass es kaum auszuhalten war. Nora wurde immer nervöser und er genoss dies offensichtlich. Was für ein Macho, dachte sie und dass selbst dieser Gedanke sie nicht abschreckte. Genau in diesem Augenblick hörte sie vom Haus her, wie ihr Name gerufen wurde.

„Ich glaube, man verlangt nach Ihnen", sagte Oliver. Nachdem Nora Simone zu erkennen gab, dass sie gleich kommen würde, erklärte sie Oliver:

„Das ist meine Schwester, unsere Mutter ist verschwunden und noch zwei ältere Bergentaler Bürgerinnen."

„Das mit ihrer Mutter tut mir leid. Ich hoffe, ihr ist nichts geschehen und Sie finden sie bald. Wer ist denn aus Bergental verschwunden?"

„Oma Pötschke und ihre Freundin Erika."

Oliver lachte:

„Oma Pötschke und Erika verschwinden nicht. Das klärt sich auf. Ich muss jetzt auch weiter. Man sieht sich. Tschüss", sagte er zum Abschied, drehte sich um und verschwand. Das schien ein typisches Abschiedsritual für Bergentaler Männer zu sein.

Nora kehrte in Gedanken versunken zum Haus zurück. Sie stellte sich vor, was sich derjenige, der Gisela Esch ihrer Freiheit beraubt hatte, von ihrer Mutter anhören musste. Eigentlich war es erstaunlich, dass sie nicht bereits wieder frei gelassen worden war, nur, um sie loszuwerden. In Anbetracht von Giselas finanzieller Situation und keinem eingegangenen Erpresserschreiben fiel die Option einer Entführung jedoch vermutlich aus.

Es wurde Zeit, dass die Freunde zusammenkamen und halfen. Schließlich sollte Simones Aufenthalt hier nicht unnötig in die Länge gezogen werden.

Sie überlegte, ob es nicht einen Weg gab, das alles abzukürzen. Kurzentschlossen schnappte sie sich ihr Handy und rief Andreas Köhler an. Herr

Köhler war der Bürgermeister des Ortes und ihr gegenüber bei all ihren Anliegen immer verständnisvoll und hilfsbereit gewesen. Er meldete sich nach dem dritten Klingelton, war freundlich und kam gleich zur Sache:

„Was kann ich für Sie tun, Frau Nieberg?"

Nora schilderte ihm, dass außer ihrer Mutter noch zwei weitere Bergentalerinnen verschwunden seien, und fragte ihn, ob er darüber etwas wüsste.

„Ich kann gar nicht glauben, was sie mir da erzählen. Wer sollen denn die Verschwundenen sein?"

Nora informierte ihn.

„Liebe Frau Nieberg, ich bedauere zutiefst das Verschwinden ihrer Mutter und hoffe sehr, dass sich alles bald aufklärt und sie gesund wieder auftaucht. Zu den Bergentalerinnen kann ich Ihnen nur sagen, ich kenne die beiden Damen und kann Ihnen versichern: Die verschwinden nicht. Das klärt sich auf. Ich würde mir an Ihrer Stelle keine Sorgen machen. Leider müssen wir unser Telefonat jetzt beenden, da ich gleich eine Videokonferenz habe. Ich wäre Ihnen dankbar, wenn Sie mich auf dem Laufenden halten würden. Ich verspreche Ihnen, mich persönlich darum zu kümmern."

Nora bedankte sich für das Gespräch und legte auf. Dieses Telefonat hatte sie nicht weitergebracht. Woher nahmen alle, die Oma Pötschke und Erika kannten, die Gewissheit, dass diese nicht verschwanden und wieder auftauchen würden? Tatsache war, dass sie nicht dort waren, wo sie sein sollten, nämlich zu Hause und dass keiner wusste, wo sie waren.

Nora rief als nächstes Rosi an. Sie fragte sie, ob sie vorbeikommen oder sich lieber per Videokonferenz zuschalten wolle.

„Die Pflegerin meiner Mutter ist noch krank, ich muss mich gleich um meine Mutter kümmern. Danach habe ich noch im Laden zu tun. Ich habe Bestellungen für mehrere Gestecke und Sträuße. Ich schalte mich aber mit Video hinzu, dann bin ich nicht so allein und die Arbeit geht leichter von der Hand."

„Du kannst dich jederzeit dazu schalten, ich bringe dich dann auf den neusten Stand."

Danach rief sie Peter an. Er war leicht erkältet und wollte niemanden anstecken, er wollte aber per Video mitmachen.

Das Wiehern der Pferde erinnerte sie daran, dass sie mit Franka reden wollte. Franka verteilte bereits das Heu, während die Stuten ihr Kraftfutter fraßen. An den Zaun gelehnt überkam Nora wieder die Freude, die Pferde zu beobachten und sie vergaß, weshalb sie überhaupt gekommen war. Nurabi kam mutig an den Zaun und Nora streckte ihm ihre Hand entgegen. Da verließ ihn der Mut und er rannte schnell wieder zu seiner Mama zurück. Franka und Nora lachten. Franka kam näher und sagte ernst:

„Ich habe das mit deiner Mutter gehört, das tut mir leid. Wenn wir dir irgendwie helfen können, sag bitte Bescheid."

„Es ist ja nicht nur meine Mutter, die verschwunden ist. Aber das weißt du ja inzwischen von Dirk."

„Oma Pötschke und Erika verschwinden nicht. Das klärt sich auf", erwiderte Franka. Den Satz hatte Nora nun wortgleich zum fünften Mal gehört.

„Ich wollte dich noch fragen, ob ihr heute Abend zu mir kommen wollt. Vielleicht finden wir gemeinsam einen Ansatz, die drei Damen zu finden."

„Das geht leider nicht. Wir haben für heute Abend leider bereits etwas anderes geplant. Ich muss jetzt los. Tut mir leid."

Franka drehte sich um und lief los. Auch die Bergentaler Frauen übernahmen dieses Abschiedsritual.

Nora betrat das Haus und sah Simone am Herd stehen. Sie bereitete etwas zu essen für sie beide vor. Nora fütterte die Katzen. Nachdem sie gegessen hatten, bereiteten sie den Laptop für die Videoschaltung vor. Rosi winkte mit einem halb fertigen Blumenstrauß in die Kamera und Peter winkte mit einem Becher Tee in der Hand und einem Schal um den Hals. Nora stellte Simone vor und informierte sie über den Stand der Dinge und ihre Gespräche mit Dirk, Franka und Oliver, während Rosi sofort loslegte und sich darüber aufregte, dass sie das gar nicht mitbekommen hätte, dass zwei Bergentalerinnen weg seien. Währenddessen schwieg

Peter. Nora sah, dass er angestrengt nachdachte. Als Rosi kurz Atem holte, nutzte er die Gelegenheit und sagte:

„Wenn wir mal den Bergentaler Massenmörder ausschließen, und ich denke, da sind wir uns einig, dass es den nicht gibt, dann stellt sich die Frage: Was ist mit ihnen geschehen? Es wäre völlig unlogisch, davon auszugehen, dass irgendjemand Gisela Esch in ein Kellerverlies wirft, da foltert und Oma Pötschke und Erika hinterherwirft. Gibt es einen oder mehrere, die davon profitieren oder haben sie selbst einen Vorteil davon? Cui Bono – wem nützt es? Gibt es einen Zusammenhang zwischen dem Verschwinden oder ist jede der drei Damen unabhängig von den anderen verschwunden?" Keiner von den anderen sagte etwas. Das ergab alles Sinn, brachte sie aber nicht weiter.

Während Rosi und Nora darüber nachdachten, fragte Simone: „Wo ist unsere Mutter?"

Betretenes Schweigen.

Nora sah Simone an:

„Mutter macht Arbeitsrecht. Sie sagte mir, sie hätte Klienten, wegen denen sie nach Bergental müsste. Das heißt, es ist mehr als ein Klient. In solchen Details macht sie keine Fehler. Wenn man mal die paar kleineren Geschäfte weglässt, in denen es einige wenige Angestellte gibt, die sich vermutlich nicht zusammenschließen werden für eine Arbeitsklage, bleibt nur der Großunternehmer Lederer übrig. Frau Werner hat auf Mutters Schreibtisch eine Notiz gefunden mit dem Namen Lederer und einer Bergentaler Telefonnummer."

„Das sagst du erst jetzt?"

Simone war fassungslos. Bevor sie einen Schwall Beschimpfungen über Nora schütten konnte, erwiderte Nora schnell:

„Erstens ist nicht einmal klar, ob Mutter überhaupt bis nach Bergental gekommen ist. Zweitens ist Lederer ein sehr einflussreicher Mann hier im Gebiet, zu dem man nicht einfach hingeht und ihn, ohne Beweise zu haben, fragt: ‚Haben Sie meine Mutter entführt? Und wenn ja, warum?'"

Ihre Hoffnung, Simone damit zu beschwichtigen, sank, als sie sah, wie sich Simones Gesichtsfarbe zornrot veränderte.

„Du willst mir also sagen, dass du den Schwanz einziehst vor so einem Provinzfürsten, der glaubt, er sei der Donald Trump von Bergental? Und dabei riskierst du, dass er unsere Mutter nicht nur in seiner Gewalt hat, sondern ihr möglicherweise etwas antut und damit wertvolle Zeit verstreichen lässt."

Simone war fassungslos. Rosi sprang Nora zur Seite:

„Darum geht es nicht. Lederer ist ein böser und mächtiger Mann und Nora zieht nicht den Schwanz ein. Wenn er etwas mit dem Verschwinden eurer Mutter zu tun hat, dann hätte er längst für ein Alibi gesorgt. Wie viele Immobilien er, seine Söhne und vermutliche einige Scheinfirmen von ihm haben und wo genau die sind, weiß keiner. Das heißt, er könnte eure Mutter überall versteckt halten. Es würde ewig dauern, sie zu finden. Vielleicht kann die Polizei über eine Handyortung herausfinden, wann und wo ihr Handy aktiv war und ihr Auto finden."

Nun schaltete sich Peter wieder ein:

„Mädels, erst mal schön cool bleiben. Wie müssen jetzt strategisch vorgehen. Vielleicht hatte sie den Termin mit ihren Klienten und hat nur mit Hans Lederer telefoniert. Auf dem Zettel stand nur eine Telefonnummer und nicht seine Adresse. War es überhaupt seine Telefonnummer?"

Diese Überlegung trug etwas zur Beruhigung bei. Simone zumindest plante nicht mehr, sich sofort auf ihre Schwester zu stürzen. Nora las die Telefonnummer vor und Peter wusste, dass dies die Nummer der Lederschen Fabrik war. Peter fuhr fort:

„Wenn morgen in den örtlichen Tageszeitungen eine Suchmeldung mit Bild von eurer Mutter erscheint, gehen vermutlich weitere Hinweise ein. Eventuell teilt dann einer den Aufenthaltsort eurer Mutter mit. Noch würde ich davon ausgehen, dass es ihr gut geht."

„Den Plan finde ich gut", meldete sich Rosi zu Wort, „drücke aber alle Daumen, dass wir recht haben und es ihr gut geht. Ich werde mich unter meiner Kundschaft umhören, ob jemand etwas weiß.

Ich muss jetzt hier ein bisschen weiter machen und dann ins Bett gehen. Schlaft gut, meine Lieben. Bis morgen."

„Dem schließe ich mich an, sonst liege ich morgen krank im Bett. Gute Nacht", sprach Peter winkend und klinkte sich aus.

„Wir sollten auch schlafen gehen, der Tag morgen wird anstrengend", meinte Nora.

Simone nickte, erhob sich, sagte: „Gute Nacht" und ging in das Gästezimmer. Nora war sich nicht sicher, was Simone jetzt noch recherchieren oder in die Wege leiten würde, aber schlafen würde sie ganz sicher nicht.

Sie sollte recht behalten. Simone recherchierte noch einige Stunden alles über Hans Lederer, seine Familie und sein Unternehmen. Vorher rief sie einen Bekannten an, gab ihm ein paar Informationen und vereinbarte ein Treffen mit ihm für den nächsten Tag. Es war spät, als Simone das Licht löschte, aber sie war zufrieden mit dem Ergebnis.

# Samstag, 30. Mai

Die Zeit des geruhsamen Morgenkaffees war vorbei. Das Festnetztelefon klingelte Sturm und Nora hob genervt den Hörer ab. Kommissar Baldur hielt sich nicht mit Höflichkeitsfloskeln auf und zischte verärgert ins Telefon: „Sind Sie für die Zeitungsartikel verantwortlich? Ich vermute aber, es ist eher Ihre Schwester."

Abstreiten wäre zwecklos gewesen, er wusste vermutlich längst, dass Simone Journalistin war.

„Guten Morgen, Herr Baldur. Sie wissen doch sicher, dass meine Schwester Journalistin ist. Ich denke, sie hat auf der Suche nach unserer Mutter gestern mit dem einen oder anderen Freund gesprochen. Für die Artikel selbst ist sie nicht verantwortlich. Wie kann ich Ihnen helfen? Haben Sie schon etwas unternommen, um unsere Mutter zu finden? Wenn nicht, wäre eine Handyortung hilfreich."

Herr Baldur versuchte, sich wieder in den Griff zu bekommen:

„Wir arbeiten an der Vermisstensache ihrer Mutter. Auf Wiederhören."

Nora musste grinsen, vielleicht war die Idee ihrer Schwester doch nicht so schlecht gewesen.

Rosi würde sicher im Dorf ihre Fühler ausstrecken und nicht davor zurückschrecken, den einen oder anderen Gefallen einzufordern. Sie war wirklich verärgert gewesen, dass sie von dem Verschwinden von zwei Bergentalerinnen nichts gewusst hatte. Das ließ sich nur durch ihre gegenwärtige Doppelbelastung erklären. Hoffentlich bekam sie bald Maria zurück. Nora selbst konnte momentan nichts Wesentliches zur Suche beitragen, und nutzte die Gelegenheit, ihre Katzen und Pflanzen zu versorgen. Nachdem sie das erledigt hatte, gönnte sie sich eine kurze Auszeit bei den Pferden. Die Stuten kamen grummelnd an den Zaun, und sogar Nurabi getraute sich, ihre Hand zu berühren. Gleich danach versteckte er sich wieder hinter seiner Mutter. Mut war in diesem Alter bei Fohlen noch nicht die hervorstechendste Eigenschaft. Aber Neugier. Plötzlich hatte sie das Gefühl, beobachtet zu werden. Sie blickte sich um und sah Oliver, der sie, an die Wand des Stalls angelehnt, beobachtete. Nachdem er entdeckt wurde, kam er näher.

„Guten Morgen. Wie gehts? Haben Sie inzwischen was von Ihrer Mutter gehört?", fragte er freundlich lächelnd.

„Leider nein, aber wir sind zuversichtlich, sie bald zu finden, ebenso wie Oma Pötschke und Erika." Sie beobachtete ihn dabei genau.

„Ja, davon gingen wir aus", gab er gedankenverloren von sich, „hätten Sie mal Lust, mit mir auszureiten?"

Nora war kurz sprachlos, sammelte sich jedoch schnell wieder und antwortete:

„Prinzipiell ja, aber stört das ihre Frau nicht?"

Er stutzte, überlegte kurz und antwortete:

„Sie haben recht, es wäre möglich, dass es sie stört, aber man kann ja nicht auf alles Rücksicht nehmen. Nennen Sie mir eine Zeit, wenn es Ihnen passt und dann geht es los. Ich habe schon mit Dirk und Franka gesprochen, sie stellen uns zwei ihrer Pferde vom Hof zur Verfügung."

Das war schon ziemlich dreist von ihm, davon auszugehen, dass sie einverstanden wäre. Sie versuchte, sich ihr unmoralisches Verhalten schönzureden, allerdings fielen ihr dazu keine überzeugenden Argumente ein.

„Ich denke darüber nach", antwortete sie.

Er lächelte siegessicher. Dann fiel ihr noch etwas ein:

„Wer ist ‚wir?'".

„Ich weiß jetzt nicht, was Sie meinen."

Nun war doch etwas Unsicherheit in seiner Stimme.

„Sie sagten: Davon gingen wir aus, als ich Ihnen mitteilte, dass wir zuversichtlich seien, die drei Frauen zu finden."

„Ja, das sagte ich", er entspannte sich sofort, „wir, das sind Dirk, Franka und ich."

„Wieso gingen Sie davon aus, dass wir zuversichtlich sind, sie bald zu finden?"

„Weil ich denke, dass Sie nicht nur eine hübsche, sondern auch eine intelligente, zielstrebige Frau sind, die Probleme löst und nicht daran verzweifelt. Mir ist klar, dass Sie über kurz oder lang alle drei finden werden."

Das war jetzt eine geballte Ladung Balsam für Noras Ego. Selig lächelnd winkte sie ihm hinterher, als er sich mit den Worten verabschiedete:

„Ich heiße übrigens Oliver. Bis bald, Nora."

Auf dem Weg zurück zum Haus musste sie sich immer wieder versichern, dass ihre Füße den Boden berührten und sie nicht kleine rosarote Wölkchen unter den Sohlen hatte.

Im Wintergarten begrüßte Simone sie mit einer Tasse Kaffee, die sie ihr reichte und den Worten:

„Ist das dein Lover?"

Nora errötete und antwortete:

„Nein, er ist verheiratet."

„Dann lass die Finger von ihm."

In Anbetracht von Simones Liebesleben in Berlin konnte man in diesem Fall nur von Doppelmoral sprechen.


Das Leben ging weiter, die Kosten dafür wurden nicht weniger durch träumen, also begab sie sich in ihr Büro, um wenigstens die dringendsten Arbeiten zu erledigen. Aber ihre Gedanken waren nicht bei der Sache, sie wanderten immer wieder zu Oliver.

Wie kam ein verheirateter Mann dazu, sie zu beobachten und zu einem Ausritt einzuladen? Sie würde auf gar keinen Fall die Geliebte eines verheirateten Mannes werden. Zu oft hatte sie erlebt, wie sich solche Frauen veränderten, am Anfang waren sie cool, nach einiger Zeit schmachteten sie nur noch ihr Handy an und zum Schluss waren sie das heulende Elend in Person. So wollte sie nicht enden. Aber ein Ausritt war ja eindeutig kein Verhältnis.

Simone betrat das Büro und teilte ihr mit, dass sie wegmüsste. Sie wollte einen Bekannten treffen, sei aber bald zurück.

Nachmittags kam wieder Bewegung in die Suche.

Zuerst rief Kommissar Baldur an. Er teilte ihr mit, dass Giselas Handy zuletzt an der Bergentaler Tankstelle eingeloggt gewesen war, dort ausgeschaltet und danach nicht wieder eingeschaltet wurde. Bis heute nicht. Er fragte nach, ob ein Erpresserschreiben bei Nora eingegangen wäre, was diese verneinte. Die Tankstelle lag isoliert etwas außerhalb von Bergental, deshalb konnte der Standpunkt genau lokalisiert werden. Sie hatte dort um 13.30 Uhr getankt. Das passte genau zu ihrem Terminplan. Es passte auch zu ihr, ihr Handy vor einem Termin auszuschalten. Die Stummschaltung hatte sie entweder noch nicht entdeckt oder ignorierte sie bewusst.

Simone war inzwischen wieder zurück und bestätigte Nora, dass das Handy ihrer Mutter zuletzt an der Tankstelle eingeloggt war. Ihr Bekannter hatte das für sie herausgefunden. Nora wollte gar nicht wissen, ob das legal war.

Nora dachte wieder über Hans Lederer nach. War ihre Mutter zu ihm gefahren? Oder zu ihren Klienten? Ihre Mutter war jetzt seit vorgestern verschwunden. Das passte nicht zu ihr. Für einen Klimententermin und anschließendem Kurzbesuch bei ihrer Tochter packte sie keinen Koffer. Zwei Übernachtungen ohne Wäschewechsel waren für sie ein absolutes No-Go. Irgendwo musste ihr Auto sein, auch das war verschwunden. Dass zeitgleich drei ältere Damen verschwanden, die in keinem erkennbaren Verhältnis zueinander standen, ergab für Nora nicht den geringsten Sinn. Wenn das Verschwinden ihrer Mutter mit der Firma Lederer in Verbindung stand, was sollten dann zwei Rentnerinnen damit zu tun haben, fragte sie sich. Langsam begann Nora, sich ernsthafte Sorgen zu machen. Simone war kurz davor durchzudrehen, kam damit aber auch nicht weiter. Auch Sina war kurz vorm Überschnappen. Sie kam jetzt regelmäßig bei Nora vorbei.

Peter machte sich erst gar nicht die Mühe, an der Haustür zu klingeln, sondern kam direkt durch den Vorgarten zum Hintereingang in die Küche. Dort saßen Nora, Simone und Sina. Bei Simone rief sein privates Eindringen ein Stirnrunzeln hervor. Sie wusste nichts von seinen sexuellen Präferenzen und überlegte, ob er und Nora vielleicht etwas miteinander hatten. Diesen Gedanken verwarf sie aber, als sie beide im Umgang miteinander beobachtete. Er war auch nicht Noras Typ.

„Gibt es etwas Neues?", fragte Peter.

„In der Vermisstensache Oma Pötschke und Erika sind wir keinen Schritt weitergekommen. Das Einzige, was wir wissen, ist, dass unsere Mutter vorgestern hier in Bergental um 13.30 Uhr tankte und danach ihr Handy ausschaltete. Was sie danach machte, wissen wir nicht. Um 15 Uhr wollte sie hier sein. Was hat sie also in diesen eineinhalb Stunden gemacht und wo war sie in dieser Zeit?"

Nora hatte alle Informationen zusammengefasst. Sina überlegte und teilte den anderen mit:

„Der Betreiber der Tankstelle ist mein Onkel. Vielleicht hat er mit ihr gesprochen oder gesehen, in welche Richtung sie fuhr. Was fährt sie denn für einen Wagen? Mein Onkel kann sich an alle Autos erinnern, aber leider nur selten an Gesichter. Er hat übrigens eine Überwachungskamera in seinem Laden."

Simone war schon aufgesprungen:

„Komm, Sina, wir fahren sofort zu ihm." Beide verließen das Haus. Nora schenkte Peter und sich ein Glas Wein zu trinken ein. Sie redeten über andere Dinge als verschwundene Menschen und warteten darauf, was als Nächstes geschah. Sie mussten nicht lange warten. Nach einer Stunde hörten sie Simone und Sina zurückkommen. Simone berichtete:

„Sinas Onkel hat uns die Aufzeichnung vorge-spielt, auf dem unsere Mutter zu sehen ist. Sie fährt vor, tankt, bedient währenddessen ihr Handy, ver-mutlich schaltet sie es dabei aus, geht zum Bezah-len, kommt wieder raus, setzt sich in ihr Auto und fährt los. Zu diesem Zeitpunkt geht es ihr gut. Beim Bezahlen selbst findet kein Gespräch statt, das uns weiterhilft. Wir haben auch auf dem restlichen Vi-deo nichts gefunden, das uns weitergeholfen hätte. Sinas Onkel war so nett, uns eine Kopie mitzuge-ben. Wir sind also kein Stück weiter als vorher."

Simone war ziemlich niedergeschlagen. Sie tat Nora in diesem Moment leid. Peter räusperte sich und sagte:

„Gisela Esch ist Arbeitsrechtlerin und hatte Man-danten hier in Bergental. Lederer ist der einzige Ar-beitgeber hier, der viele Leute beschäftigt. Gisela hatte einen Termin, den sie offensichtlich wahrge-nommen hat, denn sie ist, ohne zu verunglücken, hier in Bergental angekommen und hat direkt vor dem Termin ihr Handy ausgeschaltet. Wäre sie weiter aus dem Ort raus zu ihrem Termin gefahren und hätte erst auf dem Rückweg bei Nora halten wollen, hätte sie ihr Handy vermutlich erst später ausgeschaltet. So wie ich sie aus Erzählungen ein-schätze, ist sie der Typ, der in die Vollen geht, trotz ihres Alters. Das heißt, sie hat in den Telefonge-sprächen mit ihren Mandanten, die sicher uner-wähnt bleiben wollten, aus Angst um ihren Arbeits-platz, diesen vermutlich von einer Anzeige mit an-schließendem Prozess abgeraten. Sie wird ihnen vorgeschlagen haben, dass sie selbst erst einmal das Gespräch mit Lederer sucht. Sie wollte möglicherweise versuchen, ihn dahingehend zu beeinflussen, etwas für seine Leute zu verbessern. Aufgrund des Charakters eurer Mutter hatte sie wahrscheinlich nicht den geringsten Zweifel daran, dass ihr das gelingen könnte. Unwahrscheinlich ist, dass sie direkten Kontakt mit den Klienten in der Kanzlei hatte, denn das hätte Frau Werner vermutlich mitbekommen. Gegen einen Termin mit den Klienten vor Ort spricht, dass dadurch ganz schnell im Ort bekannt würde, wer mit einer Anwältin gesprochen hat. Deshalb muss sie meiner Meinung nach den Termin mit Hans Lederer gehabt haben. Dafür spricht auch, dass sie im Büro seine geschäftliche Telefonnummer notiert hat. Außerdem wäre interessant zu erfahren, mit wem Gisela, so nenne ich sie jetzt einfach einmal, an dem Tag oder auch an den Tagen zuvor alles telefoniert hat. So viele Bergentaler werden da nicht darunter gewesen sein. Vermutlich hat sie Rücksprache mit ihren Klienten gehalten, bevor sie hierher fuhr. Vielleicht wissen diese Näheres über den Termin. Das gibt die Telefonliste her. Die hat die Polizei bestimmt schon. Das ist zwar schlüssig, aber wir können nicht ganz ausschließen, dass sie einen Termin mit einem anderen Arbeitgeber hatte."

Simone hatte hellwach und erstmals wieder hoffnungsvoll in die Zukunft geblickt, während sie Peter zuhörte. Nun galt es nur noch, sie davon abzuhalten, die Firma Lederer zu stürmen. Nora sah Simone an:

„Alle Telefonate, die in der Kanzlei eingehen, werden von Frau Werner entgegengenommen. Außerhalb der Öffnungszeiten zeichnet der Anrufbeantworter die Gespräche auf. Ich weiß, dass Frau Werner eine Liste mit den Telefonnummern plus Datum und Uhrzeit führt."

„Hast du ihre Privatnummer?", fragte Simone.

„Ja", entgegnete Nora, „aber sie hat die Liste ganz bestimmt nicht zu Hause."

„Lasst uns jetzt erst einmal nichts überstürzen, auch, wenn es schwerfällt", beendete Peter das Gespräch.

Simone teilte mit, dass sie einen Bekannten gebeten hatte, sich um den finanziellen Hintergrund der Familie Lederer zu kümmern. Welche Immobilien die Familie besaß, welche weiteren Firmen. Auch wenn viel darüber erzählt wurde im Ort, entsprach nur weniges davon der Realität. Tatsächlich besaß die Familie keine weitere Firma. Wenn man mal von den Häusern und der Fabrik hier in Bergental absah, nur noch ein Mehrfamilienhaus in Frankfurt. Dort waren alle Wohnungen vermietet, es stand keine leer. Das meiste Geld der Familie hatten sie in Aktien angelegt. Dass ihre Mutter in Frankfurt in dem Mietshaus war, schloss Simones Bekannter nach diesbezüglicher Recherche aus.

Nora war erstaunt, an welche Informationen Simone kam. Simone fand, dass vielseitige Kontakte und eine perfekte Vernetzung zum Handwerkszeug

eines jeden guten Investigativjournalisten gehörten. Und sie war gut.

Sina war verzweifelt, weil sie immer noch nichts
Neues über ihre Oma wusste. Ihre Eltern hatten inzwischen Vermisstenanzeige erstattet, aber auch
dabei war bisher nichts herausgekommen.

Peter und Sina verabschiedeten sich. Nora und
Simone machten sich etwas zu essen und gingen
danach früh schlafen.

# Sonntag, 31. Mai

Kaum trat Nora am nächsten Morgen, mit ihrer Tasse Kaffee in der Hand, aus der Küche in den Wintergarten, stürmte auch schon die kleine Lilli Stuber von nebenan ins Haus.

„Guten Morgen, Lilli. Du hast es heute ja eilig."

„Ich war schon bei den Pferden, gestern auch schon, aber du warst gestern nicht da. Weißt du, wie das Fohlen heißt? Ich glaube, es ist ein Junge."

„Ja, es ist ein kleiner Hengst und er heißt Nurabi. Er ist ein Baby und hat noch Angst vor uns. Wir müssen ganz vorsichtig mit ihm sein. Wollen wir mal zusammen zu ihm gehen?"

Lilli strahlte über das ganze Gesicht, wie nur Kinder strahlen können, und rannte schnell in die Küche. Dort hatte Nora eine Stofftasche hängen, in der sie altes Brot trocknete. Lilli wusste, dass sie sich dort zwei Scheiben holen durfte für die Pferde. Auf halbem Weg stoppte sie, drehte sich um, runzelte nachdenklich die Stirn und fragte: „Soll ich jetzt drei Scheiben Brot holen?"

„Nein, der trinkt noch an seiner Mama Milch. Wenn Dirk oder Franka mir sagen, dass er Brot fressen darf, informiere ich dich sofort."

Das leuchtete Lilli ein. Sie gingen gemeinsam Richtung Stall und hörten die Pferde schon grummeln. Das war kein aufgeregtes lautes Wiehern, sondern ein leiser, freundlicher Begrüßungston für Familie und Freunde. Nora war stolz darauf, zu Nurabis Familie zu gehören. Sie versuchten, ihn zu locken, und tatsächlich gelang es ihnen, dass er an Noras und Lillis Hand leckte. Lilli musste lachen. Nurabi wäre das perfekte Pferd für Lilli. In vier Jahren, wenn er angeritten werden würde, wäre Lilli zwölf Jahre alt. Jedes Pferd verdient es, einmal im Leben von einem kleinen Mädchen geliebt zu werden. Aber vermutlich würde er von Franka für viel Geld verkauft werden. Ihr tat schon bei dem Gedanken das Herz weh. Gerade, als sie zurück zum Haus wollten, fuhr das Auto von Oliver vor. Er stieg winkend aus und kam auf beide zu.

„Na, Lilli, gefällt dir das Fohlen?"

„Es heißt Nurabi", teilte ihm Lilli ernst mit.

„Das ist aber ein schöner Name." Oliver versuchte, ernst zu bleiben, statt zu grinsen, was ihm nicht wirklich gelang. An Nora gewandt:

„Guten Morgen, Nora, wenn es dir passt: Heute Nachmittag hätte ich Zeit für einen Ausritt."

„Ich auch."

Manchmal kamen die Worte schneller über die Lippen als der Verstand nachkam. Beide strahlten sich an. Oliver sagte: „Okay, dann um 16 Uhr bei Dirk auf dem Hof. Ich muss jetzt weiter. Machts gut, ihr zwei."

Lilli blickte Nora ernst an und sagte:

„Du hast den Oliver lieb, gell?"

Nora bediente sich des Elementes der Ablenkung, als sie ihre Schwester den Garten betreten sah und kam so um eine Antwort auf die Frage herum:

„Das ist meine Schwester Simone. Kennst du sie schon?"

„Ja, aber ich glaube, sie mag keine Kinder."

Sprach's, bog ab und verschwand durch das Loch im Zaun.

„Du hast hier ja ein total offenes Haus, hier kommt jeder rein, wie und wann es ihm passt", stellte Simone zur Begrüßung kopfschüttelnd fest.

„Ja", strahlte Nora, „ist das nicht großartig?"

Simone gruselte es bei dem Gedanken. Zu ihr kam man nur in die Wohnung auf Einladung. In Berlin traf man sich in Cafés oder Restaurants.

„Hast du schon mit Frau Werner telefoniert?"

„Nein, aber das mache ich gleich."

Nora schenkte sich einen Kaffee ein und rief danach Frau Werner an. Sie entschuldigte sich dafür, dass sie sonntags stören würde, aber Frau Werner meinte, sie hätte sowieso nichts vor. Sie war mit den Nerven am Ende, weil sie Termine absagen musste und gar nicht wusste, wie sie das begründen sollte, ohne das Wort ‚verschwunden' darin zu erwähnen. Nora entschied, sie solle den Anrufbeantworter besprechen und die Kanzlei vorübergehend schließen. Während des Telefonates, welches sie auf laut gestellt hatte, bat sie Simone, die ja schon beruflich bedingt gut mit Worten umgehen konnte, sich einen Text für den Anrufbeantworter einfallen zu lassen. Simone begann sofort etwas aufzuschreiben. Danach bat sie Frau Werner ihre Telefonliste der letzten Woche, im Falle, dass dabei nichts herauskam, der letzten zwei Wochen, auf Telefonnummern hin zu überprüfen, die eine Bergentaler Vorwahl hatten. Sie versprach es, wandte aber ein, dass die meisten inzwischen kein Festnetztelefon mehr benutzten und bei ihnen mit dem Handy anriefen. Als Nora meinte, dann hätte sie gerne die Namen der Anrufer, merkte sie ein Zögern bei Frau Werner. Natürlich ging es um Verschwiegenheit und Anwaltsgeheimnis. Aber auch um das Leben ihrer Chefin. Sie versprach es und wollte sich gleich an die Arbeit machen. Nora bedankte sich bei ihr und meinte, es sei ja Sonntag und es hätte auch Zeit bis morgen. Frau Werner antwortete, dass sie dies auch schon heute erledigen könne. Danach übergab Nora die Gesprächsführung an Simone, die Frau Werner einen Text für den Anrufbeantworter diktierte, der allen gefiel. Frau Werner versprach die Liste via E-Mail an Nora zu senden.

Simone hatte bei ihrer weiteren Recherche nichts wesentlich Neues über die Familie Lederer in Erfahrung bringen können. Wenn man mal davon absah, dass beide Lederersöhne sportlich waren, der eine war aktiv im örtlichen Fußballverein und der andere fuhr viel Rad und joggte regelmäßig.

Nora konnte sich nicht vorstellen, dass diese Informationen ihnen bei der Suche nach ihrer Mutter weiterhelfen würden.

Was jedem klar war, der auf dem Land lebte, war die Tatsache, dass das Internet kaum Informationen hergeben konnte, die der Nachbar nicht wusste.

Nora nutzte die Zeit, um ihrer eigentlichen Tätigkeit nach zu gehen. So langsam stapelte sich schon die eingehende Post auf ihrem Schreibtisch.

Simone ging in das Gästezimmer. Was sie dort machte, entzog sich Noras Wissen. Noras Handy gab immer mal wieder Töne von sich. Nach zwei Stunden Arbeit machte sie eine Pause und überprüfte ihre Nachrichten. Frau Werner hatte die E-Mail geschickt. Festnetznummern waren keine dabei mit Bergentaler Vorwahl. Auf Anhieb kam Nora kein Name auf der Namensliste bekannt vor.

Nora schwang sich aufs Rad und fuhr zu Rosi. Sie zeigte ihr die Telefonliste, nicht ohne ihr vorher deutlich klar gemacht zu haben, dass sie unter gar keinen Umständen mit jemandem darüber reden durfte. Rosi war damit einverstanden, auch wenn es ihr schwerfiel. Sie las die Liste sorgfältig durch.

„Ich kenne natürlich nicht alle Zugereisten mit Namen, es sind ja ausschließlich Handynummern. Aber die Einheimischen kenne ich alle und ein Name ist darunter, den ich gut kenne: Carola Weber."

Nachdem Rosi Nora darüber informiert hatte, wer Carola Weber war, verließ Nora den Laden und fuhr wieder nach Hause. Nora wusste, wer Carola war, hatte aber deren Nachnamen nicht gekannt. Sie spürte, dass langsam Bewegung in die Suche kam.

Nachdem Nora wieder zu Hause war, ging sie in den Garten, schlüpfte durch das Loch im Zaun und klopfte an die Hintertür von Stubers Haus. Carmen forderte sie durchs Fenster winkend auf reinzukommen.

„Hallo Nora, das ist aber schön, dass du mal vorbeikommst." Ihre drei Kinder saßen spielend und malend an dem riesigen Esstisch, dazu die zwei Söhne ihrer Schwester Carola. Bald würde ein weiteres am Tisch sitzen. In einer Woche war der offizielle Geburtstermin.

„Ich müsste mal mit Carola reden. Weißt du, wann und wo ich sie erreichen kann?"

„Ja, sie müsste jeden Moment kommen, um ihre Kinder abzuholen. Magst du solange was trinken? Ich habe frische Limonade gemacht."

„Das ist lieb von dir. Ja, gerne." Die Limonade war erfrischend kalt und geschmacklich absolut gelungen. Nora fragte sich, wie Carmen das alles nebenbei schaffte und dabei so gut gelaunt und strahlend aussehen konnte. Kaum hatte sie ihr Glas ausgetrunken, hörten sie Carolas Auto vorfahren. Als Carola das Zimmer betrat, stutzte sie kurz, als sie Nora sah. Nora stand auf und fragte sie, ob sie sie allein sprechen könnte. Carola nickte und beide gingen in den Garten. Nora kam direkt zur Sache:

„Meine Mutter ist die Rechtsanwältin Gisela Esch. Sie hatte einen Termin hier in Bergental und wird seitdem vermisst. Bei der Durchsicht der Telefonliste taucht als einziger dein Name auf, der mit Bergental in Verbindung steht. Ich möchte wissen, ob meine Mutter mit dir den Termin hatte."

„Ich habe in der Zeitung gelesen, dass sie verschwunden ist. Ich wusste nicht, dass es deine Mutter ist. Es tut mir so leid für dich. Wie schrecklich. Ich hatte keinen Termin mit ihr. Ich rief sie wegen ausstehender Unterhaltszahlungen an, aber sie sagte mir, dass sie nur noch Arbeitsrecht mache und kein Familienrecht mehr. Sie verwies mich an andere Kollegen."

„Zu welchem Anwalt bist du denn dann gegangen?", hakte Nora nach. Carola war kurz irritiert, wich Noras Blick aus und antwortete:

„Zu keinem. Der Unterhalt war inzwischen auf meinem Konto eingegangen."

Nora war nicht überzeugt. Aber sie konnte Carola nicht das Gegenteil beweisen. Sie bedankte sich für das Gespräch, verabschiedete sich und schlüpfte wieder durch das Loch im Zaun auf ihr Grundstück.

Als Nora ihr Haus betrat, stand Simone in der Küche.

„Ich weiß gar nicht, was hier überhaupt los ist. Ich verstehe es nicht. Ich lebe hier in einem wunderschönen, friedlichen Dorf und jetzt platzt gerade die Seifenblase, in der ich lebte", sagte Nora.

Sie erzählte ihr von ihrem Gespräch mit Carola. Simone meinte, dass sie nicht genug Druck aufgebaut und dass sie selbst es besser hinbekommen hätte. Nora verdrehte die Augen, ersparte sich eine Antwort, verließ wortlos den Raum und ging in ihr Büro, nicht ohne die Tür hinter sich laut ins Schloss fallen zu lassen. Das Zeichen für Simone, nicht auf die Idee zu kommen, ihr zu folgen.

Nora nahm sich einen Stapel Post vor, sortierte die eingegangenen Rechnungen in die entsprechenden Ordner ein, markierte diese als vollständig und damit fertig zur Bearbeitung. Normalerweise half ihr diese Arbeit, zur Ruhe zu kommen, dieses Mal gelang es ihr aber nicht. Ihre Gedanken schweiften ab. Sie hatte immer ein schwieriges Verhältnis zu ihrer Mutter gehabt. Sie hätte sich für sie viele Todesarten vorstellen können: Von unzufriedenen Handwerkern, die sie so lange schikaniert hatte, bis diese sie in einen Keller einbetoniert hätten. Die Flohmarkthändler, die sie solange gereizt hätte, bis es zu einer Schlägerei zwischen den Tapeziertischen gekommen wäre und sie dabei einen Schädelbasisbruch erlitten hätte. Ein Ehemann, der sie nicht mehr aushielt und ertränkte. Das alles und vieles mehr wäre für Nora eine durchaus realistische Möglichkeit gewesen, aber hier in ihrem friedlichen Bergental im Rahmen ihrer Berufsausübung spurlos zu verschwinden war nie eine Option gewesen. Es ergab für Nora nicht den geringsten Sinn. Hätte sich jemand gefunden, der etwas gegen Lederer unternehmen wollte und seine Anwältin verschwand, dann würde derjenige sich einen neuen Anwalt suchen. Sie schätzte Lederer, nachdem, was sie bisher über ihn erfahren hatte, eher so ein, dass er das Problem mit Geld gelöst hätte, anstatt mit Gewalt. Ihre Mutter wäre dem Angebot, wenn es denn hoch genug gewesen wäre, vermutlich erlegen. Es wurde Zeit, den Blickwinkel auf das Geschehen zu verändern. Auch von Oma Pötschke und ihrer Freundin Erika gab es nichts Neues. Gehörten beide Fälle zusammen? Wieso waren sich alle nur so sicher, dass Oma Pötschke und Erika wieder auftauchen würden? Und noch immer fand sich kein Hinweis darauf, ob die Fälle zusammenhingen. Nora konnte nicht die geringste Verbindung erkennen. Sie brauchte eine Auszeit, um den Kopf freizubekommen. Und danach einen neuen Ansatz.

***

Diese Auszeit war der bevorstehende Ausritt mit Oliver. Sie ging sich umziehen und stellte fest, dass der Aufwand, den sie dafür betrieb, in keinem Verhältnis zu dem Aufwand stand, den sie aufbringen würde, wenn sie mit Franka ausreiten würde. Sie war bereit für ein Date in Reithosen. Viertel vor vier war sie bei Dirk auf dem Hof. Was Pünktlichkeit anging, hatte sie doch etwas von ihrer Mutter mitbekommen. In dem Augenblick, in dem sie von ihrem Rad stieg, fuhr Oliver auf den Hof. Franka strahlte beide an. Sie hatte zwei Pferde geputzt und war bereits dabei, sie zu satteln.

„Was für ein Service", lachte Oliver. Menes, den Zuchthengst und das Lieblingsreitpferd von Franka, hatte sie für Nora gesattelt. Dessen Freund, den Trakehner Gitano, für Oliver. Außer dem Trakehner und dem Shetty waren alle anderen Pferde russisch-polnisch gezogene Vollblutaraber. Für Nora waren es einfach nur bildhübsche Pferde.

„Ich habe noch nie einen Hengst geritten." Nora war sich plötzlich nicht mehr so sicher, ob der Ausritt eine so gute Idee war.

„Mach dir keine Sorgen, Nora, Menes ist mein liebstes Pferd im Stall. Er lässt sich wunderschön reiten und ist das perfekte Anfängerpferd. Oliver ist etwas zu schwer für ihn, deshalb bekommt er Gitano, das Shetty ist für euch beide nicht mehr geeignet", lachte sie, „und die Stuten sind alle hochtragend oder säugend. Du siehst, es gab keine Alternative. Würde ich eure Reitfähigkeiten nicht einschätzen können und euch das nicht zutrauen, dann würde ich euch die Pferde nicht geben. Jetzt los, ihr zwei, ich wünsche euch viel Spaß und einen tollen Ausritt."

Beide schwangen sich auf die Pferde und ritten nebeneinander vom Hof. Sie mussten lediglich eine kleine Straße überqueren. Dann waren sie schon

auf einem Feldweg. Nora fand, dass es sich gut anfühlte, Menes zu reiten. Langsam entspannte sie
sich. Oliver saß auf dem Pferd, als würde er nie woanders sitzen. Er fragte:

„Kann man sich eine schönere Landschaft und
besseres Wetter für so einen Ausritt wünschen?"

Fast hätte Nora geantwortet, dass sich das nur
durch die attraktive Begleitung steigern ließ, aber
im letzten Moment überlegte sie sich das anders
und antwortete:

„Das sehe ich genauso."

„Ich habe eine großartige Route für uns ausgesucht. Franka meinte, die wärt ihr noch nicht geritten. Auf der Strecke können wir ein paar tolle Trab-
und Galoppassagen einbauen. Ist das für dich in
Ordnung?"

Nora nickte nur.

„Okay, dann mal los." Auf kleinste Hilfen reagier-
ten die Pferde und fielen in einen Galopp. Auf keiner der Stuten, die Nora bisher geritten hatte, empfand sie dieses Gefühl von Leichtigkeit und Harmo-
nie wie auf diesem schwarzen Hengst. Es ließ sich
mit nichts Vergleichbarem beschreiben. Am Ende
des langen Feldweges parierten sie die Pferde
durch zum Schritt. Noras Wangen glühten und sie
war selig. Oliver lachte:

„Dir scheint das Spaß zu machen."

„Total" kam von Nora zurück. Sie trabten ein
Stück durch den Wald und auch in dieser Gangart

war der Hengst das Bequemste, was sie bisher erlebt hatte. Abrupt endete der Wald und sie standen auf einer Lichtung, auf der sich eine Ruine befand. Sie stiegen ab, führten die Pferde um die Ruine herum und Oliver erklärte ihr, dass es sich dabei um ein altes Nonnenkloster aus dem 13. Jahrhundert handele und dass man bei Ausgrabungen einige Kinderleichen gefunden hätte. Wie gruselig, fand Nora. Sie schaute sich alles interessiert an, stoppte abrupt und Oliver, der direkt hinter ihr gewesen war, konnte nicht mehr rechtzeitig stoppen und prallte gegen sie. Sie drehte sich um und stand Brust an Brust an ihm. Kurz knisterte die Luft vor Erotik. Schnell wandte er sich ab:

„Wir müssen uns jetzt beeilen zurückzureiten, es kommt ein Gewitter auf. Siehst du da hinten die dunklen Wolken? Franka wird die Wolken schon sehen und sich Sorgen machen." Er half ihr in den Sattel, schwang sich auf Gitano und beide ritten zurück. Kurz bevor sie den Hof erreichten, fragte Oliver sie, ob sie nicht mal Lust hätte, abends zum Essen zu ihm zu kommen.

„Sehr gerne, nichts täte ich lieber, aber erst müssen wir meine Mutter finden. Zurzeit ist auch noch meine Schwester zu Besuch."

„Kann ich irgendwie helfen?"

Nora informierte ihn über das, was sie bereits wussten und darüber, dass sie gerade in einer Sackgasse seien. Dass das Verschwinden von Oma Pötschke und Erika mit dem ihrer Mutter zusammenhing, konnte auch Oliver sich nicht vorstellen. Es wäre zwar möglich, dass alle drei Damen gemeinsam verschwunden wären, aber wo sollte der Zusammenhang sein? Niemandem aus dem Freundeskreis war ein Punkt eingefallen, an dem es eine Überschneidung gegeben hätte. Selbst Kommissar Baldur ging von zwei verschiedenen Fällen aus. Allerdings war es schon ein sehr großer Zufall, dass drei alte Damen gleichzeitig verschwanden.

„Ruf mich an, wenn ich etwas tun kann", sagte er und fügte hinzu, „Es war sehr schön mit dir, ich hoffe auf eine Wiederholung."

„Ich fand es auch sehr schön." Dabei strahlte Nora über das ganze Gesicht.

Franka stand schon bereit, die Pferde entgegenzunehmen.

„Wie war es? Hat es dir gefallen, Menes zu reiten?" Nora brach in Begeisterung aus und Franka musste lachen.

„Ja, er ist ein Traumpferd. Der kleine Nurabi wird optisch und charakterlich sein Ebenbild."

Oliver ging noch kurz bei Dirk vorbei und fuhr dann winkend los.

Nora verabschiedete sich von Franka und bedankte sich vielmals. Gerade, als sie den Hof verlassen wollte, begegnete ihr Dirk.

„Hallo Dirk", begrüßte sie ihn.

„Hallo Nora", Dirk wirkte ernst, „Oliver ist ein anständiger Kerl und ein enger Freund von mir. Wollte ich nur mal so sagen."

Winkte zum Abschied, drehte sich um und verschwand im Laden.

Was war das denn jetzt gewesen, fragte sich Nora. Vielleicht fand Dirk es verwerflich, dass sie mit einem verheirateten Mann ausritt. Lange hatte sie keine Zeit, darüber nachzudenken, denn zu Hause warteten Neuigkeiten auf sie.

\*\*\*

## OLIVER LOTH

*Ich habe Nora das erste Mal gesehen kurz, nachdem sie hierhergezogen ist. Ich saß damals bei Franka in der Küche, als sie mit ihrem Rad auf den Hof fuhr und zu Dirk in den Laden ging. Damals entfuhr mir das erste ,Wow'.*

*Franka blickte mich an und sagte:*

*„Lass erst noch mal die Finger von ihr, bis sie geschieden ist."*

*Was ich auch tat. Franka wusste schon vor Nora, dass die Ehe von ihr keinen Bestand haben würde. Ihren damaligen Mann habe ich einmal im*

*Hofladen getroffen. Dirk und ich waren uns von An-*
*fang an darüber einig, dass die zwei nicht zusam-*
*menpassen. Carlos Nieberg war ein arroganter*
*Typ, der dachte, er sei der einzig Intelligente unter*
*lauter Idioten hier auf dem Land. In der Folgezeit*
*habe ich sie immer mal wieder irgendwo im Ort ge-*
*sehen, aber es kam nie zu einem Kontakt und mit*
*ihren Katzen kam sie nie zu mir in die Praxis. Dirk*
*und Franka fragten mehrmals nach, ob sie uns*
*nicht mal gemeinsam einladen sollten, aber das*
*hätte mir zu sehr nach Verkupplungsversuch aus-*
*gesehen. Jetzt fühlt sich der Kontakt richtig an. Ich*
*hoffe, wir finden schnell ihre Mutter, damit wir uns*
*besser kennenlernen können. Franka und Dirk sind*
*der Meinung, das würde passen mit uns. Keiner*
*kennt mich so gut wie diese beiden.*

\*\*\*

Simone war schon wieder schlecht gelaunt. Was
in der augenblicklichen Situation nachvollziehbar
war, aber für Nora wurde es immer schwieriger, sie
um sich zu haben. Rosi hatte angerufen, weil sie
Nora nicht am Handy erreicht hatte.

„Wo warst du denn schon wieder?"

Sie verspürte keine Lust, Simone von Oliver zu
erzählen und sich für ihre Auszeit zu rechtfertigen.
Sie erwiderte nur:

„Unterwegs." Das musste reichen. Simone fragte nicht nach. Das war gut so, denn sie war nicht bereit, diese kostbare Erinnerung zu teilen. Sie ging in ihr Büro. Kurze Zeit später klopfte es an ihrer Tür. Das war normalerweise nicht Simones Art. Irritiert sagte Nora:

„Ja?"

Die Tür öffnete sich und Carola Weber stand in der Tür. Völlig überrascht bat Nora sie, näherzukommen. Sie bot ihr einen Stuhl an und fragte:

„Was kann ich für dich tun, Carola?"

„Die Frage ist vielmehr, was kann ich für dich tun. Es tut mir leid, ich habe dir nicht die Wahrheit gesagt. Meine Schwester hat ziemlich geschimpft mit mir und gesagt, wenn ich das nicht kläre, bekäme ich richtig Ärger mit ihr. Natürlich hattest du recht, es ging um die Firma Lederer und nicht um eine Unterhaltssache. Die Mitarbeiter aus dem Produktionsbereich wollen einen Betriebsrat. Keiner getraut sich, etwas zu sagen, weil alle Arbeiter dort den Job brauchen. Sie haben heimlich Geld gesammelt, um einen Anwalt zu bezahlen. Sie haben mich gebeten, weil sie wissen, dass ich mich für sie einsetze, ob ich das Geld zu einem Anwalt bringen könnte, ohne dass man ihre Namen erfuhr. Ich wollte natürlich auch nicht, dass mein Name da auftauchte. Ich rief deine Mutter an und sie teilte mir mit, dass sie einen Auftraggeber bräuchte, um juristische Schritte einzuleiten. Ich schilderte ihr unser Problem, und sie meinte, es gäbe die Möglichkeit, sie für eine Beratung zu bezahlen. Die würde in unserem Fall beinhalten, dass sie zunächst ein Gespräch mit der Gegenseite suchen würde. Vielleicht würde das schon helfen. Wir vereinbarten, dass sie Hans Lederer aufsuchen und ich das gesammelte Geld auf ihr Konto überweisen sollte. Was ich getan habe."

„Es ist gut, dass du mir die Wahrheit gesagt hast, jetzt wissen wir wenigstens definitiv, zu wem unsere Mutter wollte. Kannst du im Betrieb rausbekommen, ob sie einen Termin mit ihm ausgemacht hat und wenn ja, für wann?"

„Das dürfte kein Problem sein, ich kenne die Chefsekretärin, die seine Termine macht."

„Dann versuche das bitte und gib mir sofort Bescheid, wenn du Näheres weißt. Kannst du mir sonst noch etwas über Hans Lederer erzählen?"

Carola nickte:

„Tatsächlich ist er kein so übler Chef, wie die Leute erzählen. Es stimmt, dass die Abluftanlage alt ist und dass er keine Gewerkschaftler in seinem Betrieb haben will, aber er ist ansonsten ein sehr gerechter Chef. Ich rede mit seiner Sekretärin", versprach sie und verließ das Zimmer. Nora ging zu Simone und informierte sie über das Gespräch. Danach ging sie wieder in ihr Büro und schloss die Tür.

Kommissar Baldur rief an und teilte ihr mit, dass das Auto von Gisela gefunden worden war. Es stand im Parkhaus des Frankfurter Flughafens.

„Das ist völlig unmöglich", erwiderte Nora.

„Es tut mir leid, aber Ihre Mutter ist eine erwachsene Person, es liegt nichts vor, das auf ein Gewaltverbrechen schließen lässt. Sie hat sich offensichtlich entschlossen, ihre Pläne zu ändern. Damit können wir leider nichts mehr für Sie tun."

„Das ist völlig unmöglich", erklärte auch Simone, nachdem Nora sie über das Gespräch mit Kommissar Baldur informiert hatte. Beide konnten sich das nicht vorstellen.

Es wurde Zeit für ein Brainstorming mit den Freunden. Simone, die sonst immer Druck machte, meinte, es sei besser, abzuwarten, was Carola in Erfahrung bringen würde.

Nora musste nachdenken. Das gelang ihr am besten im Garten. Sie sah nach ihren Pflanzen, schlenderte zu den Pferden, drehte sich um und blickte von der Anhöhe auf ihr Haus und den Ort. Wie hatte sich ihr Leben in den letzten Jahren verändert? Was war besser geworden? Was schlechter? In welche Richtung würde es sich entwickeln? Sie stellte sich vor, in zehn Jahren genau an dieser Stelle zu stehen, auf das Haus und auf sich selbst herunterzusehen. Was würde sie sehen? Sie schloss die Augen und vor ihrem inneren Auge entstand eine Szene: Nora saß im Garten am Tisch, sie trug ein geblümtes Sommerkleid und einen Strohhut. Ein mittelgroßer Hund tobte durch den Garten, was ihre Katzen nicht störte. Oliver trat auf die Terrasse, ging auf sie zu und küsste sie. Nora öffnete die Augen und schalt sich, eine weltfremde

Romantikerin zu sein, obwohl sie zugeben musste, dass der Gedanke an eine solche Zukunft ihr gefallen würde. Dann wanderten ihre Gedanken zu ihrer Mutter. Auch wenn Gisela eine schwierige Person war und ihr Verhältnis nie ein besonders herzliches war, so war sie doch ihre Mutter und sie wünschte ihr nichts Böses. Wäre sie entführt worden, hätte man Lösegeld gefordert. In Anbetracht ihres Vermögens hätte das Sinn ergeben. Jeder, der ihrer durch Zufall habhaft geworden wäre, hätte das spätestens dann verlangt, wenn er erfahren hätte, wie vermögend seine Geisel ist. Hätte sie den Plan gehabt wegzufliegen, hätte sie es Simone mitgeteilt und keinen Termin mit Nora ausgemacht. Ginge es ihr gut, würde sie sich schon längst gemeldet haben. Man konnte es sich jetzt noch schönreden, aber realistischerweise musste man vom Schlimmsten ausgehen. Entweder hatte sie sich ganz allein in eine Situation gebracht, aus der sie sich nicht selbst befreien konnte, dagegen sprach aber das Auto am Flughafen. Oder ....

Darüber wollte Nora nicht nachdenken. Simone sollte Kommissar Baldur fragen, ob sie einen Flug gebucht und angetreten hatte. Was hätte sie sonst am Flughafen gewollt?

Simone hatte Kommissar Baldur nicht erreichen können und Nora bat sie, ihn auch noch zu fragen, ob er ihnen die Liste der Telefonate ihrer Mutter geben könnte.

Es wurde Zeit, sich mal wieder mit ihrer eigentlichen Arbeit zu beschäftigen, sonst hätte sie bald keine mehr. Sie setzte sich an ihren Schreibtisch und blendete ihre Mutter und Oliver völlig aus. Sie arbeitete eineinhalb Stunden hoch konzentriert und äußerst effektiv, bis Simone ihr Büro betrat.

Sie hatte Kommissar Baldur an seinem Diensthandy erreicht und kein erfolgreiches Gespräch mit ihm gehabt:

„Er sagte mir, dass für ihn der Fall erst einmal erledigt sei. Da es keinen Hinweis auf ein Verbrechen gäbe, sei er auch nicht berechtigt, mir Auskunft zu geben. Ich hasse es wie die Pest, aber ich habe alle Register gezogen und bin in Tränen ausgebrochen und schluchzte herzzerreißend: 'Aber es ist doch meine Mami.' Ich habe das gut hinbekommen, trotzdem wurde er nicht weich."

Es war vermutlich das erste Mal, dass sie mit dieser Nummer keinen Erfolg bei einem Mann gehabt hatte.

Jetzt wurde es wirklich Zeit für ein Brainstorming.

Nora trommelte Dirk, Franka, Rosi und Peter zusammen. Es dauerte keine halbe Stunde und die Freunde waren bei ihr. Nachdem Nora den aktuellen Wissensstand vorgetragen hatte, eröffnete Peter das Gespräch:

„Was genau, außer eurem Gefühl, spricht denn dagegen, dass eure Mutter an den Flughafen gefahren ist? Ich gehe davon aus, dass Kommissar Baldur anhand von Bildern der Überwachungskameras am Flughafen überprüft hat, ob sie es war, die den Wagen im Parkhaus parkte. Auf ihrer Kanzleihomepage ist ein Bild von ihr und ihr habt ihm sicher auch welche zur Verfügung gestellt. Wenn er die dann verglichen hat, ist das schon überzeugender als euer Gefühl."

Nora war sprachlos. So hatte sie es noch nie gesehen. Simone überzeugte dass kein bisschen:

„Egal, wer ihren Wagen gefahren hat: Sie war es nicht! Das ist nicht nur irgendein diffuses Gefühl von mir. Ich kenne meine Mutter besser als jeder andere. Ich weiß, dass ihr irgendetwas Schlimmes zugestoßen sein muss."

Nora nickte und gab resigniert von sich:

„Wir kommen nicht weiter. Es muss doch irgendeinen Menschen gegeben haben, der in den eineinhalb Stunden bis zu ihrem Verschwinden sie und ihr Auto gesehen haben muss."

Dirk wandte sich direkt an Simone:

„Du könntest doch einen Flyer entwerfen mit Foto von ihr und vor allem ihrem Auto. Die Leute hier achten auf fremde Autos. Wenn ihr auch noch Oma Pötschke und Erika mit in den Flyer aufnehmt, wird sich Sina sicherlich revanchieren und diesen mit ihren Freunden verteilen. Da sind ein paar dabei, die hier im Ort die kostenlosen Zeitungen austragen. Sie könnten diesen Flyer in jedem Haus in Bergental einwerfen. Bestimmt hat jemand etwas gesehen."

Simone war sofort begeistert. Rosi warf ein:

„Vergesst nicht, das Wort ‚Belohnung' da reinzu-schreiben, das motiviert beim Nachdenken. Ge-rade hier auf dem Dorf ist auch der Hinweis, dass die Information auch anonym gegeben werden kann, wichtig. Schließlich will keiner offiziell zum Verräter werden, aber für Geld …"

Simone nickte:

„Ich übernehme das sofort."

„Und ich telefoniere gleich mit Sina", sagte Nora.

Nachdem sich Nora für die Hilfe bei ihren Freun-den bedankt hatte, verabschiedeten diese sich.

Nora rief Sina an. Sie bat Sina und ihre Eltern um Erlaubnis, Oma Pötschke und Erika mit in den Flyer aufnehmen zu dürfen.

\*\*\*

## SIMONE ESCH

*Ich habe meine Schwester Nora nie verstanden. Wir waren schon immer verschieden. Mir hätte es ausgereicht, allein mit meiner Mutter zu leben. Mein Vater hat mir nie viel bedeutet und bei Nora war es genau umgekehrt: Sie war ein Papakind. Ich frage mich, wie man so leben kann wie sie: in einem hässlichen Kaff, einem Haus mit viel zu großem*

Grundstück am Hals, beides überfordert sie völlig, Freunde, die einem unangemeldet das Haus einrennen und Löcher in den Zaun machen. Tiere und Pflanzen, die einem jede Spontanität nehmen mal wegzufahren, keine Kneipen- und Kulturszene im Ort, immer nur Arbeit und immer nur dasselbe sehen. Das, was sie hier einen Supermarkt nennen, ist ein besserer Tante-Emma-Laden und da auch hier die Leute vermutlich zum nächsten Aldi fahren, ist das, was man hier bekommt, grenzwertig am Ablaufdatum. Für andere wäre solch ein Leben ein Grund, Selbstmord zu begehen, aber sie findet das toll. Zumindest tut Nora so. Unvorstellbar.

Ich bin froh, in Berlin zu leben. Ich zähle schon die Tage, bis ich endlich wieder von hier wegkomme. Was ich auch nicht nachvollziehen kann, ist die Art, wie sie mit dem Verschwinden unserer Mutter umgeht. Manchmal denke ich, es ist ihr nicht nur egal, sondern sie wäre froh, wenn sie verschwunden bleibt. Vielleicht bemüht sie sich nur aus Pflichtgefühl heraus, prinzipiell und im Speziellen mir gegenüber, sie zu finden. Damit sie sich später selbst ins Gesicht sehen kann, ohne sich selbst eine Mitschuld zu geben. Ich wundere mich sowieso, dass jeder Wildfremde verdächtigt wird, sie entführt zu haben. Nur sie wird nicht verdächtigt.

Für mich sind zwei andere Szenarien durchaus vorstellbar und sogar viel wahrscheinlicher.

Mama kam nach ihrem Termin, der entweder stattgefunden hat oder auch nicht, hierher und *wurde von ihr ermordet. Nora und unsere Mutter haben sich nie verstanden. Es ist nicht unwahrscheinlich, dass es zwischen Ihnen zum Streit kam. Vielleicht war es kein Mord, sondern ein Unfall.*

*Oder Nora hat Mama unter einem Vorwand hierhergelockt. Sie hat mit unserer Mutter telefoniert und den Namen Lederer genannt, weshalb sie diesen Namen im Büro notierte. Welchen Beweis gibt es eigentlich, dass es mit dem Termin hier in Bergental überhaupt stimmt? Vielleicht braucht Nora Geld, um sich ein anderes, besseres Leben aufzubauen.*

*Zugegeben, ohne Grund würde Mama vermutlich niemals freiwillig ihre Stadtwohnung oder ihr Büro verlassen, nur, um Nora zu besuchen.*

*Zutrauen würde ich Nora vieles. Alle denken, sie sei so eine Nette und Liebe, dabei ist sie ganz anders. Es würde mich nicht wundern, wenn sie unsere Mutter entführt oder umgebracht hätte. Ich habe in ihrer Abwesenheit bereits das ganze Haus durchsucht und keinen Hinweis darauf gefunden. Allerdings halte ich sie schon für intelligent. Wenn es etwas Verräterisches gegeben hätte, dann hätte sie es vor meiner Ankunft verschwinden lassen. Auch ihren Freunden traue ich kein bisschen über den Weg. Vielleicht haben die sie ja unterstützt.*

# Montag, 01. Juni

Simone hatte einen beeindruckenden Flyer entwickelt. Davon verstand sie etwas. Weiterhin hatte sie eine Homepage zum Thema: ,Vermisst in Bergental' erstellt. Auf dem Flyer gab es einen Hinweis auf die Homepage und die Information, dass dort die weiteren Entwicklungen bekannt gegeben würden. Sina war vorbeigekommen und hatte den von Simone ausgedruckten ersten Stapel in Empfang genommen. Sie selbst wollte die Organisation der Verteilung übernehmen.

Nora hoffte, dass dabei etwas herauskam und sie weiterbringen würde. Bis dahin würde sie versuchen, so normal weiter zu machen wie möglich. Während sie in ihrem Büro über ihrer Arbeit saß, schweiften ihre Gedanken aber immer wieder zu Oliver ab und sie spürte eine Hitze in ihrem Körper, von der sie lange gedacht hatte, die Glut sei längst erloschen. Sie blickte aus dem Fenster, sah den kleinen Nurabi wild auf der Wiese herumrennen, dachte, wie unbeschwert Kindheit und Jugend sein konnten, als ihr Festnetztelefon klingelte. Unbekannte Nummer.

Sie meldete sich professionell förmlich. Die Stimme, die sie vernahm, ließ sofort ihr Herz höherschlagen. Oliver begrüßte sie mit den Worten:

„Hallo Nora, ich wollte mich einfach mal melden und fragen, wie es dir geht?"

Sie hätte jetzt irgendwelche weiblich-taktischen Spielchen machen können, entschied sich aber für den direkten, ehrlichen Weg:

„Ich habe gerade an dich gedacht."

Oliver lachte:

„Dann geht es dir wie mir. Gibt es schon Neuigkeiten wegen eurer Mutter oder den anderen beiden?"

„Nein, leider nicht. Aber wir sind dran. Sina und ihre Freunde verteilen gerade Flyer hier in Bergental, vielleicht erfahren wir so etwas."

„Ich drücke euch die Daumen. Du siehst jetzt auf deinem Display meine Nummer. Da bin ich jederzeit erreichbar."

„Ich gebe sie in mein Handy ein und schicke dir eine Nachricht, dann hast auch du meine Handynummer." Der Tag fing gut an.

Sina kam vorbei und holte sich weitere ausgedruckte Packs ab. Sie und ihre Freunde hatten schon in der Hälfte aller Straßen die Flyer verteilt. Hätte Noras Drucker schneller drucken können, hätte bereits jeder Haushalt in Bergental den Flyer. Simone und Sina hatten vereinbart, den morgigen Tag abzuwarten, ob Hinweise eingehen würden. Wenn nicht, würden sie weitere Flyer drucken und in den Ortsteilen verteilen. Auch dies wollten Sinas Freunde übernehmen. Es gab genug Leute, die auf die heutige Jugend schimpften. Nora konnte das nicht nachvollziehen. Sie sah ganz viele junge

Menschen, die sich Gedanken machten und sich für eine bessere Welt engagierten. Sie glaubte fest an die neue Generation. Sina war ein gutes Beispiel dafür. Oma Pötschke konnte stolz auf ihre Enkelin sein.

Ihr Festnetzhandy klingelte. Carola war am Apparat.

„Die Sekretärin hat mir glaubhaft versichert, dass Hans Lederer keinen Termin mit eurer Mutter hatte. Sie hat mich sogar in seinen Terminkalender auf ihrem Schreibtisch sehen lassen, den sie dort nur liegen hat, um die Termine immer direkt vor Augen zu haben. Ich durfte auch den Terminkalender in ihrem Computer sehen, in den er gelegentlich selbst vereinbarte Termine einträgt, damit es zu keinen Überschneidungen kommt. Er hatte weder am Tag ihres Verschwindens noch an den Tagen davor oder danach einen Termin mit ihr. Es könnte sein, dass der Termin im Nachhinein gelöscht wurde. Die Chefsekretärin ist eine rechtschaffene Frau, sie selbst würde so etwas nicht tun und hätte sie davon etwas gewusst, hätte ich es ihr angemerkt." Nora dankte ihr für diese Information. Es würde zu ihrer Mutter passen, auch ohne Termin zu erscheinen.

Der restliche Tag verlief ohne besondere Vorkommnisse. Der Flyer hatte noch zu keinen neuen Erkenntnissen geführt. Nora nutzte die Zeit, um zu arbeiten. Simone stand mit Sina in Kontakt und verbrachte die meiste Zeit am Drucker, den sie sich aus Rücksicht auf Nora aus deren Büro geholt hatte.

Nora arbeitet konzentriert die dringendsten Erledigungen ab. Sie konnte es sich trotz ihrer gegenwärtigen Situation nicht leisten, Kunden zu verlieren. Außerdem beruhigte sie die Arbeit. Es ließ sich aber nicht verhindern, dass ihre Gedanken immer mal wieder abschweiften. Sie stellte fest, dass sie zunehmend unruhiger wurde wegen ihrer Mutter. Könnte es sein, dass sie tatsächlich an den Flughafen gefahren ist? Es passte überhaupt nicht zu ihr. Sie würde jetzt noch warten, ob der Flyer Hinweise erbrachte, aber der Zeitpunkt rückte näher, wo sie Hans Lederer gegenübertreten musste. Direkte Konfrontation war nicht Noras Stärke. Sie hätte schon längst ein Gespräch mit ihm suchen müssen, aber sich bisher davor gescheut. Sie überlegte, ob sie das an Simone delegieren sollte. Vermutete jedoch, wenn Simone dort als Journalistin auftrat, würde er sofort dichtmachen. Würde Simone als besorgte Tochter dort auftreten und dann ausflippen, wären sie keinen Schritt weiter. Sie befürchtete, dass es an ihr hängen bleiben würde. Ihre Überlegungen wurden durch das Klingeln ihres Handys unterbrochen. Das Display zeigte an, dass es Oliver war. Zwei Anrufe von ihm an einem Vormittag, damit hatte sie nicht gerechnet. Sie merkte sofort an seinem Tonfall, dass etwas anders war.

„Hallo Nora, ich muss mit dir reden, kannst du hoch zum Stall kommen?"

„Ja klar, ich komme." Irgendetwas hatte sich verändert. Nora konnte sich nicht erklären, was es war. Er stand an den Holzzaun gelehnt und streichelte die Pferde. Als er sie sah, lächelte er nicht. Eigentlich wollte sie nicht hören, was diese Veränderung hervorgerufen hatte. Er kam direkt zur Sache:

„Ich habe euren Flyer gesehen. Um 15 Uhr sollte sie bei dir sein und nachts um 2 Uhr habe ich sie gesehen."

Nora war sprachlos. Er fuhr fort:

„Ich musste zu einer Rindergeburt. Ich fuhr also los und am Ende von Bergental fuhr sie vor mir auf die Straße. Es war mitten in der Nacht und deshalb habe ich sie im Auto nicht deutlich gesehen, aber es war eindeutig ihr Auto. Ich fuhr durch drei Dörfer hinter ihrem Wagen her, dann musste ich abbiegen und sie fuhr weiter Richtung Autobahn. Mir fiel ihr Kennzeichen auf, weil es kein Bergentaler Kennzeichen war. Ich kann mich noch deutlich an den Aufkleber erinnern, den ihr im Flyer erwähnt habt. Leider kann ich dir nicht sagen, ob sie es war, die am Steuer saß. Aber von der Größe her war es eher eine Frau als ein Mann. Nur einen kurzen Moment beleuchtete ein entgegenkommendes Fahrzeug den Innenraum. Es tut mir so leid, dass ich dir nicht mehr sagen kann. Bisher wusste ich ja nicht, welches Auto sie fährt."

„Weißt du noch, aus welcher Straße sie kam? Lässt das irgendwelche Schlüsse darauf zu, bei wem sie war?"

„Es war die Kirchgasse. Aber vom halben Dorf rechts der Hauptstraße hätte sie somit kommen können." Rechts von der Hauptstraße wohnen die Lederers. Aber auch Peter, Rosi, Dirk und Franka. Genauso wie sie selbst und die Hälfte der Bergentaler.

Das half Nora nicht weiter. Vielleicht hatten auch andere etwas gesehen. Der Flyer war noch nicht lange bei den Leuten. Oliver drückte Noras Hand:

„Lass mich wissen, wenn ich helfen kann. Ich muss jetzt leider weiter."

„Ich danke dir." Nora schluckte und hatte Tränen in den Augen. Ihr wurde alles zu viel. Sie ahnte, dass es noch schlimmer kommen würde, und fragte sich, ob und wie sie das durchhalten würde.

Im Haus angekommen erzählte sie Simone von ihrem Gespräch mit Oliver.

„Kann man ihm trauen?", fragte Simone.

„Absolut" gab Nora völlig überzeugt von sich. Simone runzelte die Stirn, sagte aber nichts dazu.

„Trotzdem ist es komisch. Selbst wenn Mama eventuell sogar eine Reisetasche dabeigehabt hätte und wirklich geplant hätte, nach Frankfurt zu fahren, und dir das vorher vielleicht auch noch sagen wollte: Wo war sie von 13.30 Uhr bis 2 Uhr nachts? Sie hatte Angst, nachts Auto zu fahren, weil sie nicht gut sehen konnte. Ich kann mir nicht vorstellen, dass unsere Mutter das alles getan haben soll, weil nichts davon zu ihr passt. Ich habe noch einmal mit Kommissar Baldur telefoniert. Ich habe ihn soweit bekommen, dass er bereit ist, uns die Überwachungsbänder vom Flughafen zu zeigen. Wenn nichts dagegen spricht, können wir sofort zu ihm fahren. Er meint, nachdem ihm der Flyer in die Hände gefallen ist, wäre es an der Zeit, dass wir endlich glauben sollen, dass unsere Mutter vermutlich nur mal eine Auszeit bräuchte und dass es dafür wohl des Beweises seinerseits bedurfte."

Sie fuhren sofort los. Kommissar Baldur hatte bereits alles auf seinem Laptop vorbereitet.

Sie sahen Giselas Auto ins Parkhaus fahren. Leider gab es keine Aufzeichnungen innerhalb des Parkhauses. Eine Frau, welche zum fraglichen Zeitraum das Parkhaus verließ, trug Kleidung und Schuhe, die weder Nora noch Simone jemals an Gisela gesehen hatten. Zudem trug die Frau einen großen Hut. Ihre Mutter trug niemals Hüte.

Simone sagte:

„Das ist sie nicht, sie sieht genauso aus für einen, der sie nicht kennt, aber sie bewegt sich anders und sie hat ihr Leben lang noch nie einen Hut getragen."

Jetzt sah es auch Nora:

„Das stimmt, meine Schwester hat recht. Das ist nicht unsere Mutter."

Irgendetwas an der Bewegung kam Nora bekannt vor, aber sie kam nicht darauf, was es war.

„Wohin ging diese Frau denn vom Parkhaus aus?"

„Sie ging zum Bahnhof und stieg in einen Zug nach Frankfurt City."

„Hätte sie dorthin gewollt, hätte sie doch direkt mit dem Auto fahren können", gab Simone zu bedenken. Kommissar Baldur war nicht überzeugt.

Sie verließen das Polizeirevier. Kurz entschlossen fuhren sie ins Zentrum und steuerten den schönen historischen Marktplatz an, suchten sich einen Parkplatz und setzten sich bei schönstem Sonnenschein vor eine Eisdiele. Nora bestellte sich einen Latte Macchiato, Simone einen doppelten Espresso und ein Wasser. Sie brauchten beide eine kurze Auszeit.

„Ich weiß nicht weiter", überlegte Nora. „Wenn nicht irgendein Wunder geschieht, taucht Mama nie mehr auf und wir werden nie erfahren, was mit ihr geschehen ist."

„Ein Wunder wird nicht geschehen, es müssen Fakten auf den Tisch", entgegnete Simone.

Sie war eindeutig pragmatischer veranlagt als Nora. Für Nora war die Kommunikation mit ihrer Schwester schwierig. Sie hoffte von Tag zu Tag mehr, dass ihre Mutter endlich auftauchte, und Simone dafür wieder nach Berlin verschwand. Entnervt zahlte sie und beide brachen auf nach Bergental.

Als sie dort ankamen, hörte Nora ihren Anrufbeantworter sofort ab. Aber es gab keine neuen Hinweise aufgrund des Flyers.

Abends rief ein älterer Mann an, er wollte seinen Namen nicht nennen, das Display zeigte jedoch seine Telefonnummer an. Nachdem Nora ihm glaubhaft versichert hatte, dass alles, was er sagte, von ihr vertraulich behandelt werden würde, entspannte er sich. Nora fragte sich im Nachhinein, wie er die folgenden Informationen hätte formulieren sollen, ohne ihr seinen Beruf zu verraten. Der Mann arbeitete als Pförtner am Empfang der Firma Lederer. Er stand kurz vor seiner Pensionierung und wollte nicht riskieren, wegen seiner Aussage die Kündigung zu bekommen. Tatsächlich war um kurz nach halb zwei, die Zeit entsprach der zu fahrenden Strecke von der Tankstelle zu der Firma, Gisela Esch bei ihm am Empfang und bat darum, Hans Lederer zu sprechen.

„Ich war gerade aus meiner Mittagspause zurückgekehrt und fragte sie, ob sie einen Termin bei ihm hätte. Sie verneinte dies. Ein Blick auf den Parkplatz verriet mir, dass sein Auto nicht da war. Ich sagte ihr, dass täte mir leid für sie, aber er sei außer Haus. Sie fragte, wann er zurück sei. Ich antwortete, dass ich das nicht wüsste. Wenn sie möchte, könnte ich aber wegen eines Termins bei der Sekretärin für sie nachfragen. Das wollte sie aber nicht. Sie bedankte sich und fuhr wieder davon. Ich hatte diesen Vorfall völlig vergessen, aber als ich den Flyer sah, erkannte ich die Frau und ihr Auto wieder."

„Wissen Sie vielleicht, wohin sie von Ihnen aus fuhr oder wohin sie wollte?"

„Nein, leider nicht."

Nora bedankte sich bei ihm recht herzlich und versprach ihm noch einmal, dass ihr Gespräch vertraulich behandelt werden würde. Wie sie diese Info weitergeben sollte, ohne seine Position dabei zu verraten, war ihr allerdings nicht klar. Sie versuchte, sich in die Lage ihrer Mutter zu versetzen. Sie war zielstrebig. Sie wollte mit Hans Lederer reden. Er war nicht in der Firma. Es war halb zwei und somit im weitesten Sinn noch Mittagspause. Sicher hatte sie nicht nur seine Firmen- sondern auch seine Privatadresse. Nora an ihrer Stelle wäre zu ihm nach Hause gefahren. Und genau das tat Nora jetzt auch.

Je näher sie seinem Haus kam, desto unsicherer wurde sie und desto weniger fand sie, dass dies eine gute Idee sei. Auf halber Strecke lag der Hof von Dirk und Franka. Dort bog sie ab, der Laden hatte bereits geschlossen, sie hörte allerdings Geräusche aus der Werkstatt nebenan. Sie fand dort Dirk, der damit beschäftigt war, einen Sattel zu reparieren. Er freute sich, Nora zu sehen, und bot ihr einen Platz an. Sie erzählte ihm mit dem Hinweis, dieses Gespräch bitte vertraulich zu behandeln, von dem Gespräch mit dem Pförtner der Firma Lederer und dem Gespräch mit Oliver sowie von ihrem Besuch auf der Polizeistation. Bei den Informationen von Oliver und der Polizeistation runzelte er die Stirn, sagte aber zunächst nichts dazu. Zu den Informationen des Pförtners trug er Folgendes bei:

„Der Pförtner ist nicht das, was man eine geistige Leuchte nennt. Hans Lederer behält ihn sowieso nur aus Mitleid, vermutlich sogar noch als Rentner im Minijob als Aushilfe. Außer dem Job hat der Mann sonst nichts. Trotzdem kann man ihm glauben, er ist ehrlich. Falls deine Mutter dann tatsächlich direkt zum Haus der Lederers gefahren ist und danach verschwand, solltest du unter gar keinen Umständen jetzt allein dort hinfahren. Das Anwesen der Familie liegt etwas abseits gelegen von der Straße. Wenn deine Mutter dort hingefahren ist und im Innenhof geparkt hat, konnte keiner ihr Auto dort stehen sehen. Das würde erklären, warum keine weiteren Informationen zu deiner Mutter oder ihrem Auto eingegangen sind."

Dirk blickte Nora an und überlegte, ob er ihr seine weiteren Überlegungen mitteilen sollte. Er entschied sich dafür. Ernst sagte er:

„Du weißt, was das bedeutet? Wenn deine Mutter dort hinfuhr, bis nachts nicht mehr gesichtet wurde und am Flughafen auch nur unter mehr als mysteriösen Umständen, dann könnte es sein, dass sie entweder noch dort ist oder dass sie nie dort war, sondern von 14 Uhr bis 2 Uhr nachts woanders. Da sie aber, das vermute ich mal, außer dir niemanden hier in Bergental kennt und nicht bei dir war, das nehme ich jetzt mal als Tatsache an, und dazu noch mit Hans Lederer reden wollte, ist es eigentlich naheliegend, dass sie dorthin gefahren ist.

Wenn ihr recht habt und sie es am Flughafen nicht war, und auch noch Angst hatte, nachts Auto zu fahren, dann müssen wir davon ausgehen, dass sie das Grundstück der Familie Lederer nicht mehr verlassen hat."

Dirk genau wie Nora ließen das erst einmal in seiner geballten Brutalität auf sich wirken. Das würde bedeuten, dass ihre Mutter entweder tot war oder bestenfalls dort gefangen gehalten wurde. Nora hatte alle Farbe im Gesicht verloren. Auf keinen Fall würde sie jetzt da allein hinfahren. Dirk fiel noch etwas ein:

„Nora, du musst mir jetzt mal vertrauen. Frag nicht, warum. Ich halte es für sinnvoll, wenn dieses Gespräch unter uns bleibt. Bitte rede mit absolut niemandem darüber. Du weißt nicht, wem du trauen kannst und wem nicht. Ich muss noch über etwas nachdenken. Komm morgen früh vorbei und dann sage ich dir, wie es weitergeht. Sollen wir nicht doch Kommissar Baldur informieren? Er könnte mit einem Hausdurchsuchungsbefehl dort nachsehen."

„Für Kommissar Baldur ist die Angelegenheit abgeschlossen. Er glaubt uns nicht."

Nora war froh, die Verantwortung abgeben zu können und versprach Dirk, morgen früh vorbeizukommen. Sie fuhr wieder heim.

Simone erwartete sie schon und fragte sie, ob sie etwas Neues gehört hätte. Sie hatte auf dem

Flyer ihrer beider Handynummern und Noras Festnetznummer angegeben und keine Informationen
erhalten. Auch auf Noras Telefonen waren keine
weiteren Anrufe eingegangen. Sie wollten den
Abend abwarten. Morgen wollte Simone an den
Druck der Flyer für die Ortsteile gehen. Es war gut,
dass Simone beschäftigt war.

# Dienstag, 02. Juni

Nora hatte schlecht geschlafen. Sie konnte lange nicht einschlafen, hatte dann Albträume und ihre Mutter dabei tot gesehen. Sie war mehrfach schweißgebadet aufgewacht und erst in den frühen Morgenstunden in einen unruhigen Schlaf gefallen. Völlig gerädert stand sie morgens auf. An diesem Tag würden ihr nur Unmengen an Kaffee helfen, den Tag zu überstehen. Simone war schon mit Drucken beschäftigt. Kaffee war bereits fertig. So verschieden die Schwestern waren, waren auch ihre Reaktionen auf das Verschwinden ihrer Mutter. Simone wurde immer aktiver. Nora dagegen befand sich kurz vor einer Schockstarre. Nora musste zugeben, dass sie mehr an ihrer Mutter hing, als sie gedacht hatte. Sie musste sich jetzt zusammenreißen und etwas unternehmen. Aber vorher sollte sie mit Dirk sprechen. Sina kam herein und nickte kurz in Noras Richtung. Inzwischen verstanden sich Sina und Simone ganz gut. Beide waren so beschäftigt, dass sich keiner um Nora kümmerte. Sie verließ das Haus und fuhr mit dem Rad zu Dirk. Er war im Laden, als sie kam.

„Geh schon mal rein ins Haus zu Franka, ich komme gleich nach."

Nora wunderte sich, weil der Laden jetzt eigentlich gleich öffnete. In Frankas Küche duftete es nach frischem Kaffee und Brot. Der Tisch war schön gedeckt. Er glich mehr einem professionellen Büffet als einem normal gedeckten Frühstückstisch. Nora merkte, dass sie Hunger hatte. Der Tisch war für vier Leute gedeckt. Bevor Nora fragen konnte, wer alles käme, betrat Oliver den Raum und begrüßte sie freundlich. Franka beschäftigte sich intensiv mit den Rühreiern in ihrer Pfanne und sagte zu ihnen:

„Setzt euch schon mal, Dirk kommt gleich dazu, er hängt nur noch das Schild ‚Bin nicht da' an die Ladentür."

Dirk betrat den Raum. Alle setzten sich, Franka stellte die Pfanne mit den Eiern mitten auf den Tisch:

„Esst ordentlich, wir brauchen Energie für das, was uns bevorsteht."

Nora verstand zwar nicht, was ihnen bevorstand, aber Energie brauchte sie. Während des Essens fragte Franka Oliver, ob er mit der Entwicklung von Nurabi zufrieden sei und wann sie bei der Stute Taiga mit der Geburt rechnen könne. Das Gespräch verlief entspannt. Alle wussten, dass mit dem letzten Bissen der Ernst des Tages beginnen würde.

Während Franka den Tisch abräumte, eröffnete Dirk das Gespräch:

„Nachdem du gestern gegangen warst, haben Franka und ich uns noch lange unterhalten. Ich sagte dir bereits, dass Oliver und ich befreundet sind. Das sind wir seit dem Kindergarten. Es gibt keinen Menschen, den ich besser kenne und dem ich mehr vertraue als ihm."

Grinsend drehte er sich zu Franka um:

„Und dir natürlich, mein Schatz."

Franka lachte und haute ihm scherzhaft auf die Schulter:

„Das denkst du nur, du kennst meine dunklen Geheimnisse nicht."

Dirk lachte und fuhr an Nora gewandt fort:

„Nach dem Gespräch mit Franka entschieden wir, Oliver hinzuzuziehen. Ich weiß jetzt nicht, wie ich es sagen soll", er spielte nervös mit Löffel, Gabel und Messer:

„Was siehst du hier? Der Löffel ist rund, du kannst mit ihm essen, du kannst mit ihm graben, er tut einem nicht weh, er könnte dein Freund sein. Das Messer ist scharf und kann dich verletzen, es könnte dein Feind sein. Aber was ist mit der Gabel? Du kannst mit ihr essen, aber sie kann auch weh tun. Vergleichst du jetzt das Besteck mit Menschen, ist es genauso. Es gibt Freunde und Feinde, aber die meisten Menschen sind Gabeln. Sie können die schlimmsten Dinge tun und trotzdem nett und hilfreich sein. Verstehst du, was ich dir sagen will, Nora?"

Nora blickte irritiert vom Besteck in Franks Gesicht:

„Dass Oliver dein Löffel ist?"

Jetzt mussten alle außer Nora lachen. Aber schnell wurden sie wieder ernst. Dirk legte das Besteck beiseite, griff nach Noras Händen, es fiel ihm sichtlich schwer, was er ihr jetzt sagen musste:

„Wir glauben, dass Peter kein Löffel, sondern bestenfalls eine Gabel ist."

Nora setzte sich blitzartig aufrecht hin und entzog Dirk ihre Hände:

„Was soll das? Peter ist mein allerbester Freund, seit ich hier wohne. Ihr wollt mir jetzt doch wohl nicht erzählen, dass er meine Mutter gekidnappt und am Ende sogar noch umgebracht hat."

Nora war empört und kurz davor, aufzuspringen und das Haus zu verlassen. Jetzt legte Oliver Nora seine Hand auf den Arm:

„Nein, das behauptet keiner von uns und wir glauben das auch nicht. Aber es gibt ein paar Ungereimtheiten. Was zum Beispiel weißt du über ihn? Warum kam er aus Berlin ausgerechnet nach Bergental? Es gibt definitiv schönere Flecken auf der Welt und auch in Deutschland."

Nora hätte jetzt eine lange Liste von Dingen aufzählen können, die sie von ihm wusste. Aber gerade diese Frage hatte sie sich auch schon gestellt. Vor langer Zeit fragte sie ihn das einmal, er gab nur knapp ‚Zufall' als Antwort und wechselte danach sofort das Thema. Oliver blickte ihr tief in die Augen und sie antwortete wahrheitsgemäß:

„Ich weiß es nicht. Zufall?"

Die anderen tauschten daraufhin die Blicke und Dirk nahm das Gespräch wieder auf:

„Es gibt etwas, was vermutlich außer uns niemand in Bergental weiß. Peters Haus liegt am Ende der Straße, wenn du ihn besuchst, bekommt das keiner mit. Es war kein Zufall, dass Peter dieses Haus mietete, es so frei gestalten konnte und kein Bauamt und Vermieter ihm Auflagen machte."

„Ich dachte, es sei seins", unterbrach ihn Nora.

„Nein", fuhr Dirk fort, „das Haus gehört der Familie Lederer."

„Das kann nicht sein, meine Schwester hat recherchiert und außer dem Anwesen hier und dem Mehrfamilienhaus in Frankfurt gehört der Familie an Immobilien nur noch das Firmengebäude."

„Das Haus gilt als Nebengebäude des hiesigen Gehöftes", klärte Dirk sie auf, „und wird deshalb nicht extra aufgeführt. Du kannst den Lageplan beim Katasteramt jederzeit einsehen."

Inzwischen glaubte Nora auch das ungeprüft.

„Das ist das Geheimnis, das keiner in Bergental kennt?", fragte sie leicht amüsiert.

„Nein, aber dass er wegen Paul Lederer hierhergezogen ist".

Es fiel ihr wie Schuppen von den Augen: Der smarte Paul, den sein Vater laut Rosi für ein Weichei hielt, der so leidenschaftlich Rad fuhr wie Peter, die zwei waren ein Paar. Und Nora hatte von alledem nichts gewusst.

Oliver wandte sich an Nora:

„Die zwei sind seit vielen Jahren zusammen. Paul hat in Berlin studiert und Peter zog direkt nach Ende von Pauls Studiums hierher. Aufgrund der Wohnsituation kann Paul ihn jederzeit besuchen, ohne dass es einer im Dorf mitbekommt. Das ist wichtig für Paul. Würde sein Verhältnis bekannt werden, hätte er es im Betrieb als Juniorchef schwerer. Um keinen Skandal zu riskieren, akzeptiert die restliche Familie Lederer das Arrangement und unternimmt alles dafür, um dies geheim zu halten. Ich habe Peter und Paul einmal dreißig Kilometer von hier am Waldrand gesehen, als ich zu einer kranken Kuh auf die Weide musste. Sie haben mich nicht gesehen, sie waren zu beschäftigt miteinander. Das allein wäre kein Grund, dich zu bitten, etwas vorsichtig damit zu sein, welche Informationen du ihm gibst. Es gibt da noch etwas."

„Er hat mir gleich bei meinem ersten Besuch bei ihm gesagt, dass er Transe und schwul ist. Das ist doch heute alles kein Problem mehr. Okay, als Juniorchef auf dem Land mag es ein Problem darstellen. Aber deshalb entführt man niemanden oder tötet ihn."

Oliver ließ nicht locker:

„Hast du mal zurechtgemachte Transen gesehen? Von dem Outfit und der Schminktechnik kannst du als Frau noch etwas lernen. Nicht dass du das bräuchtest, ich meine das generell. Peter hat fast die Größe deiner Mutter, superschlank ist er auch, er hat vermutlich kein Problem damit, mit

Pumps zu laufen, Perücken hat er sicher genug und er versteht es, sich wie eine Frau zu kleiden. Wenn wir davon ausgehen, dass eure Mutter nachts nicht nach Frankfurt gefahren ist und dass die pummelige Frau Lederer nicht eine Blitzdiät gemacht hat und mindestens 30 Kilo abgenommen hat, dann ist die Wahrscheinlichkeit, dass Peter die Frau im Auto deiner Mutter war, ziemlich hoch. Das heißt aber nicht, dass er deine Mutter entführt oder getötet hat. Wir sind bei unseren Überlegungen heute Nacht zum Ergebnis gekommen, dass er nur als Helfer fungiert hat."

Nora hatte sich diesen Vormittag anders vorgestellt, jetzt fühlte sie sich wie beim Bungee-Jumping, kurz bevor das Seil endet und sie die Nachricht via Bluetooth Kopfhörer bekommt, dass das Seil defekt ist und vermutlich gleich reißt. Noch gestern hätte sie ihre Hände für Peter ins Feuer gelegt. Jetzt weigerte sie sich, ihn als Gabel zu sehen. In ihren Augen mutierte er gerade zum Messer.

„Was machen wir jetzt?"

Sie blickte hilfesuchend in die Runde.

„Wir haben uns etwas überlegt", antwortete Dirk ihr, „zunächst müssen wir in Erfahrung bringen, ob eure Mutter überhaupt dort war. Ob sie noch dort ist oder wo sie jetzt ist. Was Hans Lederer mit ihr gemacht hat und warum."

„Und wie wollen wir das rausbekommen?", fragte Nora. Dirk antwortete:

„Wir wollen dort ja nicht einbrechen oder das Haus stürmen. Das Haus und das Grundstück von außen zu observieren ist schwierig, weil es kaum einsehbar ist. Das Anwesen ist u-förmig arrangiert und besteht aus drei Häusern. Der vordere Bereich ist durch hohe Hecken und ein großes Tor so angelegt, dass man nicht auf die Häuser sehen kann. Im mittleren Haus wohnen Hans und Gerlinde Lederer. Im linken Haus wohnt Jens mit seiner Frau Miriam und den zwei Kindern. Im rechten Haus wohnt Paul. Was würde uns eine Observation bringen? Deine Mutter wird da nicht frei zwischen den Häusern herumlaufen. Auf Kommissar Baldur können wir, laut dir, nicht zählen. Franka wird versuchen, etwas von der Haushälterin Emma Strack zu erfahren. Diese geht jeden Vormittag und Nachmittag mit dem Jagdhund der Lederers spazieren. Franka trifft sie öfters, wenn sie mit unserer Hündin Sheela spazieren geht. Sie kennt genau die Zeiten, wann sie geht, sie abzupassen ist kein Problem. Das Problem ist eher, dass sie seit Jahrzehnten für die Familie arbeitet und als absolut verschwiegen gilt. Von ihr etwas zu erfahren, wird nicht einfach werden."

„Selbst verschwiegene Menschen haben in der Regel einen Menschen, dem sie sich anvertrauen und der weniger verschwiegen ist", gab Nora zu bedenken.

Franka überlegte kurz und dann fiel ihr ein:

„Sie hat weder Ehemann noch Kinder, aber eine Schwester hier im Ort. Die Schwester ist auch ledig und sie wohnen zusammen. Beide sind in der Kirche engagiert. Ich glaube sogar, dass ihre Schwester im Kirchenvorstand ist. Leider kenne ich die Schwester nicht näher, aber Rosi müsste sie kennen. Rosi ist mit der Pfarrerin gut bekannt, sie macht immer den Blumenschmuck für die Beerdigungen hier im Ort. Ich schlage vor, ich versuche, heute Informationen durch die Haushälterin zu bekommen. Wenn das nicht klappt, soll es Rosi über ihre Kontakte probieren."

„Was Peter anbelangt, solltest du dir genau überlegen, welche Informationen du ihm gibst. Gar keine mehr wären verdächtig. Am besten nur solche, welche die Familie Lederer nicht betreffen. Wir wissen nicht, was er Paul erzählt und inwieweit er in das alles involviert ist", stellte Dirk noch einmal klar.

Nora nickte. An diesem Vormittag hatte sie vielleicht einen guten Freund verloren und war darüber sehr traurig. Oliver begleitete sie noch hinaus. Nahm sie spontan in seine Arme und sagte zu ihr:

„Du hast wirklich gute Freunde. Wir helfen dir, das Problem zu lösen."

Gerne wäre sie in seinen Armen geblieben, aber er löste sich von ihr, winkte ihr zum Abschied zu, bestieg sein Auto und fuhr davon. Dirk kam aus dem Haus, ging zu seinem Laden, hängte das Schild, ‚Bin nicht da' wieder ab und öffnete ihn.

Der restliche Tag brachte keine neuen Informationen mehr. Nora war gedanklich mit Peter beschäftigt. Es betrübte sie zutiefst. Sie mochte ihn von Herzen und konnte sich seinen Verrat nicht erklären. Auch wenn sie am liebsten auf der Stelle zu ihm gefahren wäre, um mit ihm zu reden, so wusste sie doch, dass es vernünftiger war, es nicht zu tun.

\*\*\*

Heute gab es nichts mehr für Simone zu tun und das verschlimmerte ihre Laune enorm.

Dirk rief nachmittags noch einmal an und bat Nora vorbeizukommen. Nora musste Simone irgendwie beschäftigen. Ihr fiel nichts ein, was sie ihr vorschlagen könnte. Sina kam vorbei und erzählte Simone, dass der ganze Ort in heller Aufregung sei wegen eines vermeintlichen Verbrechens hier im Ort. Der Flyer hatte für Gesprächsstoff gesorgt. Jeder entwickelte eigene Theorien. Nora schlug Simone vor, aufgrund der gegenwärtigen Auskunftsfreudigkeit die Gelegenheit zu nutzen, in ihrer Funktion als Journalistin aufzutreten und die Leute zu interviewen. Simone nickte, packte ihre Tasche und Sina und beide zogen los. Nora schwang sich aufs Rad und fuhr zu Dirk.

Den ganzen Tag hatte sie über Peter nachgedacht. Nun ergab vieles Sinn, die losen Enden verknüpften sich. Es war traurig, sich vorzustellen, dass Peter mit daran beteiligt war, dass sie mit der

Unwissenheit, was mit ihrer Mutter geschehen war, leben musste. Das würde sie ihm niemals verzeihen. Sie war zutiefst enttäuscht von ihm, so verhielt sich kein Freund. Peter war eindeutig kein Löffel. Der Besteckvergleich gefiel ihr ausgesprochen gut.

Nora betrat den Laden. Dirk hatte gerade keinen Kunden und kam gleich zur Sache:

„Franka war heute Vormittag zeitgleich mit Emma Strack unterwegs. Sie hat mir glaubhaft versichert, alles versucht zu haben, um etwas aus ihr herauszubekommen. Aber wie wir bereits vermutet haben: Viel war nicht von ihr zu erfahren oder besser gesagt, gar nichts. Franka hatte sie auf den Flyer angesprochen und sie fand es schrecklich, dass so etwas hier in Bergental passieren konnte, wirkte dabei aber nervös. Als Franka sich nach der Familie Lederer erkundigte, machte sie sofort dicht. Franka wechselte dann das Thema und Frau Strack entspannte sich wieder. Franka fuhr direkt danach zu Rosi und erklärte ihr die Situation. Rosi sagte ihr, dass heute die Schwester von Emma Strack, Dora Strack, zu ihr in den Laden kommen wollte, um mit ihr Kirchenangelegenheiten zu besprechen. Dora Strack sei im Gegenteil zu ihrer Schwester ausgesprochen geschwätzig und falls sie was wüsste, wäre es kein Problem, das zu erfahren. Nachdem Rosi bei uns anrief und uns mitteilte, dass Dora Strack bei ihr gewesen wäre und es Neuigkeiten gäbe, ist Franka sofort zu ihr gefahren. Ich erwarte sie jeden Augenblick zurück.“

Genau in diesem Augenblick fuhr Franka auf den Hof. Sie machte einen äußerst zufriedenen Eindruck.

\*\*\*

## EMMA STRACK

*Was bildet diese Franka Porter sich eigentlich ein? Tut so, als würde sie mich durch Zufall treffen und will mich aushorchen. Als würde ich das nicht merken.*

*Die kommt daher, schnappt sich einen reichen Bauernsohn und spielt ein bisschen große Dame mit Pferden und hat so abgedrehte Sachen bei sich im Laden, die keiner braucht. Wein aus Neuseeland zum Beispiel, als täte es der Riesling aus Deutschland nicht auch.*

*Die weiß gar nicht, wie schwer das Leben ist. Meine Eltern waren Flüchtlinge, ich musste schon als Kind bei den Bauern auf den Feldern mitarbeiten, bis mir der Rücken wehtat. Auch bei Dirks Vater, Gott hab ihn selig, man soll ja nichts Schlechtes über Tote sagen, aber der war ein böser Treiber, hat immer geschimpft, wenn man nicht schnell genug war. Was war ich froh, als mir damals die*

Schwiegermutter von Frau Lederer eine Stelle an-
bot. Nur ein bisschen putzen und kochen, das war
damals wie Urlaub für mich. Später kamen noch
Spaziergänge mit den Hunden dazu. Das ist inzwischen der vierte Rolf, mit dem ich spazieren gehe.
Die Hunde heißen immer alle Rolf. Als gäbe es
nicht noch andere Hundenamen. Hasso oder Bello
ging doch auch. Auf jeden Fall bin ich der Familie
sehr dankbar, dass ich jetzt eine ehrenwerte Haushälterin bin und nicht mehr das nichtsnutzige
Flüchtlingskind. Ich meine, hin und wieder mal eine
Gehaltserhöhung wäre ja nicht schlecht gewesen,
aber ich darf nicht undankbar sein. Sie behalten
mich, trotz meines Alters, ich bekomme dort was zu
essen und brauche nur noch Geld fürs Abendessen
und da gibts immer nur Brot und Hausmacher
Wurst.

Ich wohne ja mit meiner Schwester zusammen
in einem kleinen Haus, welches unser Vater gekauft hat, und es ist abbezahlt. Meine Schwester
hat auch nicht geheiratet und eigene Kinder haben
wir beide keine. Ich habe ja die Lederer Buben
großgezogen. Mutter sein war nicht so die Sache
von der Frau Lederer. Nur vorführen tat sie die Buben gern und schön anziehen, vor allem den Paul,
der sah schon als Kind so hübsch aus und lieb war
der auch. Ich versteh gar nicht, warum der keine
Frau hat.

Der Franka würde ich ja nix sagen, aber Gedanken
wegen der verschwundenen Frau habe ich mir
schon gemacht. Ich frag mich schon, was an dem

*Tag passiert ist. Ich habe da so meine Vermutungen. Aber das geht mich ja alles nichts an. Das ist Sache der Herrschaften. Und auch das, was da im Keller vor sich geht.*

*Je älter ich werde, desto öfters kommt es vor, dass ich was vergesse, und da bin ich vor ein paar Tagen abends noch mal mit meinem eigenen Schlüssel hinten zum Personaleingang rein. Das, was ich dann da gehört habe, vergesse ich im ganzen Leben nicht mehr. Als wäre der Leibhaftige dort gewesen. Ich bin dann gar nicht erst nach Hause, sondern gleich in die Kirche und habe lange gebetet. Die Dora hat dann mit mir geschimpft, weil ich so spät heimgekommen bin. Ich habe ihr alles erzählt und danach haben wir noch zusammen gebetet. Für die Herrschaften. Und für uns. Sicher ist sicher.*

\*\*\*

Franka war mit dem Ergebnis von Rosis Recherche hochzufrieden:

„Dora Strack war Rosi gegenüber sehr auskunftsfreudig. Sie ist ganz anders als ihre Schwester."

Das ist bei Schwestern wohl oft so, dachte Nora wehmütig. Franka erzählte aufgeregt weiter:

„Am Tag, als deine Mutter verschwand, war Emma Strack vormittags ganz normal ihrer Arbeit nachgegangen. Nach dem Mittagessen, das sie immer getrennt von der Familie allein in der Küche zu sich nimmt, ging sie ihre übliche Runde mit dem Hund Rolf. An dem Tag war es extrem schwül und sie spürte, dass ein Migräneanfall bevorstand. Gegen dreizehn Uhr bat sie Frau Lederer, heimgehen zu dürfen. Zu diesem Zeitpunkt ging es ihr schon ziemlich schlecht. Tabletten, ein abgedunkeltes Zimmer und das Bett halfen ihr im Laufe des Tages darüber hinweg. Abends ging es ihr wieder besser. Zum Spaziergang mit Rolf trug sie eine spezielle Hundejacke, das ist eine alte Jacke, der es nichts ausmacht, wenn Rolf mit seinen dreckigen Pfoten an ihr hochspringt. Jeder Rolf hatte das gemacht. Sie mag das nicht, aber sie versteht zu wenig von Hunden, um es ihnen abzugewöhnen. Falls ihr unterwegs etwas passiert, hat sie immer ihr Portemonnaie einstecken, mit ihrer Krankenkarte und ihrem Ausweis darin. Geld hat sie in einer anderen Börse in ihrer Handtasche. Als es ihr abends wieder besser ging, stellte sie fest, dass sie vergessen hatte, ihr Portemonnaie aus der Hundejacke in ihre Handtasche zu legen. Am nächsten Morgen wollte sie beim Arzt vorbei und ein Rezept abholen, das sie dringend benötigte. Da sie in diesem Quartal noch nicht beim Arzt war, brauchte sie die Gesundheitskarte, denn das Rezept bekam sie nur gegen Vorlage der Krankenkarte. Es hatte ein Hitzegewitter gegeben, während sie schlief. Der veränderte Luftdruck und die Abkühlung taten ihr gut. Sie teilte Dora mit, dass sie noch mal zu Lederers müsste, wegen der Karte, und dass sie bald wieder da sei. Dora schilderte ziemlich ausschweifend, wieviel Sorgen sie sich um ihre Schwester gemacht hätte, die erst viel später als erwartet heimgekommen sei und das dann auch noch in einem sehr verstörten Zustand. Erst habe sie ihrer Schwester Vorwürfe wegen der Verspätung gemacht, aber als sie dann hörte, was Emma zu erzählen hatte, war sie doch sprachlos. Rosi hatte ihren Redefluss nicht unterbrochen und nickte nur gelegentlich und hörte ihr hochinteressiert zu. Das motivierte Dora, weiterzureden. Ihre Stimme wurde verschwörerisch leiser, als sie fortfuhr. Emma hatte die Küche durch den Hintereingang betreten und ihr Portemonnaie aus der Jackentasche genommen, als sie Geräusche hörte. Sie öffnete die Tür Richtung Flur. Die Geräusche kamen aus dem Keller. Der war immer abgeschlossen. Sie war in all den Jahrzehnten nie da drin gewesen. Erst konnte sie nicht hören, was das für Geräusche waren, im Laufe der Jahre waren ihre Ohren schlechter geworden. Aber je näher sie kam, desto eindeutiger erkannte sie die Geräusche: Es war ein unterdrücktes Schreien und Wimmern einer geknechteten Kreatur. Sie bekam so viel Angst wie noch nie in ihrem Leben. Sie verließ fluchtartig das Haus und rannte in die Kirche. Dort betete sie für die arme Seele und für ihre Herrschaften und für sich selbst. Als sie heimkam und Dora so böse war, erzählte sie ihr alles. Rosi nickte schwer beeindruckt und fragte Dora, ob sie denn rausbekommen hätten, wer da im Keller gewesen sei. Dora schüttelte den Kopf und meinte nur noch, dass Frau Lederer Emma am nächsten Tag gefragt hätte, wie es ihr heute ginge und ob sie gestern Abend noch einmal im Haus gewesen sei. Emma hat das verneint, aber so, wie Dora sie kannte, wurde sie knallrot dabei, sie konnte nicht gut lügen. Das Thema haben dann beide nicht mehr erwähnt. Emma hatte weder Gisela Esch gesehen noch ihr Auto. Sie wusste auch nicht, wer da im Keller war und das wollte sie lieber auch nicht wissen", beendete Franka ihren Bericht.

Nora und Dirk hatten aufmerksam zugehört. Was auch immer in dem Keller geschehen war, Nora wünschte inständig, dass es nicht ihrer Mutter widerfahren war. Auf keinen Fall würde sie das Simone erzählen. Wie sollte es jetzt weiter gehen? Dirk blickte nachdenklich auf seine Hände, erhob dann seinen Kopf und blickte Nora ernst an:

„Wir wollen hoffen, dass die ,Kreatur' nicht deine Mutter war. Aber ausschließen können wir es nicht. Im Grunde sind wir immer noch nicht weiter. Es stellt sich die Frage: Reden wir zuerst mit Peter oder Hans Lederer oder mit beiden gleichzeitig?"

Nora hatte noch immer nicht den Mut, Hans Lederer gegenüberzutreten.

„Ich werde mit Peter reden. Ich muss wissen, was er mir zu sagen hat."

„Denk daran, dass wir ihm nichts beweisen können", entgegnete Dirk.

„Das weiß er aber nicht", grinste Nora.

„Ich halte es für keine gute Idee, dass du allein zu ihm gehst", gab Franka zu bedenken.

„Franka hat recht", stimmte ihr Dirk zu, „ich komm mit dir."

„Das ist nett von euch, aber dann wird er alles abstreiten, ich muss da allein hin. Zur Sicherheit melde ich mich spätestens in einer Stunde wieder bei euch. Falls das Gespräch länger dauert, rufe ich an."

Damit waren Franka und Dirk einverstanden.

Nora parkte ihr Auto auf der Straße gegenüber von Peters Haus und ging die restlichen Meter zu Fuß. Aus dem Atelier hörte sie keine Geräusche und so ging sie direkt zum Haus. Sie klopfte und betätigte den Türgriff. Erstaunt stellte sie fest, dass die Tür verschlossen war. Das war bisher nie vorgekommen. Irritiert wandte sie sich ab und ging nun doch zum Atelier. Auch dort war die Tür verschlossen. Sie legte die Hand ans Fenster und versuchte, im Inneren etwas zu erkennen. Sie erschrak zu Tode, als sie plötzlich eine Stimme direkt hinter sich vernahm:

„Kann ich Ihnen helfen?"

Sie fuhr erschrocken herum und stand vor einem bildhübschen Mann, der sie freundlich anlächelte, die Hände hob und mit durchaus angenehmer Stimme zu ihr sagte:

„Sorry, ich wollte Sie ganz bestimmt nicht erschrecken. Ich kam gerade hier vorbei, sah Sie und dachte, Sie suchen vielleicht den Künstler, der hier wohnt. Möchten Sie etwas kaufen?"

Nora hatte sich wieder gesammelt:

„Nein, ich bin mit ihm befreundet und wollte ihn besuchen."

„Sind Sie Nora?", fragte der Mann.

Nora nickte. Er streckte ihr die Hand entgegen:

„Ich bin Paul Lederer, Peters Nachbar."

Und nicht nur das, dachte Nora, behielt es aber für sich.

„Wissen Sie, wo Peter ist?"

„Ja", antwortete er, „er ist gestern nach Berlin gefahren. Dort wurde für ihn eine Open-Air-Vernissage organisiert. Er kommt erst in ein paar Tagen wieder."

Damit hatte Nora nicht gerechnet. Nora hatte nichts zu verlieren:

„Ich suche meine Mutter. Ich weiß, dass sie sich mit Ihrem Vater treffen wollte. Sie war in Ihrer Firma, aber dort sagte man ihr, dass er nicht im Hause sei, also fuhr sie zu Ihrem Privathaus und ist seitdem verschwunden. Gibt es etwas, was Sie mir sagen wollen? Bevor ich Kommissar Baldur informiere, wollte ich Peter die Gelegenheit geben, mir zu erklären, was er mit der Sache zu tun hat."

Das Erstaunen in Paul Lederers Gesicht hätte nicht größer sein können. Absolut glaubhaft fragte er:

„Um Gottes willen, was bitte soll Peter damit zu tun haben?"

Nora war sich nicht sicher, ob es klug wäre, die Karten offen auf den Tisch zu legen.

„Das möchte ich lieber mit ihm direkt besprechen. Richten Sie ihm bitte aus, er möchte mich umgehend anrufen."

Er stritt nicht ab, in Kontakt mit Peter zu stehen, und versprach es ihr. Da er ihr offensichtlich nichts mitzuteilen hatte oder wollte, drehte sie sich um und ging strammen Schrittes zu ihrem Wagen. Sobald sie in ihm saß, hörte sie ihr Herz bis zum Hals schlagen und sah, dass ihre Knie schlotterten. Für ihren Geschmack war sie gerade ein zu großes Risiko eingegangen. Sie hätte genauso verschwinden können wie ihre Mutter. Dirk und Franka hätten gedacht, es wäre Peter gewesen, bis er mit seinem Alibi hätte aufwarten können. Für den Vater Lederer war sie definitiv noch nicht bereit. Sie fuhr noch mal bei Dirk vorbei und berichtete ihm kurz. Danach fuhr sie direkt heim.

***

Simone entwickelte sich immer mehr zur Hausfrau. Sie stand am Herd und bereitete einen vegetarischen Auflauf zu. Der Ofen war bereits vorgeheizt. Der Tisch war liebevoll gedeckt. Es stand

eine Schüssel Salat auf dem Tisch und die Unter-
setzer für den heißen Auflauf. Dazu hatte sie noch
jeweils zwei Weingläser und Wassergläser auf den
Tisch gestellt. Daneben stand eine bereits geöff-
nete Flasche Chablis.

Oh ha, dachte Nora, wenn Simone sich so in Un-
kosten stürzt und mit meinem Lieblingswein auf-
wartet, den ich mir selbst nur zu besonderen Gele-
genheiten gönne, dann hat das nur zu bedeuten,
dass es ernst wird, was Simone mit mir zu besprechen hat. Dies soll nur durch ein nettes Ambiente
weichgespült werden. Sie kannte ihre Schwester
gut genug, um das zu wissen. Trotzdem freute sie
sich auf das Essen und den Wein.

Da noch eine dreiviertel Stunde Zeit blieb, nutzte
sie die Gelegenheit, um unter die Dusche zu springen und sich etwas Legereres anzuziehen. Sie
hatte sogar noch die Zeit, ins Büro zu gehen und
dort den Anrufbeantworter abzuhören. Außer ein
paar Informationen von Kunden, die sie sofort notierte, war kein weiterer Anruf eingegangen. Sie betrat die Küche und Simone schenkte bereits den
Wein ein. Nora musste vorsichtig sein, sie vertrug
nicht so viel Alkohol, dazu trank sie ihn zu selten,
während man Simone durchaus als trinkfest bezeichnen konnte. Sie genossen das Essen, was
wirklich hervorragend schmeckte. Nora fragte Simone, ob sie in Berlin öfters kochte und sie erwiderte lachend:

„Niemals, wenn es nicht absolut sein muss.
Wenn ich in die Redaktion muss, dann esse ich in

der Kantine, dort gibt es ein 24h-Büffet und wenn ich wegen Recherchen unterwegs bin, esse ich in Restaurants oder in Hotels. Hätte ich keinen Herd in meiner Wohnung, es würde mir nicht einmal auffallen."

„Dafür machst du das hier aber alles, was du bisher gekocht hast, supergut. Ich brauchte ewig, bis ich das erste selbst gemachte Essen genießbar hinbekommen habe."

„Ich habe mir die Chefkoch-App heruntergeladen und als eines der wichtigsten Kriterien ‚einfach' eingegeben. Dann muss man eigentlich nur noch lesen können und das kann ich", lachte Simone.

Nora konnte sich nicht erinnern, jemals mit Simone so entspannt zusammen gesessen zu haben. Der Wein war hervorragend und hatte genau die richtige Temperatur. Auch, dass Nora bereits beim zweiten Glas Wein angelangt war, trug zu ihrer Entspannung bei. Aber natürlich war das nur der Rahmen für das, was unwillkürlich kommen musste: das ernste Gespräch. Simone hatte sogar noch einen Nachtisch vorbereitet, was Nora vermuten ließ, dass es noch viel heftiger kommen würde als vermutet. Nachdem sie fertig gegessen und den Tisch abgeräumt hatten, machte Nora für beide noch jeweils einen doppelten Espresso, hauptsächlich, um selbst wieder ein bisschen klarer zu werden.

Wein und Espresso nahmen sie mit in den Wintergarten. Nachdem sie es sich dort gemütlich gemacht und die Katzen sich ein paar Streicheleinheiten abgeholt hatten, bevor sie zu ihrer nächtlichen Tour aufbrachen, eröffnete Simone das erwartete Gespräch:

„Du weißt, wie sehr ich an Mama hänge, aber ich bin auch Realistin. Bevor ich bei dir ankam, war ich in Mamas Haus. Ich habe einen Schlüssel für ihre Wohnung. Alle ihre Lieblingssachen sind noch da, ihr komplettes Kofferset, mit dem sie immer verreist, ist da. Ich weiß, auf welche Sachen sie niemals verzichten würde, auch wenn sie nur eine Nacht außer Haus ist. Alles davon ist noch da. Wir wissen beide, dass es nicht Mama war, die nach Frankfurt gefahren ist. Uns ist auch klar, wäre Mama entführt worden, dann wären Lösegeldforderungen in nicht unbeträchtlicher Höhe eingegangen. Mama ist jetzt seit sechs Tagen verschwunden. Ich will es nicht glauben, aber wir müssen uns mit dem Gedanken auseinandersetzen, dass sie nicht mehr lebt. Mama hat nicht nur ein großes Vermögen, bei dem es sich unglücklicherweise nicht nur um Bargeld handelt, sondern auch um Immobilien und Aktien. Beides bedarf einer Betreuung beziehungsweise Verwaltung. Weiterhin gibt es ja auch noch die Kanzlei. Frau Werner muss wissen, wie es weitergeht mit ihrer Anstellung und Bezahlung. Natürlich kann das noch warten, aber irgendwann kommt der Zeitpunkt, an dem wir uns damit beschäftigen müssen. Ich habe recherchiert und Folgendes in Erfahrung gebracht: Falls Mama tot ist und ihre Leiche nicht auftaucht, und danach sieht es momentan aus, dann müssen wir zehn

Jahre warten, bis wir sie für tot erklären lassen können. Bis dahin müssen aber Entscheidungen getroffen werden. Wir beide dürfen diese Entscheidungen jedoch nicht treffen, weil wir ja nicht ihre Erben sind, solange sie nicht für tot erklärt wurde. Wir müssen beim Betreuungsgericht einen Antrag auf Abwesenheitspflegschaft stellen. Dort wird jemand beauftragt, der sich die nächsten zehn Jahre um Mamas Vermögen kümmert. Wann wir diesen Antrag stellen, bleibt uns überlassen. Aber wir werden nicht darum herumkommen."

Simone nahm ihr halb volles Weinglas zur Hand, spielte etwas daran herum und beendete ihren Vortrag mit dem Satz:

„Ich glaube, Mama ist tot".

Nora hatte sich während des Vortrages immer aufrechter hingesetzt. Inzwischen war sie stocknüchtern und sprachlos. Die liebende Tochter Simone, das Mamakind und Mamas Beste, hatte eben gerade ganz cool Mutters Tod verkündet. Während sie, Nora, noch immer Hoffnung hatte, dass dieser Albtraum irgendwann endete und eine braun gebrannte Gisela zurückkehrte und sich prächtig amüsierte über die Aufmerksamkeit, die ihr ihrer Meinung nach selbstverständlich zustand. Natürlich wusste auch sie es besser, aber es so krass zu formulieren und nicht nur über das Erbe nachzudenken, sondern auch bereits alles dafür zu recherchieren, das war in Noras Augen doch noch einmal etwas anderes. Da ihr nicht Besseres einfiel, fragte sie:

„Was genau erwartest du jetzt von mir? Soll ich dir sagen: ‚Mutter ist ganz bestimmt nicht tot' oder ‚So etwas zu recherchieren zu diesem Zeitpunkt wäre mir nicht in den Sinn gekommen'? Ich befürchte auch, dass sie nicht mehr lebt, auf jeden Fall beruht ihr Verschwinden unter gar keinen Umständen auf Freiwilligkeit. Aber noch gebe ich die Hoffnung nicht auf, dass sie wieder auftaucht, und zwar lebend, selbst wenn mich alles, was du gesagt hast, völlig überzeugt hat. Ich bin noch nicht soweit, mich mit erbrechtlichen Sachen auseinanderzusetzen."

Simone sah Nora erstaunt an:

„Ich dachte, es sei dir völlig egal, was mit ihr geschieht."

Da musste Nora dann doch lachen:

„Ach Simone, es ist nicht immer einfach mit ihr, aber deshalb wünsche ich ihr trotzdem nichts Böses. Kein Mensch hat es verdient, gewaltsam ums Leben zu kommen. Wenn sie nicht mehr lebt, dann war es vermutlich Mord."

Nora erschrak selbst darüber, dieses Wort gesagt zu haben. Damit war das Wort, um das sie beide die ganze Zeit versuchten herumzukommen, ausgesprochen. Beide schwiegen einen Moment.

Nora entschied sich, Simone die Informationen, die sie zu Peter hatte, zu geben. Nachdem sie ihren Bericht beendet hatte, fragte sie:

„Peter ist im Augenblick in Berlin, er hat dort ein kleines 1-Zimmer-Appartment im Wedding, damit er jederzeit in Berlin übernachten kann. Ich kann dir seine dortige Adresse geben. Kannst du deine Berliner Kontakte aktivieren und über ihn recherchieren? Ich muss leider sagen, dass ich mich von seiner schillernden Persönlichkeit habe blenden lassen und mich vermutlich in ihm getäuscht habe."

Simone sprang auf, holte ihren Laptop und ließ sich von Nora seine Adresse diktieren. Dann tippte sie schnell einen Text dazu und schickte es als E-Mail weg. Wer auch immer Simones diesbezügliche Kontakte waren, Nora war überzeugt, dass es effektive waren. Beide entschieden sich, die Flasche Wein leer zu trinken und danach schlafen zu gehen. Der nächste Tag sollte eine Überraschung bringen, mit der Nora nun wirklich nicht gerechnet hatte.

# Mittwoch, 03. Juni

Am nächsten Morgen schien die Sonne und der Himmel zeigte sich wolkenlos. Es versprach ein herrlicher warmer Tag zu werden. Nachdem sich Nora ihren Kaffee zubereitet und ihre Katzen gefüttert hatte, betrat sie den Wintergarten und beschloss, sich als Nächstes um ihre Pflanzen zu kümmern. Simone war noch in ihrem Zimmer, sie hatte sie dort telefonieren gehört. Gerade als sie den Wintergarten verlassen wollte, sah sie Carmen durch das Loch im Zaun schlüpfen. In den Händen trug sie eine rechteckige Plastikdose mit Deckel. Nora freute sich, sie zu sehen. In letzter Zeit hatten sie kaum Gelegenheit dazu gehabt.

„Guten Morgen, Carmen, schön, dich zu sehen."

„Guten Morgen, Nora, ich dachte mir, bei all der Aufregung und dem Stress, den ihr wegen eurer Mutter habt, braucht ihr etwas Nahrung für die Seele. Ich habe euch Muffins gebacken, drei Sorten. Ich kenne ja euren Geschmack nicht. Mit Blaubeeren, mit Kirschen und Schokolade. Den Kids geht es immer besser, wenn sie die essen, ich hoffe, euch auch." Nora war zutiefst gerührt. Sie nahm Carmen in die Arme und sagte tief bewegt:

„Vielen, vielen Dank. Das ist genau das, was wir jetzt brauchen."

„Gibt es denn schon etwas Neues?"

„Leider nein, aber wir geben nicht auf."

„Meine Schwester hat mir erzählt, du vermutest, dass sie zu Lederers gefahren ist. Sie muss vorsichtig sein, als Alleinerziehende kann sie es sich nicht leisten, ihren Job hier im Ort zu verlieren. Aber sie hat mir versprochen, sich diskret im Betrieb umzuhören, ob irgendeiner etwas gesehen oder gehört hat. Euer Flyer ist in aller Munde und du kennst ja mittlerweile die Leute hier: Wenn es endlich einmal etwas gibt, über das man reden kann, wird das weidlich ausgenutzt. Sie braucht also nichts weiter zu tun, als bei jeder Pause einfach zu fragen: ‚Hast du den Flyer auch gelesen?' Schon erzählen alle drauf los, was sie wissen oder vermeintlich wissen", lachte Carmen.

Nora auch, sie konnte es sich bildlich vorstellen, wie Carola, lässig an die Firmenhausmauer gelehnt, an ihrer Zigarette zog und völlig nebenbei alles erfuhr, was es zu erfahren gab. Ihre Mutter war hier in Bergental verschwunden und nur hier, mithilfe der Bergentaler, ließ sich das aufklären. Davon war Nora fest überzeugt. Dass allerdings kein einziger Hinweis auf Oma Pötschke und Erika eingegangen war, fand sie noch beunruhigender als die wenigen Hinweise auf ihre Mutter. Sie ließ Carola liebe Grüße ausrichten. Carmen versprach, ihr alle Informationen, die Carola bekam, umgehend zukommen zu lassen. Nora fiel noch etwas ein. Sie bat Carmen, kurz zu warten. Rannte ins Haus, kramte im Regal herum und ging dann schnell zu Carmen zurück.

„Ich habe ein neues Spiel für die Kinder gekauft. Wegen der Suche nach meiner Mutter und Oma Pötschke kommen wir nicht dazu, es zu spielen, und sie haben es sich so sehr gewünscht. Nimm es mit, dann freuen sie sich."

„Du verwöhnst meine kleinen Quälgeister zu sehr, aber trotzdem danke", lachte Carmen und machte sich winkend auf den Weg zum Loch im Zaun.

Nachdem Nora die Pflanzen versorgt hatte und zurück ins Haus kam, stand Simone schon in der Küche.

***

## CARMEN STUBER

*Es dauert nicht mehr lange und dann ist unser neues Baby da. Ich freue mich schon so. Es wird ein Junge. Das ist gut. Lilli ist so lieb zu Milena. Die zwei interessieren sich für dieselben Dinge. Lucius ist ganz anders. Bei ihm muss es technisch sein, sonst findet er es doof. Vielleicht tut es ihm gut, einen Bruder zu bekommen. Wenn die Kinder von Carola da sind, ist bei uns richtig was los. Ich bin so froh, mit Benny einen Mann zu haben, der das klasse findet. Er ist immer ausgeglichen und nur selten mal genervt.*

*Am liebsten würde ich mir eine kleine heile Welt aufbauen, in die niemals etwas Böses oder Gefährliches eindringen kann, aber das ist unrealistisch. Natürlich passieren bei uns Verbrechen. Sie passieren bei uns wie überall. Warum sollten hier bessere Menschen leben? Nur weil es kleine Gemeinden sind? Die Leute leben nach dem Motto, ich schade dir nicht und du schadest mir nicht. Im Hellen helfen sie sich, ein neues Haus zu bauen, aber im Dunkeln bestehlen sie sich untereinander, denn sie wissen, wo die Materialien liegen.*

*Auf jeden Fall habe ich Carola die Hölle heißgemacht, nachdem ich mitbekommen habe, dass sie Nora angelogen hat. Sie ging zu Nora und hat das richtiggestellt. Ich bin froh, Nora als Nachbarin zu haben. Die Kinder lieben sie. Sie ist so geduldig mit ihnen. Sie unterschätzt ihre Fähigkeiten im Umgang mit den Kindern und hat immer Angst, dass ihnen etwas passiert, wenn sie bei ihr sind. Dabei habe ich das Gefühl, es gibt kaum einen sichereren Ort für meine Kinder als bei ihr. Ich hoffe, Oma Pötschke und Erika geht es gut. Ich denke viel an die zwei alten Damen und bin gespannt, was sie erzählen, wenn sie wieder zurück sind. Um sie muss ich mir keine Sorgen machen. Für Nora und ihre Schwester ist es im Augenblick nicht leicht. Wie gerne würde ich ihnen helfen, aber ich weiß nicht, wie ich das anstellen soll. Erst einmal muss ich mein Baby sicher auf die Welt bringen. Das ist jetzt alles was zählt, dann sehen wir weiter. Auch Rosi tut mir leid, ohne Maria ist ihr Arbeitspensum kaum zu schaffen und ich kann ihr auf absehbare*

*Zeit auch nicht helfen. Ich kann die Welt nicht ret-*
*ten, aber wenn wir abends unsere Rasselbande im*
*Bett haben und gemeinsam im Bett liegen, dann*
*weiß ich: Heute haben wir unsere Familie über den*
*Tag gerettet und das fühlt sich supergut an. Ich*
*habe Angst, dass ich meine Kinder nicht aufwach-*
*sen sehen könnte. Benny hat mir versprochen,*
*dass dies niemals passieren wird.*

*Nora hat mir mal erzählt, dass ihre Mutter kein*
*einfacher Mensch sei. Näheres erfuhr ich aber nicht*
*von ihr. Andere im Dorf, die schon einmal mit ihr*
*Kontakt hatten, erzählten, dass Gisela Esch wirk-*
*lich ein schwieriger Mensch war. Ich bin ihr nur ein-*
*mal begegnet und das werde ich nie in meinem Le-*
*ben vergessen. Jetzt werde ich mal den Kleinen*
*das neue Spiel von Nora geben. Sie werden sich*
*bestimmt riesig darüber freuen.*

\*\*\*

„Guten Morgen, viel habe ich über diesen Peter
noch nicht herausbekommen. Er mag zwar hier in
Bergental der Kunstcrack sein, aber in Berlin ist er
nur einer unter vielen. Meinen Kontakten in der
Kunstszene ist er nicht bekannt und diese Szene
ist so eng vernetzt, dass alles, was Rang und Namen in Berlin hat, dort bekannt ist. Von einer Outdoor-Vernissage ist ihnen nichts bekannt, das will
aber nichts heißen. Kleine Veranstaltungen gibt es

dort ständig und überall. Ein anderer Kontakt wohnt im selben Kiez wie er und kennt viele Leute. Er hört sich heute dort mal ein bisschen um. Dann habe ich noch zwei Kontakte, die aktiv in der Schwulen- und Transenszene sind, befragt, ob sie ihn kennen, und denen war er bekannt. Er scheint ein ziemlich extravagantes und ausschweifendes Sexualleben zu führen, aber das macht ihn ja noch nicht zum Mörder. Allerdings erzählten sie mir, dass er wohl wirklich etwas drauf hat beim Schminken und dass er früher aktiv war bei einer Laienspieltruppe. Wir können also davon ausgehen, dass es ihm keine Probleme bereiten würde, mit seiner Größe, seiner Figur und einer Perücke, sich überzeugend als unsere Mutter zu verkleiden."

Simone beendete ihren Bericht.

„Das sind doch schon mal vielversprechende Ansätze", lobte Nora und berichtete von Carolas Ansatz, im Betrieb Lederer etwas in Erfahrung zu bringen.

Nora musste heute ein paar dringende berufliche Dinge erledigen und ging direkt nach dem Gespräch in ihr Büro. Sie hatte bereits die Hälfte abgearbeitet, als ihr Handy klingelte. Oliver! Ihr Herz machte einen Satz vor Freude. Sofort, nachdem sie das Gespräch angenommen hatte, sagte er:

„Ich bin oben bei den Pferden, hast du Zeit?"

Selbst, wenn sie keine gehabt hätte, sie hätte sich diese genommen.

„Ich bin sofort bei dir."

Legte auf, sprang auf und lief zu den Pferden. Nicht ohne vorher noch kurz einen kritischen Blick in den Spiegel zu werfen, so viel Zeit musste sein. Er lachte, als er sah, wie sie ihm entgegenlief. Dann fragte er, ob es etwas Neues gäbe. Sie erzählte es ihm.

„Das heißt, Paul Lederer ist vermutlich nicht involviert", überlegte er.

„Er hat auf mich überzeugend gewirkt, aber wahrscheinlich habe ich eine schlechte Menschenkenntnis und kann das nicht beurteilen. In Peter habe ich mich offenbar auch getäuscht."

„Sei nicht so streng mit dir, ich glaube dir, dass du Paul richtig eingeschätzt hast. Ob du dich in Peter getäuscht hast, wird sich erst noch rausstellen. Vielleicht ist auch er eher Opfer als Täter."

Auf diese Idee war Nora überhaupt noch nicht gekommen. Allein der Gedanke gab ihr Hoffnung. Im Grunde ihres Herzens glaubte sie noch immer an das Gute im Menschen. Auch an das in Peter. Oliver bekam einen Anruf auf sein Handy und musste schon wieder los zu einem Notfall.

Nachdem er weggefahren war, erledigte sie ihre restliche Büroarbeit. Als sie damit fertig war und das Büro verlassen wollte, klingelte ihr Festnetztelefon. Paul Lederer war am Apparat. Damit hatte sie nicht gerechnet. Er war völlig aufgelöst:

„Ich kann Peter, seit er gefahren ist, nicht mehr erreichen. Das ist noch nie vorgekommen, solange ich ihn kenne. Was meinten Sie mit: ,Ich will wissen, was Peter mit der Sache zu tun hat?' Er hilft Ihnen bei der Suche nach Ihrer Mutter, sonst nichts. Ich verstehe das alles nicht. Warum sollte Ihre Mutter zu uns nach Hause fahren und dort verschwinden? Das ergibt doch alles keinen Sinn. Was wollte sie überhaupt von meinem Vater?"

Das waren viele Fragen. Nora war sich noch immer nicht sicher, ob sie ihm vertrauen konnte. Sie entschied sich, das Gespräch zu vertagen, bis die Recherchen über Peter in Berlin abgeschlossen waren.

„Es tut mir leid, Herr Lederer, aber im Augenblick kann ich Ihnen das nicht erklären, ich sehe auf dem Display Ihre Handynummer. Sobald es mir möglich ist, rufe ich Sie zurück. Das wird eventuell heute Abend oder auch erst morgen sein. Bitte, Sie müssen sich noch etwas gedulden. Ich verspreche Ihnen, ich komme so schnell wie möglich auf Sie zu."

Das war nicht die Antwort, die er erhofft hatte, aber es blieb ihm nichts anderes übrig, als sie zu akzeptieren. Er machte sich ernsthaft Sorgen um Peter. Nora musste zugeben, sie sich auch. Wenn er wirklich eher Opfer als Täter war …

Nachdem sie das Telefonat beendet hatten, ging sie zu Simone und fragte sie, ob sie schon etwas Neues zu Peter in Erfahrung gebracht hätte. Dem war nicht so.

Den restlichen Tag verbrachte Nora mit Büroarbeit, Wäsche waschen und Wohnung putzen. Simone saß im Wintergarten, hatte ihr Headset auf und war den ganzen Nachmittag am Telefonieren. Nora fand, es wäre an der Zeit, dass sie einmal für das Essen zuständig sei. Sie ging einkaufen und bereitete das Abendessen vor. Da sie kein ernstes Gespräch mit Simone plante, fiel es weniger üppig aus. Sie stellte einen französischen Landwein auf den Tisch und schwor sich, höchstens ein Glas zu trinken, dazu gab es einen Gurken-Paprika-Zwiebel-Schafskäse-Salat mit Kräuterbaguette. Das sollte ausreichen. Als Nachtisch hatten sie Seelenfutter in Form der Muffins von Carmen. Simone betrat die Küche und war freudig überrascht, den gedeckten Tisch zu sehen. Während des Essens erzählten sie sich Geschichten aus ihrer Kindheit und spürten dabei, das erste Mal seit langer Zeit, eine Verbundenheit, die ganz tief in ihnen Erinnerungen hervorrief, von denen beide nicht mehr gewusst hatten, dass es sie gab. Es war schon spät, als Simone das Thema wechselte:

„Der Kontakt, der im selben Kiez wie Peter wohnt, war heute dort und hat in Erfahrung gebracht, dass Peter vor ungefähr drei Monaten das letzte Mal in seiner Wohnung war. Seine Nachbarin passt in dem Haus genau auf, wer da ein und ausgeht. Sie war sehr auskunftsfreudig. Er ist definitiv weder die letzten Tage noch heute dort erschienen. Einer meiner Kunstkontakte bestätigte mir, dass er nicht zu den bedeutenden Künstlern Berlins zählt, allerdings tatsächlich in einer einzigen kleinen Galerie ausstellt. Was seine sexuellen Aktivitäten angeht, ist auch er älter und ruhiger geworden in den letzten Jahren. Das hängt vielleicht auch damit zusammen, dass er in einer festen Beziehung mit Paul Lederer ist, was ihn aber trotzdem nicht davon abhält, bei seinen regelmäßigen Besuchen in Berlin Alternativen auszuprobieren."

„Interessant wäre herauszufinden, wo er sich gerade befindet."

„Ich habe einen Kontakt, der sein Handy orten kann, wenn es eingeschaltet ist. Das ist zwar illegal, aber gib mir seine Handynummer und wir wissen bald, wo er sich aufhält." Nora staunte und war beeindruckt von Simones Methode zu recherchieren. Sie kehrten wieder zum Ausgangsthema zurück und beschlossen bald danach, schlafen zu gehen.

***

## PAUL LEDERER

*Bergental ist für Kinder der Inbegriff von heiler Welt. Wiesen, Bäche, viele Kinder zum Spielen. Ich hatte eine schöne Kindheit. Auch wenn ich etwas anders war als die anderen Jungs. Die spielten Fußball, ich las oder malte. Das störte aber keinen. Nach dem Abitur wollte ich Betriebswirtschaft studieren, um danach im elterlichen Betrieb zu arbeiten. Ich kam gar nicht auf die Idee, etwas anderes zu tun. Die Leute hier lehnen sich nicht gegen ihre Lebensbedingungen auf, sie fügen sich ihnen. Ein Dorf ist mehr als nur ein paar Häuser. Es ist ein Netz aus Verbindungen. Zum Studium ging ich nach Berlin. Die Größe der Stadt machte mir anfangs Angst, aber ich erkannte auch die Möglichkeiten. Zu Hause hatte ich mir im Internet manchmal Fotos und Videos mit Männern angesehen. Reale Kontakte zu knüpfen hätte ich mich dort, wo mich jeder kannte, niemals getraut. In Berlin brauchte ich auch ein paar Monate, bevor ich mich das allererste Mal in einen Club getraute. Schon bei meinem ersten mutigen Ausgehen traf ich Peter. Es war für mich Liebe auf den ersten Blick. Glücklicherweise verliebte sich Peter auch in mich. Wir waren während meines ganzen Studiums zusammen. Als das Ende des Studiums sich nicht länger herauszögern ließ, bekam ich Angst. Meine Eltern* erwarteten, dass ich zurückkehrte und in dem Betrieb, als einer von drei Geschäftsführern, den kaufmännischen Bereich übernahm. Die Vorstellung, Peter nicht mehr täglich zu sehen, war schon mehr Panik als Angst. Peter schlug vor, sich in Bergental oder Umgebung ein Appartement zu mieten. Dort und in Berlin könnten wir uns dann treffen. Mir fiel unser leerstehendes Haus ein, das bis vor einem Jahr von einem Hausmeisterehepaar bewohnt worden war. Nach dem Tod des Mannes war die Frau zu ihrer Tochter gezogen. Das Haus hatte den Vorteil, dass keiner von unseren Treffen etwas mitbekam. Dass wir hier im Ort unsere Beziehung geheim halten müssen, belastet Peter sehr. Er sagte mehr als einmal zu mir: ‚Wie gerne würde ich dich Nora vorstellen und dich mit zu ihr nehmen.' Da ich schon zum Einstieg von meinem Vater ein großzügiges Gehalt bekam, sagte ich Peter, er müsse keine Miete zahlen, die würde ich übernehmen. Aus diesem Grund konnte er es sich leisten, seine Berliner Wohnung zu behalten. Geld spielte in unserer Beziehung nie eine Rolle, ich hatte immer genug und er verdiente mit seiner Kunst Geld und seine Eltern hatten ihm einen Kapitalfond zukommen lassen, der allein schon ausreichen würde, um davon zu leben. Anfangs dachte Peter, er teile sich die Zeit zwischen Bergental und Berlin. Im Laufe der Jahre blieb er aber immer kürzer in Berlin und inzwischen fährt er nur noch alle paar Monate dorthin. Ich weiß natürlich, was er dann dort treibt, aber solange er immer wieder zu mir zurückkehrt, ist mir das egal. Wann immer wir getrennt waren: Telefonisch erreichen konnte ich ihn immer. Nur jetzt *nicht. Ich mache mir ernsthaft Sorgen und stehe kurz davor, in Panik zu verfallen. Was hat das alles zu bedeuten? Erst verschwindet diese Gisela Esch und jetzt Peter. Nora hat angedeutet, Peter und mein Vater hätten etwas damit zu tun. Ich kann mich nicht erinnern, dass Peter und mein Vater jemals mehr als ein paar höfliche Floskeln ausgetauscht haben. Was man halt so redet, wenn man auf demselben Grundstück wohnt: ,Erfolgreiche Jagd gehabt?', ,Es soll Regen geben, habe ich gehört', ,Ganz schön heiß oder kalt heute` und das war es dann auch schon. Mit so jemandem schmiedet man kein Mordkomplott. Peter ist schon seit Jahren mit Nora befreundet, es gefällt ihm, wie aufgeschlossen sie ist, sie bringt neue Ideen nach Bergental und teilt mit ihm den Wunsch nach einer besseren, gerechteren Welt. Er würde doch nicht ihre Mutter entführen. Er würde überhaupt niemanden entführen. Mein Vater auch nicht. Er ist ein großer Verfechter der Theorie, wonach sich jedes Problem mit Geld lösen lässt. Jeder ist bestechlich, es kommt nur auf die Höhe des Betrages an. Weder Peter noch mein Vater haben Gisela Esch etwas angetan, sie hätten es gar nicht tun können. Davon bin ich fest überzeugt. Ich habe mir den Flyer noch einmal genau angesehen und im Internet über sie recherchiert. Sie ist Anwältin für Arbeitsrecht, das könnte theoretisch eine Verbindung erklären, aber in den letzten Jahren gab es nie einen Arbeitsrechtsstreit bei uns im Betrieb. Ich muss mit Nora reden, was das alles zu bedeuten hat. Und ich muss Peter finden.*

# Donnerstag, 04. Juni

Als Nora morgens in die Küche kam, duftete es schon nach frischem Kaffee. Sie schenkte sich eine Tasse ein und wartete, bis Simone ihr Telefonat beendet hatte.

„Guten Morgen, es gibt Neuigkeiten," eröffnete Simone das Gespräch, „Peter ist in Hamburg-Blankenese, Strandweg. Hausnummer habe ich keine."

„Nicht nötig, ich weiß, was er da macht. Er ist bei seinen Eltern. Die wohnen dort. Alter Hamburger Adel. Schöne alte Villa mit Blick auf die Elbe. Ich habe ein Bild davon in seinem Haus gesehen. Man könnte neidisch werden."

Simone nickte. Nora teilte ihr mit, dass sie heute im Laufe des Tages mit Paul Lederer telefonieren wolle. Vielleicht könne er ihnen weiterhelfen. Simone wollte weiter zu dem Hintergrund der Lederers recherchieren. Nora sah kurz in ihrem Büro nach, ob es neue Sprachnachrichten auf ihrem Anrufbeantworter gab. Dem war nicht so. Die eingegangenen Informationen, die sie via E-Mail bekommen hatte, notierte sie und gab sie direkt danach in den Computer ein. Sie hatte seit Beginn ihrer Selbstständigkeit noch keinen Tag Urlaub gemacht. Sie entschied, dass ihr der verminderte Arbeitseinsatz der letzten Woche aufgrund des Verschwindens ihrer Mutter zustehen würde. Das beruhigte ihr schlechtes Gewissen.

Sie überlegte, ob sie Paul Lederer anrufen sollte, um ihn über Peters Aufenthaltsort zu informieren oder Peters Absicht, ihn nicht über seinen Aufenthaltsort zu informieren, akzeptieren sollte. Sie könnte direkt bei Peters Eltern anrufen, um das Gespräch mit ihm zu suchen. Noch während sie darüber nachdachte, klingelte ihr Festnetztelefon. Am Apparat war die Chefsekretärin der Firma Lederer. Nachdem sie sich vorgestellt hatte, teilte sie ihr mit:

„Herr Hans Lederer bittet Sie, in sein Büro zu kommen. Er erwartet Sie um 11 Uhr. Falls Ihnen die Uhrzeit nicht gelegen sein sollte, könnte ich Ihnen als Ausweichtermin noch 15.45 Uhr anbieten."

Nora war sprachlos. Der Herr bittet und sie hatte zu springen. Das kam gar nicht infrage. Auf der anderen Seite wollte sie Informationen von ihm und ging davon aus, in seinem Firmengebäude, an einem normalen Wochenarbeitstag, sicherer zu sein als an jedem anderen Ort. Die Sekretärin bemerkte ihr Zögern und fügte deshalb schmeichelnd hinzu:

„Er würde gerne ein paar Ungereimtheiten in Bezug auf das Verschwinden Ihrer Mutter aus dem Weg räumen."

Es war ihr damit gelungen, Nora zu überzeugen.

„Ich werde um 11 Uhr bei Ihnen sein", bestätigte sie.

Sie ging Simone suchen und informierte sie über den Anruf. Sie hielt es für eine gute Idee, Hans Lederer gegenüber mit einer Überraschung aufzuwarten, in Form einer Journalistin, die sie mitbrachte. Um Punkt 10.55 Uhr standen Simone und Nora am Empfang. Der Pförtner wurde sichtlich nervös, als er erfuhr, wer vor ihm stand. Nora zwinkerte ihm zu und flüsterte:

„Machen Sie sich keine Sorgen, ich verrate nichts."

Er war sich nicht sicher, ob er ihr vertrauen konnte, das sah Nora ihm an. Eine junge Frau holte sie am Tor ab und brachte sie in das Vorzimmer des Chefbüros. Die Sekretärin blickte sie erstaunt an:

„Frau Nieberg?"

Nora nickte.

„Meine Schwester, Frau Esch", stellte Nora Simone vor.

Das schien für die Sekretärin in Ordnung zu sein, sie nahm den Hörer und meldete beide bei ihrem Chef an. Nur Sekunden später öffnete sich die Tür und Herr Lederer kam ihnen freundlich lächelnd entgegen und bat sie in sein Büro. Nachdem sie Platz genommen und er sie gefragt hatte, ob sie etwas zu trinken haben möchten, was beide dankend abgelehnt hatten, kam er direkt auf den Anlass des Treffens zu sprechen:

„Mein Sohn Paul hat mir mitgeteilt, dass ihre Mutter zu mir wollte, und zwar erstaunlicherweise nicht hier zu mir in meine Firma, sondern zu mir nach Hause. Weiterhin soll auch noch unser Mieter Peter Harms etwas mit dem Verschwinden zu tun haben. Ich wüsste nun gerne von Ihnen, wie Sie auf das alles kommen und hoffe, danach zur Aufklärung von dem ein oder anderen beitragen zu können."

Nora fand, entgegen dem, was sie erwartet hatte, dass er eigentlich ein sympathischer Mann war. Sie hatten abgesprochen, das Spiel ,guter Cop, böser Cop' für sich zu nutzen. Nora sollte die Gute sein, also erwiderte sie:

„Das ist sehr freundlich von Ihnen. Ich werde Ihnen erzählen, was wir wissen und es wäre schön, wenn durch Sie die ein oder andere Wissenslücke geschlossen werden könnte." Er nickte und Nora fuhr fort:

„Unsere Mutter ist Rechtsanwältin mit Fachgebiet Arbeitsrecht. Sie wurde von Mitarbeitern Ihres Betriebes gebeten, mit Ihnen zu reden."

„Um was ging es denn?", unterbrach er sie.

Alle Freundlichkeit war aus seinem Gesicht gewichen.

„Das unterliegt der anwaltlichen Schweigepflicht. Abgesehen davon weiß ich es selbst nicht."

Nora fand diese kleine Notlüge durchaus gerechtfertigt, es sollten noch weitere folgen:

„Als sie Ihr Betriebsgelände betrat, kam ihr eine Person entgegen. Diese teilte ihr mit, dass Ihr Auto nicht da sei und Sie vermutlich über Mittag zu Hause seien. Also nahm sie Abstand von einem Besuch hier in der Firma und fuhr zu Ihrem Privathaus. Danach gab es kein Lebenszeichen mehr von ihr. Wir haben Grund zu der Annahme, dass Ihr Mieter Peter Harms ihr Auto an den Frankfurter Flughafen fuhr. Dort wurde es im Parkhaus eingestellt, und da steht es noch immer. Wir vermuten, er ist mit dem Zug von Frankfurt hierher zurückgekehrt oder wurde in Frankfurt von irgendjemandem, vermutlich von jemandem aus Ihrer Familie, am Bahnhof abgeholt."

„Ich habe zwar, wie vermutlich jeder Bergentaler, Ihren Flyer gelesen, aber die konkreten Zeiten nicht mehr im Kopf. Bitte sagen Sie mir doch noch einmal ganz genau, wann das gewesen sein soll, als Ihre Mutter verschwand."

Er stand auf und holte seinen Terminkalender. Nora nannte ihm den Tag und die Uhrzeit.

„An diesem Tag war ich mittags gar nicht zu Hause, sondern den ganzen Tag hier im Büro. Mein Wagen war nicht hier, das ist richtig. Er war in der Werkstatt zur Inspektion. Ich habe ihn erst abends zurückbekommen. Um 13 Uhr hatte ich eine Videokonferenz mit einem Geschäftskontakt in New York. Ich muss gestehen, dass mein Englisch nicht so gut ist, wie ich mir wünsche. Deshalb nahm mein Sohn Paul an der Konferenz teil, damit es nicht zu Missverständnissen kommen konnte. Sollten Sie das in Zweifel ziehen, steht Ihnen mein Sohn Paul, unser Computertechniker, der die Videokonferenz vorbereitet hat, sowie meine Sekretärin und vermutlich noch einige andere, die mich gesehen haben, gerne als Zeugen zur Verfügung. Eine Nachfrage bei meinem New Yorker Geschäftspartner würde ich nicht so gerne sehen. Das wirft in der Regel immer einen Schatten auf die geschäftliche Verbindung, gerade, wenn es sich um eine Transaktion handelt, die noch in den Startlöchern steht. Die Konferenz dauerte übrigens fast zwei Stunden. Meine Sekretärin kann Ihnen das alles bestätigen. Nun zu Herrn Peter Harms. Abgesehen von der Tatsache, dass er ein Mieter von mir ist, verbindet uns nichts. Ich habe kaum jemals mit ihm gesprochen. Falls das stimmt, was Sie sagen, dann liegt es doch viel näher, dass er Ihrer Mutter etwas angetan hat anstatt ich oder jemand aus meiner Familie. Vielleicht hat Ihre Mutter, falls sie wirklich zu uns nach Hause wollte, die Häuser verwechselt oder sie ist ihm zufällig begegnet."

Hätte Nora Peter nicht besser gekannt und auch noch Olivers Spruch im Ohr, dass er eventuell auch Opfer statt Täter sein könnte, hätte sie die Argumentation von Hans Lederer überzeugt. Ihr fiel nichts mehr ein, was sie noch fragen könnte. Simone übernahm das Gespräch:

„Können Sie uns noch mitteilen, wann Sie Ihren Wagen in die Werkstatt brachten und wie die Werkstatt heißt?"

Hans Lederer antwortete prompt:

„Es gibt nur eine einzige Werkstatt hier in Bergental und dort war der Wagen."

Er blickte in Richtung Nora und als diese nickte, fuhr er fort:

„Ich war morgens mit dem Wagen zur Arbeit gefahren. Mein Sohn Jens hat den Wagen kurz vor 12 Uhr in die Werkstatt gebracht und ist von dort aus zu Fuß zu seiner Familie nach Hause gelaufen, zum Mittagessen."

Jetzt fiel auch Simone keine weitere Frage ein. Nora und Simone bedankten sich für das Gespräch und verabschiedeten sich freundlich. Sie wollten gerade das Büro verlassen, als er sie bat, kurz zu warten. Er ging an ihnen vorbei, öffnete für sie die Tür und bat seine Sekretärin, ihnen alle Fragen zu beantworten, die sie hätten. Sie bedankten sich erneut, er nickte freundlich, ging in sein Büro zurück und schloss die Tür. Die Sekretärin bestätigte den Termin der Videokonferenz. Nora wusste bereits von Carola, dass sie sehr ehrlich war, deshalb gab es keinen Grund, an ihrer Aussage zu zweifeln. Als sie beim Pförtner vorbei kamen, blieb Nora kurz stehen und flüsterte ihm verschwörerisch zu: „Keine Sorge, ich habe nichts verraten."

Man konnte erkennen, dass nun endlich alle Anspannung von ihm wich. Er nickte ihr dankbar zu.

„Wir fahren jetzt bei der Autowerkstatt vorbei und fragen dort sicherheitshalber nach", sagte Simone auf dem Weg zum Wagen.

Nora erklärte ihr die Abstände zwischen Betrieb, Autowerkstatt und Wohnhaus der Lederers. Es war alles problemlos zu Fuß zu bewerkstelligen.

Der Werkstattleiter sah ins Auftragsbuch und bestätigte, dass an diesem Tag die Inspektion gemacht worden war. Er erinnerte sich noch, dass es der Sohn Jens war, der den Wagen gebracht hatte. Er mochte ihn nicht, das war ihm deutlich anzusehen. Bisher war Nora noch niemandem begegnet, der Jens Lederer sympathisch fand. Sie bedankten sich für die Auskunft.

Es war zum Verzweifeln. Sie kamen nicht weiter. Simone stellte fest:

„Auf mich wirkte Hans Lederer überzeugend. Wir wissen immer noch nicht genug über Peter. Traust du ihm zu, unserer Mutter etwas angetan zu haben? Und wenn ja, warum? Eine Frau von 71 Jahren ist nicht gerade das klassische Sexualopfer für eine schwule Transe. Um sie umzubringen, kannte er sie nicht lang und gut genug. Weil sie seinem Vermieter vielleicht mit einer Klage drohen wollte, reicht nicht als Grund."

„Würde ich Peter nicht so gut kennen, hätte mich Lederer überzeugt. Peter ist wirklich hochintelligent. Er hat trotz seiner schlanken Figur viel Kraft und ein ganzes Atelier voll Werkzeug. Er kennt durch seine vielen Radtouren hier in der Umgebung Orte, an denen eine Leiche die nächsten hundert Jahre liegen könnte und keiner würde sie finden. Hätte er unsere Mutter umgebracht, hätte er sie problemlos beseitigen können. Er hätte ihr Auto vor dem Haus der Lederers stehen lassen können und niemals wäre ein Verdacht auf ihn gefallen. Weiterhin hätte er sich garantiert ein super Alibi zurechtgemacht. Mal davon abgesehen kannte er unsere Mutter überhaupt nicht. So ist meine Einschätzung."

Simone nickte und nahm es stillschweigend zur Kenntnis. Nora dirigierte sie durch den Ort und zeigte ihr, wer wo wohnte. Wieder zu Hause angekommen, meinte Simone:

„Ich habe übrigens auch Kontakte nach Hamburg und habe die auf Peter angesetzt."

Das wunderte Nora nicht. Simone las ihre E-Mails, aber von ihren Hamburger Kontakten war nichts dabei. Hunger hatten sie beide nicht. Trotzdem nahmen sie eine Kleinigkeit zu sich. Nora brauchte körperliche Bewegung. Nach dem Essen schnappte Nora sich ihr E-Bike und ihre Fahrradtasche, die inzwischen eher einem Überlebenskoffer glich, und umkreiste einmal Bergental. Kurz hielt sie bei Dirk und erzählte ihm von dem Gespräch mit Hans Lederer. Dann fuhr sie weiter. Als sie auf einem Hügel oberhalb des Lederer-Anwesens ankam, holte sie ihre Picknickdecke heraus, eine Flasche Wasser und ein Fernglas. Sie konnte einen kleinen Teil des Innenhofes überblicken. Sie sah eine junge Frau, höchstwahrscheinlich Miriam Lederer, mit zwei kleinen Kindern im Hof vor Jens Haus spielen. Es gab dort einen Sandkasten und zwei Bobbycars. Eine ältere, untersetzte Frau, vermutlich Gerlinde Lederer, kam hinzu. Die Frauen unterhielten sich kurz und die Jüngere nickte. Die Ältere ging auf das Kleinere der Kinder zu, sagte etwas zu ihm und das Kind lief sofort zu seiner Mutter. Der jungen Frau schien das unangenehm zu sein. Nora hätte zu gerne ein Richtmikrofon gehabt und das Gespräch belauscht.

Bei offenen Ateliertüren, wie sie Peter im Sommer immer hatte, konnte man tief ins Atelier hineinsehen. Er war kein großer Fan von Vorhängen, deshalb war es mit den meisten Zimmern des Wohnhauses ähnlich. Hätte jemand einen Verdacht gehabt oder auch nur wissen wollen, was Peter so trieb und mit wem, hätte er es von hier aus problemlos mitbekommen können. Sie dachte über Peter nach. Sie konnte sich einfach nicht vorstellen, dass sie sich so sehr in ihm getäuscht hatte. Je länger sie darüber nachdachte, desto weniger Sinn ergab das alles.

Als Nächstes musste sie mit Peter und Paul reden.

***

## HANS LEDERER

*Ich würde zu gerne wissen, wer diese Rechts-
anwältin beauftragt hat und was sie von mir wollte.
Aber das erfahre ich noch. Dafür habe ich meine
Leute in der Firma. Diese Rechtsanwältin macht
nur Ärger, lebendig und vermutlich auch noch tot.
Ich weiß genau, dass Paul und ich ihr nichts angetan haben. Bei Jens kann man sich nie sicher sein.
Aber er war es auch nicht. Ich merke, wenn er mich
anlügt. Ich habe ihn gefragt und er sagte mir, er
hätte mit ihrem Verschwinden nichts zu tun. Er war
überzeugend.*

*Bei meiner Frau bin ich mir nicht sicher. Sie war
so eine naive, sanfte Person, als wir heirateten.
Vermutlich wäre sie auch heute noch so. Ich habe
diesen Drang in mir, dieses starke Bedürfnis, ich
habe immer wieder auf die Erfüllung meiner Wünsche gedrängt. Lange hat sie sich dagegen ge-
sträubt, aber ich habe nicht nachgegeben. Es dauerte eine Zeit, dann spielte sie mit. Im Laufe der
Jahre fand sie Gefallen daran und inzwischen geht
sie in der Rolle der Domina so überzeugend auf,
dass ich wirklich Angst vor ihr habe. Ich weiß nicht,
ob sie mit dem Verschwinden etwas zu tun hat. Ich
habe sie gefragt. Danach musste ich in den Keller
und habe es zutiefst bereut, sie gefragt zu haben.
Ich konnte tagelang nicht mehr ohne Schmerzen*

*sitzen. Und eine Antwort auf meine Frage habe ich auch nicht bekommen.*

***

## DIRK HILL

*Ich traue diesem Peter nicht wirklich. Das hat aber gar nichts damit zu tun, dass er schwul ist. Wer mit wem ins Bett geht, interessiert mich nicht. Es ist so, dass er für mich nicht zu durchschauen ist. Zu Nora ist er sehr nett. Aber Franka und ich finden keinen Draht zu ihm. Es erscheint mir schlüssig, dass er, als Gisela Esch verkleidet, ihren Wagen nach Frankfurt gefahren hat. Aber hat er sie auch entführt oder sogar umgebracht? In Krimis fragt der Kommissar immer nach dem Warum. Darauf finden wir alle bei ihm keine Antwort. Bei den Lederers sähe das schon anders aus. Wenn es stimmt, was Hans Lederer ihr erzählt hat, dann haben er und Paul ein Alibi. Bliebe nur noch Jens mit seiner Familie übrig und Gerlinde Lederer. Jens traut hier im Ort jeder alles zu. Ihm würde ich zutrauen, dass er Noras Mutter begegnet ist, sie hat ihm erzählt, was sie will und er ist ausgetickt. So was nennt man dann wohl Totschlag im Affekt oder Körperverletzung mit Todesfolge, aber ich bin ja kein Jurist. Letztendlich kommt es auf dasselbe heraus. Tot ist tot. Es wäre alles einfacher, wenn sie sich entweder mal melden würde oder man ihre Leiche fände. Diese Ungewissheit macht einen mürbe. Es blockiert so vieles. Das Leben fährt runter auf Sparflamme. Für neue Perspektiven bleibt*

*nicht genug Raum. Als wir damals Nora kennen-*
*lernten, war sie noch verheiratet. Sie war für alles*
*aufgeschlossen, was hier im Ort stattfand. Sie fand*
*unsere Lebensführung nicht ‚angesagt' oder ‚hip',*
*sondern einfach nur normal. Sie war nicht überheb-*
*lich. Sie passte hier zum Ort. Carlos passte weder*
*zu ihr noch zum Ort. Schon als wir ihn kennenlern-*
*ten, war uns klar, dass der hier nur ein kurzes Gast-*
*spiel gibt. Genauso kam es. Oliver hingegen würde*
*gut zu ihr passen. Er stellt sich aber immer zu viele*
*Fragen darüber, was alles schiefgehen könnte und*
*ob er das riskieren sollte. Im Augenblick sieht es so*
*aus, als nähme er all seinen Mut zusammen. Jetzt*
*wäre für beide der passende Zeitpunkt zusammen-*
*zukommen, aber das wird durch die Suche nach ih-*
*rer Mutter unmöglich gemacht. Für Nora wünschen*
*wir uns, dass ihre Mutter wieder gesund auftaucht.*
*Für wahrscheinlich halten wir das nicht. Ich wüsste,*
*wo ich eine Leiche verstecken müsste, damit sie*
*nie wieder auftaucht. Das ist aber kein Kunststück,*
*als Reiter dringst du in Gebiete vor, in die nicht mal*
*ein Jäger vordringt. Franka kennt bestimmt sogar*
*noch mehr Stellen, aber sie bringt keine Leute um.*

\*\*\*

Nachdem Nora von ihrem Ausflug zurück war,
sah sie kurz nach Simone. Diese tippte irgendetwas in ihren Laptop und nickte geistesabwesend in

Noras Richtung. Nora ging in ihr Büro und rief Peter an. Wie sie erwartet hatte, sprang seine Mailbox an.

„Hallo Peter, hier spricht Nora. Ruf mich bitte mal zurück. Es ist wichtig", sprach sie ihm auf die Mailbox.

Sie dachte über den Sinn von solchen Sätzen nach. Dass sie es war, die angerufen hatte, sah er am Display. Dass er sie zurückrufen sollte und dass es wichtig war, konnte er sich beides denken. Vermutlich hätte das ,Hallo Peter' gereicht. Trotzdem würde sie vermutlich beim nächsten Anruf wieder dieselbe Nachricht hinterlassen. Sie war auch nicht lernfähiger als alle anderen.

Als Nächstes wählte sie die Nummer von Paul Lederer. Er ging sofort dran. Nora fragte ihn, ob er kurz bei ihr vorbeikommen könne. Er sagte sofort zu. Sie vereinbarten, dass er direkt durch den Vorgarten in ihren Garten kommen sollte. Zehn Minuten später war er da. Sie hatte Kaffee und Wasser auf dem Gartentisch bereitgestellt, den Tisch hübsch dekoriert, aber für all das hatte er keinen Blick. Es war nervös, hatte tiefe Ringe unter den Augen und bot ein Bild des Elends. Nora hatte Mitleid mit ihm. Der Leidensdruck war so groß, dass er sofort fragte:

„Haben Sie etwas von Peter gehört? Wissen Sie, wo er ist?"

Nora wollte ihn nicht anlügen. Peter hatte bestimmt Gründe, ihm seinen Aufenthaltsort zu verschweigen, aber es war nicht in Ordnung, Paul so leiden zu lassen.

„Gab es denn Streit zwischen Ihnen, bevor er wegfuhr?"

„Nein, überhaupt nicht. Die Outdoor-Vernissage hatte sich erst kurzfristig ergeben. Er erzählte mir davon, während er schon am Packen war. Das fand ich etwas ungewöhnlich. Üblicherweise werden solche Events langfristig vorbereitet." Nora entschied sich, ihm gegenüber ehrlich zu sein:

„Ich habe Peter, auch nicht erreicht, auch bei mir geht nur die Mailbox dran. Ich weiß aber, wo er ist. Bitte fragen Sie mich nicht, woher ich das weiß. Er ist nicht in Berlin, sondern in Hamburg-Blankenese. Bei seinen Eltern."

Paul war erstaunt, aber auch etwas beruhigt.

„Ich will Ihnen gegenüber mit offenen Karten spielen und hoffe, dass wir zusammen weiterkommen. Ich weiß, dass Sie und Peter eine Beziehung haben. Woher ich es weiß, ist egal. Es wird keiner im Ort erfahren. Ich glaube, dass Sie beide eine große Liebe verbindet und es nicht nur eine Affäre ist. Falls mich mein Gefühl nicht täuscht, würden Sie sogar eher für Peter Position beziehen als für Ihre restliche Familie." Paul nickte. Als Nora erwähnte, dass sie über ihn und Peter Bescheid wusste, wurde er kurz blass im Gesicht.

„Sie wollen wissen, wie ich dazu komme zu behaupten, dass Ihr Vater und Peter etwas mit dem Verschwinden meiner Mutter zu tun haben. Ich werde es Ihnen erklären. In Ihrem Betrieb gibt es Menschen, die sich einen Betriebsrat wünschen. Diese Menschen getrauen sich aber nicht, dazu zu stehen, weil sie die Ansichten Ihres Vaters dazu kennen und deshalb Angst um ihren Job haben. Meine Mutter wurde gebeten, mit ihm ein Gespräch zu führen, ohne die Namen ihrer Auftraggeber zu nennen. Sie rief mich an, um mir mitzuteilen, dass sie hier etwas zu erledigen hätte. Danach wollte sie mich besuchen kommen. Wie Sie wissen, kam sie hier bei mir nie an. Sie war in Ihrem Betrieb. Weil das Auto Ihres Vaters nicht da war, erhielt sie die Information, er sei nicht im Hause. Tatsächlich hatten er und Sie zeitgleich die Videokonferenz. Meine Mutter fuhr daraufhin zu Ihrem Privathaus. Es war Mittagszeit und sie hoffte, Ihren Vater dort anzutreffen. Zwischen der Ankunft in Ihrem Betrieb und der Verabredung mit mir liegen 1,5 Stunden. In dieser Zeit verschwand sie und tauchte seit dieser Zeit nicht wieder auf. Meine Mutter ist 71 Jahre alt und sieht und hört nicht mehr besonders gut, auch wenn sie das nie zugeben würde. Sie hat deshalb Angst, nachts Auto zu fahren. Das würde sie nur im allergrößten Notfall machen. Nachts um zwei wurde ihr Auto gesehen, als sie von der Dorfseite, in der Ihr Haus steht, auf die Hauptstraße fuhr. Ihr Auto fand man im Parkhaus des Frankfurter Flughafens. Wie wahrscheinlich ist es, dass sie nachts, ohne Not, nach Frankfurt an den Flughafen fuhr? Hätte sie dorthin gewollt, wäre sie doch eher erst nach Hause gefahren und hätte sich irgendetwas eingepackt. Nichts, was sie für eine Reise benötigen würde, fehlt aus ihrer Wohnung. Hätte es unbedingt in der Nacht sein müssen, dann hätte sie sich auch ein Taxi zum Flughafen leisten können. Sie hätte auch jederzeit mich bitten können, sie an den Flughafen zu fahren. Niemals wäre sie diese Strecke selbst gefahren. Sie hat auch keinen Flug gebucht oder angetreten. Sie fuhr vom Flughafen mit dem Zug nach Frankfurt rein. Warum fuhr sie nicht direkt mit dem Wagen nach Frankfurt, wenn sie dorthin wollte? Danach verliert sich ihre Spur. Für uns stellen sich folgende Fragen: Wo war sie von mittags bis nachts? Lebte sie Nachts überhaupt noch? Wer fuhr in der Nacht ihr Auto? Wir, damit meine ich, meine Schwester und mich, haben die Überwachungsbilder vom Flughafen gesehen. Sie trug Kleidung, welche wir noch nie an ihr gesehen haben. Auch die Schuhe waren andere. Weiterhin trug sie einen Hut. Sie hat noch nie in ihrem Leben einen Hut getragen. Sie sah aus wie unsere Mutter, bewegte sich aber anders, sie bewegte sich ähnlich wie Peter."

Immer mehr Farbe wich aus Pauls Gesicht, während Nora ihm die Ereignisse schilderte. Er fragte nicht nach, wie sie auf die Idee kamen, Peter könnte als Frau verkleidet Gisela Esch imitieren. Vermutlich hatte ihm Peter lachend von Noras erstem Besuch bei ihm im Atelier erzählt. Er hörte aufmerksam zu und unterbrach sie kein einziges Mal. Sie fuhr fort:

„Vermutlich fuhr er mit dem Zug zurück und wurde hier von jemandem am Bahnhof oder direkt in Frankfurt abgeholt. Ich, oder besser wir, denken nicht, dass Peter unserer Mutter etwas angetan hat. Ich kann es Ihnen nicht erklären, aber ich glaube, dass auch er in der ganzen Geschichte eher Opfer als Täter ist. Dafür spricht auch seine Flucht nach Hause zu Mama und Papa."

Paul atmete hörbar auf. Schwieg aber weiterhin und verfolgte Noras Vortrag aufmerksam.

„Unsere Mutter ist nun seit einer Woche verschwunden, ohne eine ihrer Töchter zu kontaktieren. Auch die Sekretärin unserer Mutter hat nichts von ihr gehört. Weiterhin fehlt in der Wohnung nichts von ihren persönlichen Sachen. Auch ihre Kleidung ist vollständig. Wenn wir ausschließen, dass sie zwischen Ihrem Betrieb und Ihrem Haus einen Unfall hatte oder dass sie der Liebe ihres Lebens dort begegnet ist, hormongeschwängert mit 71 völlig durchdreht und mit ihm, in zwei verschiedenen Autos, nach Frankfurt fuhr, um dann mit ihm, ohne Gepäck, durchzubrennen, dann gibt es nur zwei mögliche Szenarien: Sie wurde bestenfalls entführt oder schlimmstenfalls ermordet. Ihre Familie ist vermögend und würde für Geld kein Verbrechen begehen. Lassen wir mal Steuerdelikte außen vor. Das interessiert uns nicht. Jeder andere, dem meine Mutter in die Hände gefallen wäre, hätte sie innerhalb von fünf Minuten entweder freiwillig wieder laufen gelassen oder gewusst, dass sie viel Geld hat und sie deshalb behalten. Selbst, wenn das alles nur durch Zufall passiert wäre, und sie dabei durch ein Unglück zu Tode gekommen wäre, hätte derjenige vermutlich versucht, uns zu erpressen. Es gab aber keine Erpressung. Für uns schließt sich deshalb der Kreis immer enger um Ihre Familie. Sie und Ihr Vater haben ein Alibi. Ihren Bruder, seine Familie und Ihre Mutter habe ich noch nicht befragt. Können Sie unsere Überlegungen nachvollziehen? Was sagen Sie dazu?", beendete Nora ihren Vortrag.

Paul holte tief Luft, blickte suchend über den Tisch und antwortete:

„Das war jetzt etwas viel für mich. Wenn Sie etwas Hochprozentiges für mich hätten, wäre ich Ihnen sehr dankbar."

Nora holte ihm ein Glas und eine Flasche Himbeergeist. Sie selbst war kein Freund von Edelbränden, aber dieser war ein Geschenk gewesen. Sie beobachtete kurz Paul durchs Küchenfenster. Sie hätte es nicht erklären können, aber ihr Gefühl sagte ihr, dass sie ihm vertrauen konnte. Aber warum hatte Peter ihm nicht die Wahrheit gesagt, wohin er wollte? Gab es doch etwas, das ihn dazu bewogen hat? Plötzlich kam ihr der Gedanke, Paul hätte ihn gebeten, das für seine Familie zu tun. Er hätte es getan, sich danach schuldig gefühlt und hätte sich Rat bei seiner Familie holen wollen. Sie musste dringend mit ihm reden.

Nachdem sie das Glas auf den Tisch gestellt und eingeschenkt hatte, trank Paul es mit einem

Schluck aus. Simone gesellte sich zu ihnen. Nora stellte sie vor.

„Ich habe Paul gerade erzählt, warum sich der Kreis um seine Familie immer enger zuzieht."

Paul nickte und begann zu reden:

„Vielen Dank für den Himbeergeist. Den habe ich jetzt gebraucht. Darf ich Sie Nora nennen? Ich bin Paul. Ich weiß so viel von Ihnen aus Peters Erzählungen, dass Sie mir inzwischen so vertraut sind, als wären wir bereits seit Jahren befreundet. Peter hat immer darunter gelitten, dass er nichts von mir erzählen durfte."

Nora bot ihm an, sie zu duzen.

„Danke. Um jetzt direkt auf deine Ausführungen einzugehen: Ich hätte vermutlich dieselben Schlussfolgerungen gezogen. Sie ergeben Sinn. Falls Peter wirklich als Gisela Esch verkleidet nach Frankfurt fuhr, dann nicht aus eigenem Antrieb. Tatsächlich habe ich ihn am Abend und in der Nacht des Verschwindens eurer Mutter nicht gesehen. Ich dachte, er sei zu Besuch bei dir. Mein Vater und ich waren zum Zeitpunkt des Verschwindens eurer Mutter wirklich in der Videokonferenz. Ich kann das bestätigen. Vermutlich wollte mein Vater nicht den Namen des Geschäftspartners in New York bekannt geben. Ich habe da weniger Skrupel. Hier geht es um mehr als um einen geschäftlichen Deal. Wenn du also die Adresse zur Überprüfung möchtest, kann ich sie dir jederzeit heraussuchen."

Nora nickte, winkte aber dankend ab:

„Im Augenblick gehe ich nicht davon aus, dass dies notwendig sein wird."

Paul fuhr fort:

„Jetzt kommen wir zu meiner restlichen Familie. Meine Mutter hat sich vermutlich mit ihrem Garten beschäftigt, mit den Enkeln oder hat gelesen. Was auch immer es war: Frau Strack, unsere Haushälterin, wird es vermutlich mitbekommen haben. Sie bekommt alles mit, was in den Häusern der Familie vor sich geht. Meine Mutter kreist so um sich selbst, dass ihr eine Beschäftigung mit den beruflichen Problemen meines Vaters völlig fremd ist. Sie hätte vermutlich deine Mutter umgehend zurück zur Firma geschickt, wenn sie ihr begegnet wäre. Kommen wir nun zu meinem Bruder und seiner Familie. Vermutlich hast du kein einziges gutes Wort über ihn gehört. Es ist auch schwer, etwas Gutes an ihm zu finden. Er ist jähzornig, dominant, kurz ein Tyrann. Aber selbst an ihm gibt es ein paar positive Seiten. Er ist zum Beispiel der Familie gegenüber absolut loyal. Für uns alle würde er durchs Feuer gehen. Er ist fleißig. In seinem Verein ist er sehr engagiert und beliebt. Aber seine Frau traut sich in seiner Anwesenheit kaum, den Kopf zu heben. Es würde mich nicht wundern, wenn er sie schlagen würde. Er ist jedoch intelligent genug, dass man es nicht zu sehen bekäme. Sie hatte noch nie ein blaues Auge oder einen gebrochenen Arm. Soviel ich weiß, war sie während der Ehe nie im Krankenhaus. Außer natürlich zu den Geburten. Wenn es um ein Alibi für ihn geht, würde sie sofort für ihn lügen. Auch, wenn es nur aus Angst vor ihm wäre. Sie weiß vermutlich, dass er sie regelmäßig betrügt, aber selbst das wird nicht dazu führen, dass sie ihn verlässt. Die Kinder sind ganz normale kleine Kinder: aufgeweckt, lieb, lustig und wild. Genau wie es sich für Kinder gehört. Vermutlich deutet gerade alles darauf hin, dass mein Bruder der Mörder eurer Mutter ist. Ich könnte mir gut vorstellen, dass sie ihm auf dem Hof begegnet ist, ihn mit irgendeiner Äußerung gereizt hat und er ihr in seinem Jähzorn eine runtergehauen hat. Vielleicht ist sie nur unglücklich gestürzt und mit dem Kopf irgendwo aufgeschlagen. Sie auf dem Hof totzuschlagen, zu erwürgen oder was auch immer, traue nicht mal ich ihm zu. Mein Vater ist Jäger. Mit eigenem Jagdrevier. Hätte mein Bruder ihn gebeten, ihm zu helfen, dann hätte mein Vater das getan. Beide hätten sie, entschuldigt bitte jetzt meine Wortwahl, problemlos wie ein Stück Vieh im Wald entsorgen können und sie wäre spurlos verschwunden geblieben bis in alle Ewigkeit. Nur wohin mit ihrem Auto? Flughafen ist nicht schlecht, aber es hätte bestimmt auch andere, näher gelegene Orte gegeben. Warum so ein Szenario mit Flughafen? Und wie passt Peter da rein? Wenn es zwei Menschen auf der Welt gibt, denen Peter niemals freiwillig helfen würde, dann sind das mein Vater und mein Bruder. Und wie wären sie darauf gekommen, Peter hätte diese Fähigkeiten zur Verkleidung? Was mich zu einer Überlegung bringt, die dir nicht gefallen wird. Sie ist auch nur rein hypothetisch. Wäre deine Mutter keinem aus meiner Familie begegnet oder einem, der sie darüber informiert hätte, dass mein Vater zwar in der Firma sei, aber keine Zeit für sie hätte, dann hätte es doch sein können, dass sie ihre Pläne ändert und erst einmal zu dir fährt. Wäre es dann hier zum Streit mit ihr gekommen, sie wäre möglicherweise unglücklich gestürzt und wäre dabei ums Leben gekommen, dann hättest du jederzeit Peter anrufen können, vermutlich in Tränen aufgelöst, um ihn zu bitten, hierher zu kommen, um dir zu helfen. Er wäre sofort gekommen. Hätte die geringste Gefahr bestanden, dass dir eine Strafe droht, hätte er alles getan, um dich davor zu bewahren. Er hätte für dich das Auto zu sich in die Garage gefahren und es nachts nach Frankfurt gefahren. Du hättest ihn am nächsten Morgen am Bahnhof abholen können. Er hätte im Laufe des Tages die Leiche entsorgt. Auch er kennt jede Menge Stellen, wo man sie niemals finden würde. Die Polizei sucht sie nicht. Ihrer Meinung nach kann sie ihren Aufenthaltsort frei wählen. Eine 71-Jährige, die noch mal neu durchstartet, wäre nicht ungewöhnlicher als ein Trump als Präsident. Wie gesagt, ich glaube das nicht, aber als Szenario in Verbindung mit Peter als verkleidete Gisela Esch ergibt das fast mehr Sinn. Nicht alles, was logisch ist, muss stimmen. Das war es, was ich beweisen wollte."

Nora saß, mit heruntergeklapptem Unterkiefer, sprachlos da. Simone wandte sich an Nora:

„Der Gedanke war mir auch schon gekommen. Wolltest du deshalb nicht, dass ich noch in der

Nacht komme? Weil du ihn vormittags noch am Bahnhof abholen musstest?"

Nora erwachte blitzartig aus ihrer Schockstarre:

„Sag mal, spinnst du jetzt völlig? Mutter war immer so hektisch unterwegs, du weißt doch selbst, dass sie öfters über ihre Füße fiel, vor lauter Eile. Wäre das passiert, hätte kein Mensch an einem Unfall gezweifelt. Ich hätte auch nicht Peter angerufen, sondern den Notarzt. Das kann doch jetzt alles nicht wahr sein."

Nora standen inzwischen Tränen in den Augen. Paul legte seine Hand auf Noras Arm:

„Bitte Nora, glaube mir, alles, was ich über dich gehört habe, lässt mich sicher sein, dass du es nicht warst. Ich wollte dir nur vor Augen führen, dass selbst, wenn alles auf meine Familie hinweist und einer gewissen Logik entspricht, es nicht unbedingt die richtige Lösung sein muss. Manchmal kann es nicht schaden aufzustehen, einmal um den Tisch herum zu gehen und die Perspektive zu wechseln."

Nora nickte, dachte nach und fragte ihn dann:

„Aber was sehe ich dann?"

Paul überlegte und gab dann seine Überlegung preis:

„Die Frage dreht sich doch um die Fahrt nach Frankfurt. Wäre mein Bruder der Täter, hätte er das Auto vermutlich anderweitig entsorgt, so kompliziert denkt er nicht. Wäre Peter der Täter, hätte er das Auto einfach vor dem Haus meiner Familie stehen gelassen. Niemals wäre der Verdacht auf ihn gefallen. Wärst du die Täterin gewesen, hättest du das Auto entweder vor das Haus meiner Eltern fahren müssen oder Peter hätte dir das vorgeschlagen. Selbst die Polizei hätte in den letzten beiden Fällen meine Familie verdächtigt. Ein paar Beweise für ihre Anwesenheit dort zu platzieren wäre weder für Peter noch für dich in der folgenden Nacht ein Problem gewesen. Peter und du hättet ihr Auto auch direkt zu ihrem Privathaus in die Kreisstadt fahren können. Als Hinweis, dass sie nach ihrem Besuch wieder zu Hause angekommen sei. Was ich damit sagen will, ist Folgendes: Welche Möglichkeit kann es noch geben, wenn man Bergentaler Massenmörder, Durchbrennen wegen zweitem Frühling, meinen Bruder, Peter und dich als Mörder ausschließt? Wer könnte als Gisela verkleidet nach Frankfurt gefahren sein, wenn es nicht Peter war? Und wieso nicht nach Berlin oder München?"

Nora griff zum Telefon:

„Ich muss jetzt sofort mit Peter sprechen", sagte sie und wählte seine Nummer.

Nora erreichte wieder nur die Mailbox. Dieses Mal suchte sie sich aber die Festnetznummer seiner Eltern heraus und rief dort an. Auch dort meldete sich niemand. Sie versprach Paul, es weiterhin bei Peters Eltern zu versuchen und ihn zu informieren, sobald sie Peter erreicht hätte. Spätestens morgen wollte Paul sich wieder bei Nora und Simone melden

\*\*\*

Nachdem Paul gegangen war, stand Nora auf und räumte den Tisch ab. Auf ein Gespräch mit Simone hatte sie keine Lust. Wie hatte sie ihr nur unterstellen können, ihre Mutter getötet und es dann noch vertuscht zu haben? Auch wenn es die letzten Tage den Anschein gehabt hatte, dass sich die Schwestern näherkommen könnten, so hatte Simone das heute Mittag mit einem Satz zunichtegemacht. Simone hingegen tat so, als sei alles in Ordnung, was es für sie vermutlich auch war. Nora schnappte sich zwei Scheiben trockenes Brot und ging zu den Pferden. Die waren die deutlich nettere Gesellschaft. Schön wäre es, wenn jetzt Oliver durch Zufall vorbeikommen würde. Aber solche Zufälle gibt es im realen Leben eher selten. Bei den Pferden gelang es ihr schnell, sich zu beruhigen. Als sie glaubte, in der Lage zu sein, sich wieder im selben Raum wie ihre Schwester aufhalten zu können, ohne ihr an die Kehle zu gehen, verabschiedete sie sich von den Pferden und ging langsam Richtung Haus. Plötzlich nahm sie eine Bewegung auf dem Grundstück von Oma Pötschke wahr. Die Hintertür zum Garten ging auf und aus dem Haus trat eine strahlende und winkende Oma Pötschke. Nora freute sich riesig, sie zu sehen. Beide gingen, überglücklich, sich wiederzusehen, auf den Zaun zwischen den Grundstücken zu, der sie trennte.

„Ach, Oma Pötschke, wie schön, dich gesund und munter wiederzusehen. Du hast mir gefehlt.

Wo warst du denn? Ist Erika auch wieder da? Wir haben uns solche Sorgen gemacht." Am liebsten wäre Nora über den Zaun gesprungen und hätte sie gedrückt und geküsst. Auch Oma Pötschke war gerührt.

„Du hast mir auch gefehlt. Sina hat mir inzwischen berichtet, was ihr alles unternommen habt, um mich zu finden. Wenn man solche Freunde hat, braucht man sich im Leben, keine Sorgen mehr machen. Es geht mir gut. Erika auch. Jetzt bin ich aber auch froh, wieder daheim zu sein. Wir wollten einmal in unserem Leben das Meer sehen. Hätten wir darüber mit meiner Familie geredet, hätte die uns das verboten. Aus Angst, uns passiert etwas. Wir haben ja beide keine Handys. Sonst hätten wir nach ein paar Tage angerufen. Aber die Tage vergingen wie im Flug und wir haben es dann vergessen. Ich sage dir: Das Meer ist wirklich beeindruckend. Wir sind am Strand barfuß gelaufen. Gut, dass wir dort waren. Aber jetzt zu dir. Ich habe mitbekommen, dass deine Mutter verschwunden ist. Gibt es denn schon etwas Neues?"

„Leider nein. Wir hoffen aber immer noch, dass sie wieder auftaucht und genauso gesund ist wie du."

Oma Pötschke wurde plötzlich ernst und sagte zögerlich:

„Ich war vorhin einkaufen. Da habe ich gehört, dass die Polizei oben am Heideberg ein Stück mit Absperrband abgesperrt hat. Da ist jetzt viel Polizei. Das ist das Jagdrevier der Lederers."

„Danke für die Info Oma Pötschke, wir sehen uns jetzt hoffentlich wieder öfters. Aber jetzt muss ich mit meiner Schwester sofort dorthin."

Nora winkte und lief schnell ins Haus. In dem Augenblick, indem sie es betrat und nach ihrer Schwester rief, klingelte es an der Haustür. Sie lief durchs Haus, öffnete die Tür, sah Kommissar Baldur vor sich stehen und wusste Bescheid. Ihre Mutter war aufgetaucht. Sie verlor alle Farbe aus dem Gesicht. Simone betrat hinter ihr den Eingangsbereich:

„Gibt es etwas Neues?"

Nora drehte sich nur um. Ein Blick in ihr Gesicht beantwortete Simone alle Fragen.

„Oh nein", stöhnte Simone und sank auf die kleine Bank, die im Flur stand.

„Kommen Sie rein", bat Nora den Kommissar. Sie gingen alle zusammen in die Küche.

„Gerade vor ein paar Minuten habe ich von meiner Nachbarin erfahren, dass am Heideberg die Polizei Absperrband angebracht hat und mit vielen Autos vor Ort ist. Ich wollte gerade meine Schwester informieren und zu Ihnen hochfahren. Was ist geschehen?"

Kommissar Baldur gab jetzt den Satz von sich, den man aus TV-Krimis kennt und von dem man denkt, im realen Leben sagt das nie ein Kommissar zu dir:

„Es tut mir leid, Ihnen mitteilen zu müssen, dass wir Ihre Mutter gefunden haben. Wir müssen nun von einem Gewaltverbrechen ausgehen. Mein herzliches Beileid zum Tod ihrer Mutter."

„Wie?", stammelte Simone.

„Genaues kann ich natürlich erst nach der Obduktion mitteilen. Aber wir gehen von einem Schlag auf den Kopf mit einem stumpfen Gegenstand aus. Ob dieser zum Tode führte oder durch einen Sturz herbeigeführt wurde, wird die Obduktion ergeben."

„Kann ich sie sehen?" fragte Simone.

Simone wäre im Augenblick nicht mal in der Lage aufzustehen, geschweige denn einen Obduktionsraum zu betreten.

Nora gruselte bei dem Gedanken daran, was sie erwartete, wenn das von ihr verlangt werden würde.

„Ich würde Ihnen davon abraten. Sie sollten Ihre Mutter lieber so in Erinnerung behalten, wie Sie zu Lebzeiten aussah. Eine Identifikation ist nicht notwendig, wenn Sie uns etwas zur Verfügung stellen, was sich für einen DNA-Abgleich eignet."

„Selbstverständlich" antwortete Nora.

„Ich will sie trotzdem sehen", beharrte Simone kraftlos unter sich blickend.

Kommissar Baldur tauschte vielsagende, verzweifelte Blicke mit Nora und sagte beschwichtigend:

„Ich werde mit der Gerichtsmedizin sprechen und Sie informieren."

Nora gefror das Blut in den Adern bei dem Gedanken, wie sie aussah, wenn der Kommissar so verzweifelt zu verhindern versuchte, dass ihre Töchter sie so sahen.

„Also starb unsere Mutter in den 1,5 Stunden zwischen Tanken und ihrem Nicht-Erscheinen bei mir", versuchte sich Nora selbst abzulenken.

„Die Pathologin vor Ort hat sich noch auf keinen Zeitraum eingelassen. Dazu wird sie sich erst nach der Obduktion äußern."

„Wie hat man sie gefunden?"

„Eine Reiterin war mit Pferd und Hund unterwegs und der Hund hat sie entdeckt."

„Franka Porter?", fragte Nora erstaunt.

„Ja. Kennen Sie sie?" Kommissar Baldur war erstaunt.

„Ja. Drei ihrer Pferde stehen bei mir hinten im Garten. Wir sind seit vielen Jahren befreundet. Ich habe gehört, unsere Mutter wurde im Revier von Hans Lederer gefunden."

„Das ist richtig. Aber die Stelle ist mit einem Auto für jeden leicht zugänglich. Ich vermute mal, Hans Lederer hätte sie tiefer in den Wald gefahren. Eigentlich ist es ein Wunder, dass sie nicht früher gefunden wurde. Das liegt vermutlich daran, dass ein kleines Stück näher am Waldrand ein Baum umgestürzt war und erst gestern von den Waldarbeitern entfernt wurde. Deshalb war der Weg ein paar Tage nicht frei zugängig. Nach dem letzten Sturm galt es, erst einmal die Bäume zu entfernen, die die Straßen blockierten."

Simone blickte ihn direkt an und spuckte ihm die Worte regelrecht entgegen:

„Sind Sie ein Freund von diesem Lederer?"

„Simone!"

Nora war fassungslos über ihre Schwester. Sie wandte sich an den Kommissar:

„Entschuldigen Sie bitte, das ist der Schock bei ihr."

„Nein, ist er nicht", konterte Simone gereizt.

„Ich kenne ihn nicht einmal", entgegnete Kommissar Baldur und fuhr fort:

„Nun beginnen die Ermittlungen. Ich halte sie auf dem Laufenden."

„Wird ja auch endlich Zeit", schickte Simone hinterher.

Er verabschiedete sich und die Schwestern versuchten, mit der neuen Situation klar zu kommen.

„Es wird nie mehr alles so sein wie zuvor", sagte Simone und Nora nickte. Beide blieben schweigend am Tisch sitzen und jeder hing seinen eigenen Gedanken und Erinnerungen nach.

Nora befürchtete schon, sie würden nie mehr reden, als die Tür vom Wintergarten aufflog und Lilli in die Küche stürmte.

***

„Hallo Nora, ich wollte fragen, ob wir zu den Pferden gehen können. Ich würde so gerne Nurabi putzen."

„Hallo Lilli, das passt jetzt nicht so gut. Wir haben gerade erfahren, dass unsere Mama gestorben ist und sind sehr traurig."

„Oh, das ist doof. Ich habe ein Foto von ihr gesehen, auf dem Zettel, den Sina bei uns in den Briefkasten geworfen hat. Ich habe sie gesehen. Aber da war deine Mama nicht tot."

Damit hatte Lilli die volle Aufmerksamkeit von den Schwestern.

„Wann und wo genau hast du sie gesehen, Lilli? Das ist jetzt sehr wichtig", fragte Nora.

„Bei der Emma. Wann das war, weiß ich nicht mehr."

„Wer ist denn die Emma? Und wo wohnt die Emma?"

„Du kennst doch die Emma, die war schon oft bei uns. Die wohnt bei ihren Eltern."

Nora dachte angestrengt nach. Sie fragte:

„Ist das deine Freundin, die kleine Blonde mit den lustigen Zöpfen, mit der du schon bei den Pferden warst? Weißt du, wie die Emma weiter heißt?"

„Ja, die Emma mag auch Pferde. Aber klein ist sie nicht, die ist so groß wie ich, obwohl sie ein Jahr jünger ist. Die heißt so wie der Ben, das ist ihr Bruder und der ist mit der Milena in derselben Marienkäfergruppe im Kindergarten."

Simone bewunderte Nora für ihre Geduld im Umgang mit Kindern. Sie hätte diese Lilli am liebsten geschüttelt und ihr die Informationen entrissen, sah aber ein, dass Noras Methode sicher die erfolgreichere war, und hielt sich deshalb zurück.

„Weißt du, wie die Eltern von Ben und Emma heißen?"

„Die Mama heißt Miriam und der Papa heißt Jens."

„Und wie heißen die weiter?"

„Lederer."

„Lilli, das ist jetzt ganz wichtig: Was hat unsere Mama denn bei der Emma gemacht?"

„Die kam da auf den Hof, als wir dort gespielt haben."

„Und wer war da noch außer Emma und dir?"

Lilli dachte angestrengt nach.

„Der Ben und die Mama und die Oma von dem Ben und der Emma."

„Ist denn unsere Mama mit der Mama oder der Oma ins Haus gegangen?"

„Ja, mit der Oma von der Emma."

„Und kam unsere Mutter da wieder raus?"

„Ich glaube schon."

„Aber sicher bist du dir nicht?"

„Ich hab's nicht gesehen. Aber muss sie schon. Sie ist ja dann wieder weggegangen."

„Du hast gesehen, dass sie wieder weggegangen ist? Bist du dir da ganz sicher?"

„Ja, sie ist in so ein buntes Auto gestiegen, genau wie das auf dem Foto auf dem Zettel von der Sina."

„Weißt du, ob die Oma von Emma Streit mit ihr hatte?"

„Das weiß ich nicht."

„War eigentlich der Papa von der Emma auch da?"

„Den habe ich nicht gesehen."

„Das war jetzt ganz wichtig. Du warst uns eine sehr große Hilfe. Vielen Dank, Lilli. Magst du dir etwas Süßes holen? Du weißt ja, wo es ist."

Lilli schoss Richtung Süßigkeitenschublade und kam mit drei Riegeln Schokolade zurück.

„Ich habe auch noch einen für Lucius und einen für Milena genommen. Ist das okay?"

„Ja, grüß' deine Geschwister ganz lieb von mir. Das mit den Pferden müssen wir heute leider ausfallen lassen."

„Ist okay." Lilli war schon auf dem Weg, kam noch mal zurück und schickte hinterher:

„Das Spiel von dir ist echt klasse, danke", und verschwand nun endgültig durch das Loch im Zaun.

„Gerade ist unsere schöne Theorie zunichtegemacht worden", sagte Nora, „und damit stehen wir wieder ganz am Anfang".

„Nicht ganz", antwortete Simone, „die Wahrscheinlichkeit, dass sie doch zu dir gefahren ist, ist gerade deutlich höher geworden."

\*\*\*

## FRANKA PORTER

*Der Tag hatte so schön begonnen. Ich sattelte Menes, rief unsere Collie-Mix-Hündin Sheela und wir drei machten uns auf zu unserer Vormittagsrunde. Wir waren schon auf dem Heimweg, als es geschah.*

*Sheela ist inzwischen fünf Jahre alt, sehr gut durchtrainiert und absolut gehorsam. Ich kann mich nicht erinnern, dass sie jemals gewildert hat oder nicht sofort auf Ruf hin kam. Bis auf heute Morgen. Kaum waren wir in den Waldweg eingebogen, verließ sie den Hauptweg. Auf mein Rufen hin reagierte sie nicht. Da es sich um das Revier der Lederers handelt und sie nicht der erste Hund wäre, der darin für immer verschwand, geriet ich schnell in Panik. Ich parierte durch, wendete, ritt zurück und rief dabei ständig nach ihr. Als ich auf ihrer Höhe zum Stehen kam, stand sie zwei Meter neben dem Weg, wedelte mit dem Schwanz und rührte sich nicht von der Stelle. Ich stieg ab. Menes musste ich nicht anbinden. Er bleibt immer ruhig stehen, wenn ich absteige. Ich ging die zwei Meter zu Sheela und da sah ich sie liegen. Hingeworfen wie ein totes Stück Wild. Wer auch immer das getan hatte, er hatte sich nicht die geringste Mühe gemacht, sie zu verscharren. Lediglich durch mit Steinen beschwerte Folie, vor Blicken geschützt, war sie dort abgelegt worden. Ursprünglich. Es waren Wildtiere, die diese zur Seite gezogen hatten und sie bewegt hatten. Von Wildschweinen durch die Gegend geschleudert zu werden, hatte nicht mal ein toter Mensch verdient. Mein erster Gedanke war gewesen: Hans Lederer hätte ein besseres Versteck für sie gefunden und die Tote nicht direkt an dem Waldrand abgelegt. Dorthin hätte jeder mit dem Auto fahren können. Wegen des starken Regens und des Sturms nach ihrem Verschwinden wurde sie auch erst so spät gefunden. Deshalb waren auch keine Reifenspuren mehr zu sehen.*

Bei schönem Wetter hätte sie vermutlich sofort ein Spaziergänger mit Hund dort gefunden. Vielleicht sollte sie ja schnell gefunden werden und nur das Wetter hat das vereitelt.

Ich nahm Sheela an die lange Leine, schwang mich auf Menes und ritt zügig zurück. Dirk rief sofort bei der Polizei an. Die kam dann bei uns vorbei und ich fuhr mit den zwei Polizisten wieder dorthin. Dirk kam mit seinem Auto hinterher und nachdem ich den Polizisten den Fundort gezeigt hatte, durfte ich mit Dirk wieder heimfahren. Die Polizei hatte uns gebeten, nicht mit Nora zu sprechen, bevor sie mit ihr geredet haben.

Auf der einen Seite tut es mir für Nora leid, aber ich denke, langfristig ist es besser, zu wissen, was geschehen ist, anstatt sich ewig zu fragen, was aus ihrer Mutter geworden ist.

Jetzt ermittelt die Polizei, vielleicht finden sie den Mörder, aber Nora wird nicht aufgeben, selbst zu ermitteln. Selbstverständlich werden wir ihr dabei weiterhin helfen. Im Augenblick kann ich nur keinen Ansatz erkennen. Dass es Hans Lederer war, erscheint mir aufgrund des Ablageortes eher unwahrscheinlich, aber vielleicht ist das gerade so gewollt, dass man das denkt. Außerdem gab es da viele Wildschweinspuren. Vielleicht hat er darauf spekuliert, dass die Wildschweine alle Spuren vernichten. Angefangen damit haben sie bereits. Hoffentlich müssen sich Nora und ihre Schwester das nicht ansehen. Ich werde diesen Anblick mein restliches Leben nicht mehr vergessen.

\*\*\*

Nora war wortlos in ihr Büro gegangen. Sie war nicht in der Lage, ihrer Schwester zu antworten. Sie wusste nicht, wie sie mit alldem umgehen sollte. Die Situation war so außerhalb ihrer Realität, dass sie keinen Plan dafür hatte. Morde geschahen im Fernsehen, nicht in ihrer Familie. Die sicherste Methode, nicht völlig durchzudrehen, bestand vermutlich darin, weiterhin zu funktionieren und die Realität nur scheibchenweise zuzulassen. Aber eine tote, in den Wald geworfene Mutter ließ sich nicht scheibchenweise verarbeiten. Das war wie ein Schlag mit einem Baseballschläger vor den Kopf. Trotzdem musste sie versuchen, die Kontrolle zu behalten, sonst brach das Chaos aus. Das war ihr unbewusst klar und sie versuchte, einen Plan zu entwickeln, nach dem sie vorgehen konnte. Dieser musste flexibel genug sein, um sich den Entwicklungen anzupassen. So viel zur Theorie. In der Praxis saß sie an ihrem Schreibtisch, ihr liefen unbemerkt die Tränen übers Gesicht, die Hände zitterten und sie nahm nichts mehr wahr. Bis ihr Handy klingelte.

„Wie geht es dir? Kann ich irgendetwas für dich tun? Soll ich vorbeikommen?", fragte Rosi.

„Wie schön, dass es dich gibt. Leider gibt es gerade nichts, was mir helfen könnte. Ich habe keinen Plan, wie es weitergehen soll. Ich weiß nicht, wer so etwas tut. Im Augenblick spricht alles dafür, dass die Lederers aus der Nummer raus sind."

„Es geht immer irgendwie weiter. Du weißt doch: Wenn sich eine Tür schließt, öffnet sich eine andere. Gemeinsam finden wir den Mörder deiner Mutter. Ich bin da zuversichtlich."

Ein weiteres Telefonat klopfte im Handy an. Nora kümmerte sich nicht darum. Sie brauchte jetzt eine Freundin und tröstende Worte. Und Rosi gab ihr beides. Sie gab sich dem entspannten Gespräch noch ein paar Minuten hin und genoss es, bis Rosi das Gespräch beenden musste, weil Kundschaft ihren Laden betrat.

Nora hatte sich soweit gesammelt, dass sie wieder strukturiert denken konnte. Ihr fiel ein, dass Frau Werner informiert werden musste. Das ließ sich nicht aufschieben. Sie nahm den Telefonhörer zur Hand und wählte ihre Nummer. Frau Werner war sofort am Apparat. Nachdem Nora ihr berichtet hatte, was geschehen war, brach Frau Werner in Tränen aus. Sie hatte mit einem Schlag nicht nur ihre Chefin, sondern auch noch ihre Arbeitsstelle verloren. Mit 61 Jahren war dies vermutlich gleichbedeutend mit nie mehr endender Arbeitslosigkeit bis zur Frühverrentung. Das war nicht das, was sich Frau Werner vorgestellt hatte. Mutter hatte ihr gesagt, dass sie noch bis mindestens 80 arbeiten wollte. Bei ihrem Gesundheitszustand wäre das auch ohne weiteres möglich gewesen.

„Wäre es Ihnen denn möglich, sich mit meiner Schwester und mir zu treffen, um zu besprechen, wie wir jetzt vorgehen müssen? Damit meine ich natürlich nicht gleich heute. Erst, wenn Sie sich dazu in der Lage sehen. Wobei ich nicht mal weiß, ob es sinnvoller ist, sich direkt in der Kanzlei zu treffen oder hier bei mir. Ich denke aber, das können Sie besser beurteilen. Wir haben keine Ahnung, wie man eine Kanzlei schließt, was mit den Akten geschieht, wer die noch anhängigen Mandanten übernimmt und vieles mehr. Da es sich ja um das eigene Haus unserer Mutter handelt, müssen wir uns weder Gedanken um einen Mietvertrag machen, noch unterliegen wir einem Zeitdruck. Vielleicht gelingt es uns, einen Nachfolger oder eine Nachfolgerin für die Kanzlei zu finden. Dann wären Ihre Chancen, eine Stelle bis zur Rente zu behalten, deutlich größer und ein junger Anwalt oder eine Anwältin könnte froh sein, eine so zuverlässige und erfahrene Mitarbeiterin wie Sie an ihrer oder seiner Seite zu haben."

Das Weinen schwoll bei den letzten Sätzen von Nora gewaltig an.

Trotzdem versprach Frau Werner, dass sich Nora und ihre Schwester erst einmal nicht um die Kanzlei kümmern müssten. Sie hatte bereits mit einem ansässigen Rechtsanwalt Kontakt aufgenommen, der vertretungsweise die dringendsten Fälle übernahm, und sie würde alles Nötige organisieren und in die Wege leiten. Nora bedankte sich recht herzlich bei ihr und tröstete Frau Werner ein bisschen, indem sie ihr versprach:

„Alles wird gut", bevor sie das Gespräch beendete.

Sie fragte sich, woher sie in der jetzigen Situation noch die Kraft hatte, jemanden zu trösten, wo sie doch selbst allen Trost der Welt gut gebrauchen könnte.

Ihr Handy klingelte, sie sah auf dem Display, dass es Oliver war. Kaum hatte sie das Gespräch angenommen, hörte sie schon seine Stimme. Es schien ihr Schicksal zu sein, dass fast alle wichtigen Menschen in ihrem Umfeld schon begannen zu reden, bevor sie auch nur „Hallo" sagen konnte.

„Wie geht es dir? Ich habe gehört, was passiert ist. Wie furchtbar. Kann ich etwas für dich tun? Ich könnte in ein paar Minuten bei dir sein."

„Hallo Oliver, danke, dass du anrufst, das ist schon genug. Ich weiß selbst nicht, was zu tun ist. Ich werde Schritt für Schritt vorgehen müssen."

„Du kannst mich rund um die Uhr erreichen. Wenn du zu mir kommen willst oder ich zu dir kommen soll, oder ich etwas für dich erledigen soll: Sag einfach Bescheid."

Ihre Schwester betrat, ohne anzuklopfen, ihr Büro.

„Ich danke dir für deinen Anruf. Meine Schwester kommt gerade herein. Ich melde mich", beendete Nora das Gespräch.

„Was gibts?" fragte Nora.

„Es gibt ja jetzt einiges zu erledigen. Womit wollen wir anfangen?"

„Eigentlich möchte ich mit gar nichts beginnen. Mir ist danach, mich ins Bett zu legen, mir die Decke über den Kopf zu ziehen, später aus diesem Albtraum zu erwachen und festzustellen, dass ich das Alles nur geträumt habe. Tatsächlich habe ich aber bereits mit Frau Werner gesprochen. Sie hat über 30 Jahre für Mutter gearbeitet, sie ist 61, es wäre in ihrem Interesse, einen Nachfolger für die Kanzlei zu finden. Vielleicht sollten wir das zügig durch eine Annonce in Angriff nehmen. Sobald es ihr besser geht, verständlicherweise nimmt sie das sehr mit, meldet sie sich. Wir können entweder mit ihr besprechen, wie eine Kanzleiauflösung vonstattengeht oder eine Übernahme und ob es uns gelungen ist, einen Nachfolger zu finden, der sie und die Räumlichkeiten übernimmt. Sie hat einen Anwalt gefunden, der vertretungsweise die aktuellen Fälle übernimmt. Weiterhin hat sie angeboten, alles Notwendige zu organisieren. Wir brauchen uns also im Augenblick noch nicht mit der Kanzlei beschäftigen."

„Ich dachte mehr an die Beerdigung."

„Wir wissen ja nicht einmal, wann sie freigegeben wird. Aber natürlich können wir auch jetzt schon mal ein Beerdigungsinstitut aufsuchen. Von mir aus kannst du da aber auch gerne allein hingehen. Ich bin mit allem einverstanden, was du dort entscheidest."

Dem war natürlich nicht so, aber allein die Vorstellung, sich über die Holzart des Sarges oder die

Form der Urne mit Simone zu streiten, bereitete Nora schon Kopfschmerzen.

„Ich werde mich schon mal informieren. Ich habe schon einen Text für die Todesanzeige und die Trauerkarten aufgesetzt, für die Zeitung und die Druckerei. Du kannst dich um die Annonce wegen eines Kanzleinachfolgers kümmern."

Simone erhob sich und verließ das Büro.

Nora atmete tief durch. So schrecklich wie das alles war, ein Ende von Simones Aufenthalt hier im Haus war in Sicht, egal, wie lange es noch dauern würde, es war nicht mehr unendlich. Spätestens nach der Beerdigung hätte Nora ihr Haus wieder für sich.

Nora ging zu den Pferden. Auf dem Weg zum Stall begegneten ihr Satchmo und Robin, die draußen im Garten unter Bäumen im Schatten gelegen hatten. Beide strichen ihr schnurrend um die Beine, Nora streichelte Robin und hob Satchmo auf, der sich wie ein Baby in ihrem Arm auf den Rücken legen ließ und es genoss, am Bauch gekrault zu werden. Robin lief hüpfend und mit einer toten Maus spielend neben ihr her. Als Satchmo das mitbekam, wollte er von Noras Arm herunter und mitspielen. Nora setzte ihn ab und ihren Weg zu den Pferden fort. Wenn das alles vorbei ist, lege ich mir einen Hund zu, dachte sie. Das war ein tröstlicher Gedanke. Bei den Pferden angekommen, sah sie das Auto von Franka und Dirk vorfahren. Beide stellten die Kraftfuttereimer vor den Stuten ab und kamen direkt zu ihr. Franka nahm ihre Hand über den Zaun in ihre, drückte sie und sagte:

„Es tut mir so unendlich leid, dass deine Mutter nicht wieder gesund und munter aufgetaucht ist. Wie geht es dir? Wenn du uns brauchst, du weißt, auf uns kannst du jederzeit zählen."

Nora schluckte die Tränen herunter. Dirk streichelte ihren Arm. Er sagte nichts, aber sein mitfühlender Blick reichte aus, um bei Nora die Dämme brechen zu lassen. Sie begann schluchzend zu weinen. Er zog sie näher an den Zaun und umarmte sie, soweit das mit dem Zaun dazwischen möglich war. Nach ein paar Minuten hatte sie sich wieder unter Kontrolle. „Die Lederers sind als Verdächtige ausgeschieden. Die kleine Lilly von nebenan hat meine Mutter dort gesehen und gesehen, dass sie dort wieder wegfuhr. Jetzt denkt meine Schwester, sie wäre von dort direkt zu mir gefahren und ich hätte sie gekillt und Peter hätte mir bei der Entsorgung der Leiche geholfen."

Jetzt waren Dirk und Franka sprachlos. Franka fasste sich zuerst wieder:

„Die spinnt wohl. Schmeiß sie raus. Die tut dir nicht gut."

Dirk hingegen war der Pragmatiker:

„Das geht nicht. Sie müssen jetzt gemeinsam vieles entscheiden und organisieren. Nora, schaffst du das? Wenn wir dir davon etwas abnehmen können, zögere nicht, uns danach zu fragen. Für solche Situationen sind Freunde da."

„Da gibt es etwas. Den Gedankengang meiner Schwester wird auch ganz schnell Kommissar Baldur aufgreifen, und schon bin ich die böse Tochter und die Haupttatverdächtige. Es ist vielen bekannt, dass mein Verhältnis zu meiner Mutter nicht das Allerbeste war. Ihr wisst, wenn erst einmal das Saatkorn des Zweifels gesät ist, wird dieser Makel mir hier im Ort ewig anlasten. Das heißt, wir müssen uns beeilen und den wahren Mörder finden. Wenn nicht, kann ich das Haus hier verkaufen und in Zukunft anonym in einer Großstadt leben, wo mich keiner kennt. Den morgigen Tag brauche ich, um mit meiner Schwester einiges zu organisieren. Aber falls ihr es einrichten könnt, würde ich euch gerne morgen Abend einladen. Das Wetter ist wunderschön und wir können lange abends im Garten sitzen. Ich werde Rosi bitten, dazu zu kommen, oder ich stelle den Laptop auf den Tisch. Peter habe ich noch immer nicht erreicht. Versuche es aber weiterhin. Er ist zurzeit in Hamburg bei seinen Eltern. Fragt bitte Oliver, ob er auch mitkommen will. Ich werde leider nichts zum Essen machen können, aber ich kann ja etwas für uns alle beim Italiener bestellen."

„Nein", wehrte Franka sofort ab, „um das Essen für uns alle kümmere ich mich. Gib mir nur bis Mittag Bescheid, wie viele wir sind, um den Rest musst du dich nicht kümmern."

„Du hast sie ja gefunden. Ich hatte den Eindruck, Kommissar Baldur will unter allem Umständen vermeiden, dass wir sie noch einmal sehen. Was meinst du dazu?"

Franka verlor alle Farbe aus dem Gesicht. Sie überlegte einen Moment und antwortete Nora dann:

„Ich denke, Töchter sollten ihre Mutter so nicht mehr sehen. Ich weiß, wie wichtig es ist, Abschied zu nehmen. Aber das gilt für friedlich eingeschlafene Menschen. Wenn du damit klarkommen kannst, dann erspare dir den Anblick. Und auch deiner Schwester. Es tut mir so unendlich leid für euch."

Sie verabschiedeten sich voneinander. Franka und Dirk begannen, die Pferde zu versorgen. Nora ging zum Haus zurück, begleitet von ihren beiden Katern, denen eine Maus als Abendessen nicht gereicht hatte. Nora versprach, sofort eine Dose für sie zu öffnen.

Sie nahm noch eine Kleinigkeit zu essen zu sich. Im Stehen. Auf Zusammensitzen mit Simone hatte sie nicht die geringste Lust. Sie hörte sie nebenan telefonieren.

Sie legte ihr einen Zettel auf den Tisch, dass sie bereits schlafen gegangen wäre und egal, was es wäre, es hätte Zeit bis morgen früh. Sie schnappte sich eine Flasche Wasser und zog sich in ihr Schlafzimmer zurück. Sehr zum Missfallen der Kater schloss sie die Schlafzimmertür, seit ihre Schwester im Haus war. Dieses Mal jedoch folgte ihr Satchmo und ließ sich nicht abschütteln. Nora war froh über seine Gesellschaft und dankte es ihm mit ausgiebigen Streicheleinheiten

# Freitag, 05. Juni

Nach einer unruhigen Nacht erwachte Nora wie gerädert. Wegen ihres unruhigen Schlafes hatte Satchmo in der Nacht Nora geweckt und nach Öffnen der Tür die Flucht ergriffen.

Nora ließ in der Dusche lang das Wasser über ihren Kopf laufen, bis sie sich einigermaßen wach fühlte. Das einzig Tröstliche an diesem Morgen war, dass sie bereits den Duft von frisch gebrühtem Kaffee wahrnahm, was aber den Nachteil mit sich brachte, dass sie gleich Simone begegnen würde.

Kaum hatte sie die Küche betreten, eröffnete Simone das Gespräch. Wie auch ihre Mutter war sie eine Frühaufsteherin und vor neun nicht nur ansprechbar, sondern auch noch hocheffizient. Nora hingegen fand, es sei eine Zumutung, den Tag vor neun Uhr zu beginnen und dann am besten auch erst einmal schweigend.

„Ich habe eine Aufgabenliste erstellt, wer was von uns zu erledigen hat. Weiterhin, welche Fragen besprochen werden müssen. Mit Frau Werner hatte ich gestern noch telefoniert. Wir treffen uns heute Vormittag um elf Uhr mit ihr in der Kanzlei. Wir könnten entweder vorher oder nachher in Mutters Wohnung fahren."

Nora hatte sich eine Tasse Kaffee eingeschenkt und versuchte, das eben Gehörte geistig zu erfassen. Um nicht völlig uninteressiert zu wirken, hatte sie bei jedem Satz genickt und interessiert geschaut.

„Ich muss noch mal kurz in mein Büro, etwas erledigen. Ich brauche ungefähr 15 Minuten dafür, dann stehe ich dir zur Verfügung." Nora schenkte sich noch einmal Kaffee nach und ging in ihr Büro. Erschöpft von der Anstrengung der letzten Minuten, wach zu wirken, sank sie in ihren Bürostuhl und blickte durchs Fenster in ihren Garten. Allein dieser Ausblick sorgte dafür, dass langsam die innere Ruhe in sie einkehrte. Nachdem sie ein paar Minuten die Stille genossen hatte, hörte sie pflichtbewusst ihren Anrufbeantworter ab, rief bei zwei Handwerkern an und verteilte notwendige Aufträge. Besprach ihren Anrufbeantworter neu und teilte ihrer Kundschaft darauf mit, dass sie wegen eines familiären Todesfalles die restliche Woche nur noch in Notfällen erreichbar sei. Aus den Augenwinkeln nahm sie eine Bewegung im Garten wahr. Bei genauerem Hinsehen erkannte sie Rosi. Sie stand auf, ging an ihrer Schwester vorbei in den Garten und sah Rosi mit dem Gartenschlauch die Pflanzen gießen.

„Guten Morgen Rosi, was machst du denn da?"

„Guten Morgen Nora. Ich habe noch etwas Zeit, bis ich den Laden öffne, seit zwei Tagen ist Maria endlich wieder da und kümmert sich um meine Mutter, deshalb dachte ich mir, dass du heute bestimmt viel zu erledigen hast, und dass ich da mal einspringen und dir wenigstens die Gartenarbeit abnehmen könnte. Franka hat mich bereits informiert, dass wir uns heute Abend zusammensetzen. Ich kann auch dazukommen, dank Maria bin ich jetzt wieder etwas flexibler."

„Ich weiß gar nicht, wie ich ohne euch diese schwere Zeit überstehen könnte."

Nora kamen schon wieder die Tränen.

Rosi hätte sie jetzt vermutlich auf der Stelle umarmt, wäre nicht ein ganzes Beet zwischen ihnen gewesen. Rosi stellte das Wasser ab, umrundete das Beet, um Nora zu umarmen und zu trösten.

„Ist schon gut, du würdest für uns dasselbe tun."

Simone rief Noras Namen, diese drehte sich um und signalisierte, gleich zu kommen.

„Geh schon, deshalb bin ich ja jetzt hier. Wir sehen uns zum Abendessen", sagte Rosi und kümmerte sich weiter um die Pflanzen.

Als Nora das Haus betrat, saß außer Simone noch Kommissar Baldur am Küchentisch.

Nora war sich nicht sicher, ob sie hören wollte, was er zu sagen hatte. Vermutlich blieb ihr aber keine Wahl.

„Ich wollte Sie darüber informieren, dass die Obduktion bereits abgeschlossen ist. Wir müssen jetzt definitiv von Fremdverschulden ausgehen. Gibt es noch etwas, was Sie uns sagen wollen, etwas, was uns bei unseren Ermittlungen weiterhilft?"

„Ich hätte da eher noch ein paar Fragen. Wie ist unsere Mutter denn zu Tode gekommen? Musste sie leiden? Wann genau starb sie?", fragte Simone.

„Sie wurde mithilfe eines stumpfen Gegenstandes am Hinterkopf getroffen, was zu ihrem Tode führte. Ob der Gegenstand sie traf oder ob sie darauf stürzte, lässt sich mit letzter Sicherheit nicht sagen. Es ist davon auszugehen, dass sie nicht leiden musste. Aufgrund der Verletzung muss von einem sofortigen Tod ausgegangen werden. Der Todeszeitpunkt stimmt vermutlich genau mit dem Zeitpunkt zwischen Tanken und Nichterscheinen bei Ihnen überein. Unsere Gerichtsmedizinerin hat den Zeitpunkt in beiden Richtungen um eine weitere Stunde festgelegt. Aber das Tanken ist ja faktisch geklärt, sodass von diesem Zeitpunkt an zweieinhalb Stunden Spielraum sind. Es tut mir leid, das fragen zu müssen, aber es ist Routine: Wo waren Sie beide in diesen zweieinhalb Stunden?"

„Ich war in Berlin und habe für meinen aktuellen Artikel über Rechtsextremismus recherchiert und Interviews geführt", sagte Simone.

„Es wäre hilfreich, wenn Sie mir die Kontaktdaten der Interviewten geben könnten."

„Leider kann ich das nicht, es geht um Informantenschutz und der hat Vorrang. Ich könnte die Interviewten, die mir Insiderinformationen haben zukommen lassen, in Lebensgefahr bringen, wenn ich ihre Identität preisgeben würde", entgegnete Simone.

„Also haben Sie kein Alibi", stellte Kommissar Baldur fest und wandte sich danach Nora zu.

„Ich war gegen 12 Uhr im Dorf, etwas einkaufen. Ich wollte meiner Mutter einen Meeresfrüchtesalat machen. Nachdem ich die Zutaten eingekauft hatte, habe ich ihn vorbereitet, ihn in den Kühlschrank gestellt und mir selbst eine Kleinigkeit zu essen zubereitet. Danach bin ich ins Büro gegangen und habe gearbeitet. Ich war im Büro allein und deshalb kann das niemand bestätigen. Sie wollte um drei bei mir sein und sie kam niemals zu spät. Als ich merkte, dass es halb vier nachmittags war, wurde ich nervös. Von da an rief ich sie alle Stunde am Handy an. Abends rief ich dann die Polizei an, ob es einen Unfall gegeben hätte. Ich fragte auch, ob ich sie vermisst melden könnte. Man sagte mir, dass ginge zwar, sei aber zu früh, weil sich fast jeder Vermisstenfall in den ersten vierundzwanzig Stunden auflösen würde. Nachdem ich bis abends nichts von ihr hörte, rief ich meine Schwester an, die dann am nächsten Tag kam", erklärte Nora.

„Haben Sie denn noch weitere Informationen für mich?"

„Nein, leider keine", antwortete Simone schneller, als Nora dazu in der Lage gewesen wäre.

Nora nickte zustimmend.

„Ich gehe davon aus, dass Sie in den nächsten Tagen einen Anruf bekommen, wann der Leichnam ihrer Mutter freigegeben wird, dann können Sie die Beerdigung veranlassen. Ich melde mich, falls ich weitere Fragen habe oder Ihnen weitere Informationen geben kann."

Nora brachte ihn zur Tür. In der Tür wandte er sich noch einmal um und sagte zu ihr:

„Ich hoffe, Sie überstehen die nächste Zeit einigermaßen gut. Vermutlich wird sich bald die Presse auf Sie stürzen. Ich hatte vermutet, dass bereits die ganze Straße voller Presse ist, aber das wird noch kommen. Es stellt kein Problem für uns dar, wenn Sie keine Interviews geben und die Journalisten an uns verweisen möchten. Ich vermute aber mal, dass Ihre Schwester das selbst in die Hand nehmen will. Sie wird wissen, was sie wie sagen kann, ohne dass es falsch ausgelegt wird."

„Vielen, vielen Dank", war alles, was Nora sagen konnte. Dann liefen schon wieder die Tränen. Schnell wandte sie sich ab und schloss die Tür hinter ihm. Sie wischte sich die Tränen ab und ging zu Simone zurück.

„Wieso hast du ihm gesagt, wir hätten keine weiteren Informationen?", fragte Nora sie.

„Ich fand, es sei eine gute Idee, wenn er unvoreingenommen ermittelt. Außerdem muss er nicht unbedingt wissen, dass wir hinter seinem Rücken Detektiv spielen."

Nora musste Simone in dem Punkt recht geben.

„Er hat mich an der Tür noch darüber informiert, dass wir mit einem Aufgebot an Presseleuten rechnen können. Wir können sie an die Polizei verweisen oder du kannst das übernehmen. Ich will damit nichts zu tun haben."

„Ich übernehme das. Ich schreibe gleich eine Presseerklärung für die Kollegen, dann haben die was Schriftliches in der Hand, mit dem sie arbeiten können", sagte Simone und verließ die Küche Richtung Wohnzimmer, welches sie zu ihrem Zweit-Arbeitsplatz neben dem Gästezimmer erkoren hatte.

\*\*\*

Nora hatte noch eine Stunde Zeit, bis sie zu Frau Werner in die Kanzlei fahren wollten. Sie sah sich den Plan an, den Simone aufgeschrieben hatte. Sie hatte wirklich an alles gedacht. Viele Verwandte, die es zu informieren gab, hatten sie nicht, die entworfene Trauerkarte gefiel ihr gut und der Text der Todesanzeige war auch gut geschrieben. Das hatte sie auch nicht anders erwartet. Allerdings war sie dann doch verblüfft, eine vollständig ausformulierte Rede für den Trauerredner vorzufinden. Darin erfuhr sie zwar nichts Neues über ihre Mutter, aber es war deutlich erkennbar, dass Simone ihre Mutter völlig anders sah als sie selbst. Da sie alle drei keiner Konfession angehörten, würde es kein kirchliches Begräbnis werden. Der Besuch beim Beerdigungsunternehmer wäre nur von kurzer Dauer. Der ließ sich noch vor dem Termin mit Frau Werner ein-schieben. Nachdem Simone die Presseerklärung fertig hatte, fuhren sie los.

Im Beerdigungsinstitut erklärte Simone, dass ihre Mutter verbrannt werden und eine Baumbe-stattung wollte. Offensichtlich hatten Simone und ihre Mutter darüber Gespräche geführt. Nora waren alle Vereinbarungen recht, die Simone aushan-delte. Lediglich beim Blumenschmuck legte sie Wert darauf, dass dieser von Rosi gemacht werden sollte.

\*\*\*

Direkt danach fuhren sie in die Kanzlei. Frau Werner öffnete ihnen die Tür. Sie sah mitgenom-men aus. Ihr schwarzes Kostüm, die weiße Bluse, der dezente Perlenschmuck, all das kannte Nora an ihr seit Jahren. Das schien ihre Berufskleidung zu sein. Auch ihre professionelle Art behielt sie bei. Sie hatte im Besprechungszimmer Kaffee, Ge-tränke, Tassen, Gläser und Plätzchen auf den Tisch gestellt, als würde eine ganz alltägliche Be-sprechung stattfinden. Nora teilte ihr mit, dass sie die Suche nach einem Nachfolger bereits online geschaltet hätte und nun noch die Adresse von ein oder zwei Fachzeitschriften benötigte, die nach Meinung von Frau Werner für eine Annonce geeig-net wären. Dies erledigte Frau Werner sofort.

Nachdem noch einige Formalitäten erledigt waren, fragte Nora Frau Werner direkt: „Frau Werner, wir haben ein Problem, bis gestern hat uns die Polizei nicht ernst genommen. Wir drei wussten ganz genau, dass etwas nicht stimmte. Deshalb haben meine Schwester und ich begonnen zu ermitteln. Alle bisher Verdächtigen in Bergental können ein Alibi aufweisen. Wir stehen also wieder am Anfang. Falls die Polizei nichts Besseres findet, bleibt das Verbrechen ungesühnt. Das wäre unserer Mutter nicht recht gewesen. Das wissen Sie auch."

Frau Werner nickte heftig.

Nora fuhr fort:

„Wir müssen also einen anderen Ermittlungsansatz finden. Gibt es irgendetwas in Zusammenhang mit Ihrer Arbeit, dass uns vielleicht weiterhilft? Vielleicht Drohbriefe? Oder Ärger mit Klienten? Oder privaten Ärger? Egal, was es ist, jeder noch so kleine Hinweis kann uns helfen, das Geheimnis zu lüften."

Frau Werner nickte erneut, räusperte sich, warf einen ängstlichen Blick in Richtung Simone und wandte sich dann direkt an Nora:

„In einer Anwaltskanzlei liegt es in der Natur der Sache, dass diejenigen, die vertreten werden, mit der Leistung des Anwaltes zufrieden sind, wenn sie den Prozess gewinnen. Die Leute, welche ihn verlieren, sind in der Regel unzufrieden. In der Realität sieht es aber so aus, dass die meisten Fälle in einem Vergleich enden oder es erst gar nicht zu einer

Klage kommt. Das deckt meistens nicht das Gerechtigkeitsbedürfnis ab. Aber es führt nicht dazu, dass Drohungen gegen die Kanzlei ausgestoßen werden. Stehen die Chancen schlecht für den Mandanten, kann man ihm das bereits im Vorgespräch mitteilen und wenn er dann verliert, war er vorgewarnt und ist meist auch nicht verärgert. Was ich damit sagen will, ist, dass Ihre Mutter eine durch und durch professionelle Anwältin war, und schon im Vorgespräch versucht hat, Ärger auszuschließen."

Das war ganz klassisch das, was sie von Frau Werner erwartet hatte. Sie war loyal über den Tod hinaus. Nora nickte verständnisvoll und fragte im einfühlsamsten Ton, den sie hinbekommen konnte:

„Ich höre aber noch ein ganz kleines ‚Aber‘ heraus."

„Das stimmt".

Frau Werner setzte sich etwas aufrechter hin und nahm offensichtlich ihren ganzen Mut zusammen:

„Es ist nicht leicht für mich, darüber zu reden. Ich war ihrer Mutter gegenüber immer loyal. Tatsächlich war ihre Mutter eine eher, wie soll ich es jetzt formulieren, nicht ganz einfache Person? Sie ging keiner Auseinandersetzung aus dem Weg. Das betraf aber eher ihren privaten Bereich. Die Kanzlei betreffend kam es zu keinen Drohungen oder Ähnlichem. Privat sah es allerdings völlig anders aus. Egal, ob das Mieter oder Handwerker waren, die

Ärger mit ihr hatten oder Privatpersonen, die in irgendeinem Verhältnis zu ihr standen. Sobald sie für irgendetwas zahlen sollte, rastete sie regelrecht aus. Sie hätte sich vermutlich als sparsam bezeichnet, ich fand, sie war die geizigste Person der Welt. Mindestens die Hälfte aller aktuellen Mieter und vermutlich noch mehr der ehemaligen Mieter war wütend auf sie. Ich habe mich gewundert, dass sie immer noch Handwerker fand, die für sie gearbeitet haben. Meistens hat sie arme Männer beschäftigt, die sie schwarz und wirklich sehr schlecht bezahlte. Das war billiger als Firmen zu beauftragen. Diese Männer waren selten in der Lage aufzubegehren, weil sie auf jeden Cent angewiesen waren. Weiterhin kamen regelmäßig Anrufe von Privatpersonen, mit denen sie anderweitig aneinandergeraten war. Lediglich ihre Position als Rechtsanwältin verhinderte, dass sie mit Klagen überschüttet wurde. Alle hatten Angst, gegen eine Anwältin vorzugehen. Man vermutet Amigobeziehungen am Gericht und dass man schon verloren hat, bevor der Prozess beginnt. Natürlich bringt man seine Vermieterin nicht um, weil sie unfreundlich ist oder irgendetwas nicht bezahlen will, was sie eigentlich bezahlen müsste. Aber vielleicht hat sie bei dem einen oder anderen den berühmten Tropfen, der das Fass zum Überlaufen bringt, zu viel fallen gelassen. Sie selbst hielt sich übrigens für die beliebteste Person der Welt. Daran kann man erkennen, dass Selbsteinschätzung und Fremdwahrnehmung oft kilometerweit auseinanderliegen. Natürlich habe ich nachgedacht, wer ein ernsthaftes Motiv haben könnte. Da war einmal etwas. Etwas Privates. Deshalb gibt es hier keine Unterlagen in der Kanzlei darüber. Ich weiß auch keine Details. Es ist schon einige Jahre her. Damals rief hier eine aufgeregte Frau an, die mit ihr reden wollte. Ich stellte sie durch und Ihre Mutter wurde sehr laut und drohte ihr. Dann hörte ich einige Zeit nichts mehr von der Frau. Nach einiger Zeit rief sie noch einmal an, völlig aufgelöst, ihr Mann hätte angeblich wegen meiner Chefin Selbstmord begangen und das würde sie Gisela Esch büßen lassen, solle ich ihr ausrichten. Ich fragte nach ihrem Namen, da antwortete sie, meine Chefin wüsste den schon, oder ob es viele Menschen gäbe, die sich wegen ihr umbringen würden? Dann legte sie auf. Die Chefin winkte nur ab, als ich sie über das Telefonat informierte und im Laufe der Jahre dachte ich nicht mehr daran. Aber jetzt, im Zuge der Entwicklung, kam es mir wieder in den Sinn. Ich kann mich aber beim besten Willen nicht mehr daran erinnern, in welchem Jahr das war. Um es nun auf den Punkt zu bringen, es gibt weniger Menschen, die keinen Grund hätten, sie zu ermorden als es Menschen mit Grund gab."

Nora war nicht überrascht von dieser Einschätzung ihrer Mutter, das war wohl eine sehr realistische Sicht auf sie. Simone hingegen war mit jedem Satz von Frau Werner die Farbe aus dem Gesicht gewichen. Bevor sie über Frau Werner herfallen konnte, sprang Nora Frau Werner zur Seite. An Simone gewandt sagte sie:

„Jeder hat natürlich einen anderen Blickwinkel auf unsere Mutter. Ich weiß auch von vielen, die sie verärgert hat. Das ändert aber nichts daran, dass sie dir eine gute Mutter war und als solche solltest du sie auch in Erinnerung behalten. Aber um den Mord an ihr aufzuklären, müssen wir der Realität in die Augen sehen. Sie hat viele vor den Kopf gestoßen. Einer davon kann der Mörder sein. Deshalb müssen wir jeder Spur nachgehen."

Simone entspannte sich leicht, sah aber immer noch verärgert aus. An Frau Werner gewandt, fragte Nora nach:

„Bei den Telefonlisten, die Sie führen, gibt es da auch mehrere Jahre alte Listen, in denen Sie vielleicht einmal nachsehen könnten, ob Sie doch noch rausbekommen, wer diese Frau gewesen sein könnte?"

„Tut mir leid. Fünf Jahre habe ich diese Listen immer abgeheftet und danach jedes Jahr das älteste Jahr herausgenommen und vernichtet. Ich bin mir ganz sicher, dass es länger als fünf Jahre her ist."

Frau Werner teilte ihnen mit, dass ein befreundeter Notar ihrer Mutter sich wegen der Nachlassregelung an sie wenden würde. Nachdem sie noch einige organisatorische Dinge geregelt hatten, bedankten sie sich bei Frau Werner und verabschiedeten sich.

***

Kaum saßen sie wieder im Auto, ließ Simone ihre ganze Wut über Frau Werner heraus. Es ist immer der Bote, der für die schlechten Nachrichten bestraft wird, kam Nora in den Sinn. Sie hielt es für klüger, Simone toben zu lassen und keinen Kommentar dazu abzugeben. Ein paar Minuten später parkten sie vor dem Wohnhaus ihrer Mutter. Der Eingangsbereich war geschmackvoll und dezent gestaltet. Umso mehr trat der Wow-Effekt ein, wenn man das Haus betrat. Es war pompös eingerichtet. Voller Antiquitäten. Beeindruckend anzusehen und ziemlich ungemütlich. Für Nora wäre das keine Wohnform gewesen. Aber es entsprach dem Stil ihrer Mutter.

„Was wollen wir hier?", fragte Nora.

„Sehen, ob wir etwas finden, das auf ihren Mörder hinweist, vielleicht ein Drohbrief oder Ähnliches."

Nora war sich sicher, dass ihre Mutter solche Briefe weder ernst genommen noch aufgehoben hätte oder sich im Kampfmodus auf die Person gestürzt hätte, die ihr das geschrieben hätte. Das wäre dann aber vermutlich über die Kanzlei gelaufen. Sie lief etwas orientierungslos durch die Wohnung, wusste nicht wirklich, wonach sie suchen sollte und überließ Simone das Heimbüro ihrer Mutter. Sie empfand sich als Eindringling. Es wäre ihrer Mutter nicht recht gewesen, dass in ihren Sachen herum gewühlt werden würde. An der Haustür klingelte es. Simone ging öffnen und Nora hörte sie schimpfen. Sie ging schnell zum Eingangsbereich und sah dort Simone mit Kommissar Baldur streiten. Offensichtlich erleichtert, Nora zu sehen, ließ er Simone stehen, wandte sich direkt an Nora und teilte ihr mit, dass er im Rahmen der Ermittlungen nach Hinweisen im Haus suchen müsse und Simone ihm den Zutritt verwehren wollte.

„Kommen Sie rein mit ihren Leuten. Sie machen nur Ihre Arbeit und wenn Sie dadurch den Mörder finden, soll es uns recht sein", entschied Nora und an Simone gewandt:

„Was soll das? Du willst doch auch, dass der Mörder gefunden wird?"

„Es wäre ihr aber nicht recht gewesen, dass wildfremde Menschen in ihren persönlichsten Dingen rumwühlen."

„Das wäre niemandem recht. Sie ist tot und kann nicht reden und wir spekulieren über sie und den Täter. Ermordet und dann nochmals Opfer von Gerüchten und die wird es geben. Jeder wird irgendetwas wissen und erzählen und die Gerüchteküche wird brodeln. Den gewaltsam zu Tode Gekommenen wird mehrfach Unrecht getan. Je schneller wir den Mörder finden, desto weniger Schaden wird ihr Ansehen nehmen."

Simone gab wenig überzeugt nach. Sie verließ wütend das Haus. Nora überreichte Kommissar Baldur ihren Hausschlüssel und bat ihn nach der Durchsuchung um dessen Rückgabe. Dann folgte sie Simone. Auf dem Rückweg schwiegen beide, jede in ihre eigenen Gedanken vertieft. Nora kaufte auf dem Heimweg ein paar Fertiggerichte für die Mikrowelle. In nächster Zeit würden sie nicht zum Kochen kommen.

***

Zu Hause angekommen rief Nora Franka an. Bei dem gemeinsamen Abendessen würden außer Nora und Simone noch Rosi, eventuell auch Oliver und natürlich sie, Franka und Dirk anwesend sein. Sie überlegte, ob sie noch Paul Lederer dazu einladen sollte. Das war einerseits ein Risiko, aber er hatte auch einen messerscharfen Verstand. Genau wie Peter. Diese Überlegung vertagte sie aber noch auf später. Sie kannte Franka gut genug, um zu wissen, wenn diese Essen für sechs Personen vorbereitete, dass dann auch zehn Leute davon satt werden würden.

Simone hatte zwei Schnellgerichte fertiggemacht und beim Essen besprachen sie das weitere Vorgehen. Die Kollegen von der Presse hatten sich inzwischen bei Simone gemeldet. Sie hatte ihnen die vorbereitete Pressemitteilung zugesandt. Simone würde heute noch ein paar Dinge in Bezug auf die Beerdigung organisieren, soweit dies nicht schon vom Beerdigungsinstitut übernommen worden waren. Nora würde die Anzeige in den Fachzeitungen schalten und hoffte, zügig einen Nachfolger für die Kanzlei zu finden. Weiterhin würde sie mit Rosi wegen der Blumendekoration sprechen.

Bis abends blieb genug Zeit. Nora ging in ihr Büro und erledigte ein paar Aufträge und schaltete die Anzeigen. Nach dem Tod eines Menschen gab es so viele Dinge zu organisieren, dass keine Zeit zur Trauer blieb. Vielleicht war das gut so. Erst später, wenn alles vorbei war und keiner mehr sein Beileid ausdrückte, begann die eigentliche Zeit der Einsamkeit und der Trauer.

Ihr Handy klingelte und sie stellte erstaunt fest, dass es Peter war.

„Hallo Nora, wie geht es dir? Ich habe gesehen, du hast mehrfach versucht, mich zu erreichen. Sind deine Mutter, Oma Pötschke und Erika wieder aufgetaucht?" fragte Peter völlig entspannt und gut gelaunt. Er entschuldigte sich für die schlechte Verbindung und erklärte, er sei auf der Autobahn von Hamburg nach Bergental.

„Hallo Peter. Wir haben uns große Sorgen um dich gemacht. Wir wussten nicht, wo du warst. Oma Pötschke und Erika sind gesund und munter wieder hier aufgetaucht. Meine Mutter wurde tot aufgefunden. Ihr Auto wurde von einer Person nach Frankfurt an den Flughafen gefahren und dort im Parkhaus abgestellt."

Peter stellte nicht infrage, dass „wir" Nora und ihre Freunde waren. Auf die Idee, dass sie sich und Paul meinen könnte, kam er nicht.

„Oh, mein Gott! Das ist ja schrecklich. Wie furchtbar für dich. Wie geht es dir damit?"

„Ich komme mehr oder weniger gut damit klar. Wir treffen uns heute Abend hier bei mir. Meinst du, dass du nach der langen Fahrt dazu in der Lage bist dazuzukommen? Es wäre mir wichtig."

„Selbstverständlich. Ich hatte spontan eine Einladung zu einer Outdoor-Vernissage nach Berlin angenommen. Als Künstler musst du in diesen Zeiten bei jedem Angebot sofort zuschlagen. Kaum war ich auf der Autobahn, erreichte mich der Anruf meiner Mutter, dass mein Vater einen Herzinfarkt hatte. Noch vor der Autobahngabelung Hamburg und Berlin. Ich entschied mich spontan nach Hamburg, anstatt nach Berlin zu fahren. Die letzten Tage war ich fast rund um die Uhr auf der Intensivstation bei ihm. Natürlich hatte ich dort mein Handy ausgeschaltet. Inzwischen hat er es überstanden. Wir hoffen, dass kein weiterer Infarkt hinterherkommt. Die Outdoor-Vernissage ist natürlich damit für mich ins Wasser gefallen. Egal. Es gibt Wichtigeres im Leben. Ich hätte meine Mutter in dieser Situation nicht allein lassen können. Für mich gibt es im Moment nichts mehr zu tun in Hamburg und ich habe mich deshalb entschlossen, erst einmal wieder heim nach Bergental zu fahren. Ich bin in ein paar Stunden wieder da. Kann ich etwas für dich tun?"

„Hast du inzwischen mit Paul Lederer telefoniert?"

Man konnte regelrecht hören, wie Peter stutzte und kurz überlegte, was er sagen sollte.

„Wie kommst du denn darauf?", fragte er vorsichtig.

Offensichtlich hatte er noch nicht mit ihm telefoniert.

„Bei mir treffen sich heute Abend Rosi, Oliver, Franka und Dirk. Meine Schwester ist auch da. Es wird Zeit, sich zu outen. Alle, die heute Abend kommen, wissen über eure Beziehung Bescheid, teilweise schon seit Jahren und haben darüber geschwiegen. Das wird auch weiterhin so bleiben. Wenn du es schaffst, rechtzeitig hier zu sein, dann würde ich mich freuen, dich und Paul, den ich übrigens ausgesprochen nett finde, zum Abendessen einzuladen. Du solltest ihn umgehend anrufen, er dreht bald durch vor Sorge um dich. Wir müssen dringend den Mörder meiner Mutter finden, denn, wie es scheint, mutiere ich gerade zur Hauptverdächtigen und du zu meinem Helfer."

Nora hörte Peter schlucken, er war sprachlos, was selten genug bei ihm vorkam.

„Danke, Nora. Wir werden kommen. Ich rufe ihn sofort an. Was meinst du damit, dass du zur Hauptverdächtigen wirst und ich zu deinem Helfer? Wer kommt denn auf so eine Idee?"

„Das erkläre ich dir heute Abend. Du hast mir gefehlt. Ich freue mich darauf, dich endlich wiederzusehen. Bis dann." Und das meinte sie ehrlich. Peter war eindeutig ein Löffel. Sie konnte sich nicht so in ihm getäuscht haben.

Direkt im Anschluss informierte Nora Franka, dass es zwei weitere Gäste geben würde. Das stellte, wie erwartet, für Franka kein Problem dar. Danach fuhr Nora zu Rosi, um mit ihr über den Blumenschmuck für die Beerdigung zu sprechen. Rosi versprach, sich um alles zu kümmern. Lediglich, welche Blumensorten und Farben sollte Nora entscheiden. Sie entschied sich für Rosen in Altrosa mit Weiß und Lila in Kombination. Nelken fand ihre Mutter immer grässlich. Deshalb schieden diese aus.

Nora informierte Rosi über die Beziehung von Peter und Paul. Rosi würde es nicht gefallen, vor allen zu erfahren, dass sie als Einzige nicht eingeweiht war. Rosi nahm diese Information staunend entgegen und versprach, darüber zu schweigen, etwas, das ihr sicher nicht leichtfiel, aber sie mochte Paul Lederer gut leiden und wollte ihm nicht schaden. Damit hatte Nora Peter die Wahrheit gesagt, dass alle später Anwesenden Bescheid wussten und nichts verraten würden.

*** 

Wieder zu Hause angekommen, deckte sie den Tisch für acht Personen im Garten. Dazu war es notwendig, zwei Tische zusammenzustellen. Sie ging zu ihren Blumen, pflückte zwei schöne kleine Sträuße, die sie auf die Tische stellte. Der Tisch sah schon jetzt wunderschön aus. Weingläser,

Wassergläser, große Teller, kleine Teller, Salat-
schalen, Bestecke und hübsch gemusterte Serviet-
ten sowie die Blumen machten einen einladenden
Eindruck.

Franka hatte ihr verraten, was sie vorbereitet
hatte. Es gab frisches hausgebackenes Oliven-
und Zwiebelbrot mit selbstgemachter Kräuterbutter
mit italienischen Kräutern vom eigenen Hof. Einen
gemischten grünen Salat und einen Kartoffelsalat.
Dazu vegetarische Frikadellen und panierte Soja-
steaklis. Als Dessert einen französischen Kirschku-
chen. Nora hätte für eine solche Vorbereitung Tage
in der Küche gestanden. Sie wäre darüber verzweifelt und am Ende hätte es weder geschmeckt noch
schön ausgesehen. Franka fand, das sei übertrie-
ben, denn Herd und Backofen würden doch das
meiste allein erledigen. Die Hauptarbeit bestünde
im Ein- und Ausräumen der Geschirrspülmaschine,
wegen des hohen Geschirrverbrauchs. Dabei
lachte sie und räumte nebenbei noch die Küche
auf.

Nora bereitete einen großen Kanister selbst gemachte Limonade zu. Das Rezept hatte sie von
Carmen. Ein Test bestätigte ihr, dass sie es genauso gut hinbekommen hatte.

Sie nahm eine alte Zinkwanne und stellte sie gemeinsam mit dem Kanister Limonade auf einen
Beistelltisch. Sie ging ins Haus, um ihre Eisvorräte
zu überprüfen. Sie holte Wein und Wasser und
stellte ein paar Flaschen davon in die Zinkwanne.
Eine Stunde, bevor die Gäste kämen, würde sie die

Eiswürfel in die Zinkwanne geben und die Getränke hätten beim Eintreffen der Freunde die perfekte Temperatur.

Simone betrat den Garten, war beeindruckt von der Dekoration und erschrocken über die Anzahl der Sitzplätze.

„Habe ich etwas verpasst? Kommt der Bergentaler Fußballverein zu Besuch?"

„Nein, nur die engsten Freunde", lachte Nora.

Simone schüttelte den Kopf. Sie selbst hatte einen riesigen Bekanntenkreis, viel mehr als Nora sich vorstellen konnte. Aber als Freunde würde sie diese Bekannten nicht bezeichnen. Freunde hatten eine Erwartungshaltung an die Beziehung, Bekannte waren unverbindlich. Simone ließ niemanden näher an sich heran. Deshalb war sie nie verheiratet gewesen und auch keine längere Beziehung eingegangen. Sie reichte sich selbst.

Die einzige Freundin, die sie ihr Leben lang hatte, war ihre Mutter gewesen. Ihr musste sie nichts erklären, sie hatte sie verstanden. Sie waren sich so ähnlich, dass sie auch Klone hätten sein können. Beide hatten Nora nie verstanden. Nun war Nora ihre einzige noch lebende Angehörige, von weiter entfernten Verwandten einmal abgesehen, deren Namen Simone nur vom Hörensagen kannte. Sie war sich nicht sicher, wie sie damit umgehen sollte. Auf der einen Seite hatten sie sich nichts zu sagen, waren viel zu verschieden, um zu begreifen, wie die jeweils andere tickte, auf der anderen Seite gab es aber keine Alternative zu ihr. Vielleicht konnte sie einen Weg finden, irgendetwas Positives für sich daraus zu ziehen, ansonsten würde sie die Beziehung einschlafen lassen. Auf keinen Fall hatte sie ein Interesse daran, in regelmäßigen Abständen mit Nora zu telefonieren, um irgendeinen sinnlosen Small Talk zu machen, geschweige denn, sie in diesem trostlosen Kaff zu besuchen. Sie konnte Ihre Zeit sinnvoller gestalten. So ein Abend mit Freunden war für Simone mindestens so anstrengend wie die bevorstehende Beerdigung. Nora hingegen war aufgedreht und freute sich darauf.

\*\*\*

Ab 18 Uhr kamen die ersten Gäste, um 18.30 Uhr waren sie vollständig. Zuerst kam Rosi.

„Ich kann es noch immer nicht fassen, was du mir erzählt hast. Jetzt ergibt alles einen Sinn. Deshalb hat so ein bildhübscher Kerl keine der Frauen genommen, die sich ihm wegen seines Aussehens und Geldes an den Hals geworfen haben. Er war immer sehr nett zu mir. Ich verspreche, wirklich nichts zu verraten. Beim Leben meiner Mutter."

Darauf konnte man sich bei Rosi verlassen, das Leben ihrer Mutter bedeutete ihr viel.

Als Nächstes kam ein riesiger Blumenstrauß auf zwei Beinen. Nora gelang es, um die Ecke zu sehen und dahinter Oliver zu entdecken. Etwas schüchtern überreichte er ihn und bedankte sich für die Einladung.

„Du kannst dich dafür revanchieren, indem du heute Abend kluge Ideen einbringst", begrüßte Nora ihn und bedankte sich für den tollen Blumenstrauß mit den Worten:

„Vielen Dank, das wäre doch nicht nötig gewesen."

In Wirklichkeit freute sie sich wahnsinnig über die Blumen. Als sie diese Oliver abnahm, um sie in eine Vase zu stellen, kam sie an einer grinsenden Rosi vorbei, die genau wusste, dass sie bei der Zusammenstellung des Straußes perfekt Noras Geschmack getroffen hatte. Nora zwinkerte ihr verschwörerisch zu. Danach trafen Peter und Paul ein. Auch sie hatten bei Rosi einen Blumenstrauß für Nora besorgt und noch eine Flasche Wein mitgebracht. Peter umarmte Nora und flüsterte ihr ins Ohr:

„Wäre ich nicht schwul, wärst du meine erste Wahl."

Nora musste grinsen. Sie boxte ihn liebevoll gegen die Schulter und wandte sich an Paul:

„Es freut mich sehr, dich hier in unserem Kreis willkommen zu heißen. Hätte sich Peter nicht so angestellt, hätten wir das schon viel früher haben können, aber es ist nie zu spät."

Als Letzte kamen Franka und Dirk. Schwer beladen. Alle halfen, das Essen auf den Tischen zu verteilen. Nora reichte den Wein, die Limonade und das Wasser herum. Während des Essens wurde über alles Mögliche gesprochen, nur nicht über Mord und Totschlag. Peter erzählte von seiner verpassten Outdoor-Vernissage, und dass er bereits zu einer anderen eingeladen sei. Seinem Vater ging es inzwischen besser. Rosi erzählte, wie es Maria, ihrer Pflegerin, ging und was diese zu erzählen hatte. Oliver erzählte, dass er in letzter Zeit kaum zum Schlafen kam, weil er fast jede Nacht zu Geburten ausrücken musste und dass die Arbeit am Tag nicht weniger wurde, was zu einer Dauermüdigkeit bei ihm führte. Franka forderte ihn auf, ein paar Anekdoten aus seiner Praxis zu erzählen. Den Wunsch konnte er leicht erfüllen, denn davon gab es mehr als genug. Später würde Rosi ihre Einschätzung von Oliver, dass er ‚ziemlich grimmig ist und vermutlich gar nicht lachen kann' komplett revidieren.

Es hätte ein wirklich schöner Abend sein können. Das Essen war beendet und Dirk meldete sich zu Wort:

„So schön und gemütlich, wie es jetzt auch ist, wir haben ein ernstes Thema vor uns. Lasst uns beginnen."

Gemeinsam räumten sie den Tisch ab und dann begann der ernste Teil des Abends.

Nachdem alle darüber informiert waren, was bisher geschehen war, fasste Nora die Situation mit den Worten zusammen:

„Wir müssen um die Ecke denken. Wir, die jetzt hier anwesend sind, sind ein gutes Team, jeder hat einen anderen Denkansatz, um Probleme zu lösen. Die Zeit der einsamen Wölfe ist vorbei. Gemeinsam schaffen wir es, die eineinhalb Stunden unserer Mutter zu rekonstruieren. Wir sind jetzt wieder auf Anfang. Die Familie Lederer hat ein Alibi. Meine Schwester hat es nun so formuliert: ‚Damit ist die Wahrscheinlichkeit, dass sie vom Haus der Lederers direkt hierher gefahren ist, deutlich größer geworden.‘ Unrecht hat sie mit ihrer Überlegung nicht. Vermutlich wird es nicht lange dauern und Kommissar Baldur kommt auf dieselbe Idee. Dann muss noch irgendjemand, als unsere Mutter verkleidet, ihr Auto nach Frankfurt ins Parkhaus gefahren haben. Es bedarf keiner intensiven Recherche seinerseits, um heraus zu bekommen, dass Peter einer meiner engsten Freunde ist und sehr erfolgreich in Berliner Laienspieltruppen auch Frauenrollen verkörpert hat. Da ich aber ganz genau weiß, dass meine Mutter hier nicht angekommen ist, und ich Peter nicht gebeten habe, als mein Helfer zu fungieren, stellt sich nun die Frage: Was geschah zwischen dem Haus der Lederers und hier mit ihr? Diese Frage sollten wir schnellstens lösen, bevor Kommissar Baldur auf die Idee kommt, uns zu verhaften. Ich möchte nämlich noch weiter hier wohnen bleiben und nicht mein restliches Leben im Ort als die vermeintliche Muttermörderin angesehen werden."

Peter war ihr dankbar, dass sie seine sexuelle Präferenz für Frauenkleidung nicht erwähnt hatte. Die anderen blickten unfreundlich in Richtung Simone, die sich davon ziemlich unbeeindruckt zeigte. Peter fragte:

„Gibt es denn noch einen anderen Ansatz, wollte ihr jemand schaden? Vielleicht etwas Privates? Oder irgendwas aus ihrem beruflichen Umfeld?"

Nora erzählte ihnen, dass vor ein paar Jahren eine Frau erbost in der Kanzlei angerufen und ihrer Mutter gedroht habe, weil deren Mann angeblich wegen ihrer Mutter Selbstmord begangen hätte. Wer das allerdings war, ließ sich gegenwärtig nicht feststellen. Ob jemand so viele Jahre später noch immer glühende Rachegedanken hegte, wäre auch ungewiss.

Während alle anderen darüber nachdachten und schwiegen, fragte Rosi:

„Wie lange soll das mit dem Selbstmord denn her gewesen sein?"

Nora antwortete:

„Frau Werner meinte, es müsse länger als fünf Jahre her sein. Vermutlich sechs oder sieben Jahre, vielleicht auch acht. Frau Werner war sich da nicht sicher."

In diesem Augenblick klingelte Noras Handy. Sie hörte einen Augenblick zu und bedankte sich dann für die Information.

„Das ist ja schon unheimlich. Gerade reden wir über Frau Werner und diese Information und schon ruft sie an. Sie ist eine Frau, die fast alles schriftlich festhält. Und offensichtlich nicht nur in der Kanzlei. Sie hat in ihren alten Tagebüchern nachgelesen und einen Eintrag darüber gefunden. Im Juni vor sechs Jahren rief die Frau, die ihren Namen nicht nannte, zweimal an."

„Weißt du noch, wann genau Oma Pötschke verschwand?", fragte Rosi mit gesenkter Stimme.

„Es war an dem Tag, an dem auch meine Mutter verschwand. Warum fragst du?"

„Weißt du noch, ob es vormittags oder nachmittags war?", hakte Rosi weiter nach, ohne Noras Frage zu beantworten.

„Ich habe sie vormittags noch gesehen und nachmittags kam Sina und suchte sie, weil sie verschwunden war. Rosi, warum fragst du das?"

Nora blieb hartnäckig.

„Weil der Mann von Oma Pötschke im Juni vor sechs Jahren Selbstmord beging."

Das führte zu kollektivem Schweigen. Man hätte die berühmte Stecknadel fallen hören können. Alle blickten in Richtung des Hauses von Oma

Pötschke und keinen hätte es gewundert, sie lauschend am Zaun stehen zu sehen, aber man sah sie in ihrem Wohnzimmer fernsehen.

Nora fragte Rosi mit gesenkter Stimme:

„Weißt du denn, warum Opa Pötschke Selbstmord beging?"

„Wer weiß das schon sicher bei Selbstmord? Es gab natürlich viele Gerüchte. Schulden, Depressionen oder etwas anderes. Man erzählte sich, er sei krank, was er hatte, wusste keiner so genau. Das Hauptgerücht besagte, dass er Krebs hatte und Angst vor den Schmerzen. Mir erschien das nicht glaubwürdig. Aber das erzählte die Familie. Er ging eines Tages, als Oma Pötschke zum Einkaufen ging, in die Scheune und erhängte sich. Oma Pötschke fand ihn dann dort. Sonderbar fand ich, dass mein Hausarzt mir sagte, dass ihn das wundert, denn Opa Pötschke hätte nicht mehr Leiden gehabt als jeder andere in diesem Alter."

„Wäre meine Mutter direkt hierher gefahren und ihr begegnet, hätte Oma Pötschke eventuell Motiv und Gelegenheit gehabt. Auch ein Mittel in Form eines stumpfen Gegenstandes hätte sich sicher gefunden. Insofern war im Falle von Oma Pötschke die Antwort auf die klassischen drei Fragen nach Gelegenheit, Mittel und Motiv eindeutig dreimal ja. Gelegenheit und Mittel hätte auch ich haben können und dazu noch Peter als Helfer. Oma Pötschke hingegen hätte weder nachts noch als Gisela Esch verkleidet, nach Frankfurt fahren können."

„Ihre Schwiegertochter aber schon. Die hat auch ungefähr die Figur eurer Mutter", entgegnete Rosi.

Es herrschte betretenes Schweigen.

Nora und Simone wollten versuchen herauszufinden, worin die Verbindung zwischen ihrer Mutter und dem Selbstmord von Opa Pötschke bestand. Dazu wollten sie sich die Unterlagen im Hause ihrer Mutter ansehen. Vielleicht würde sich dort etwas finden.

Kurz danach verabschiedeten sich die Freunde.

# Samstag, 06. Juni

Das kann alles nicht wahr sein, dachte Nora. Meine heile Welt bricht zusammen. Oma Pötschke ist für mich fast wie eine eigene Oma gewesen. Sie begeht doch keinen Mord. Und schon gar nicht an meiner Mutter. Ich muss in Erfahrung bringen, warum Opa Pötschke Selbstmord beging. Sie rief Sina an und fragte sie, ob sie nicht einmal vorbeikommen wolle. Sie wollte. Ein paar Minuten später kam sie ins Haus.

„Was gibt es denn?", fragte sie.

„Nichts Besonderes", antwortete Nora.

„Ich wollte mich vor allem recht herzlich bei dir für deine Hilfe bedanken. Und dir dafür eine Kleinigkeit schenken."

Nora überreichte ihr einen Gutschein des örtlichen italienischen Restaurants. Sina freute sich sehr darüber.

„Das kann ich nicht annehmen, du hast mir bei Oma doch auch geholfen."

„Ist schon in Ordnung. Setz dich doch. Wie geht es dir? Ich habe Oma Pötschke inzwischen wiedergesehen. Die Zeit am Meer scheint ihr gutgetan zu haben."

„Ja, ihr hat es gefallen. Urlaub ist gut für die Seele. Das hätte sie schon früher und öfters machen sollen. Auch das Zusammensein mit Erika tat ihr gut. Sie wollen in Zukunft mehr Zeit miteinander verbringen."

„Ich vermute einmal, sie war sehr lange mit deinem Opa verheiratet, dann ist es doppelt schwer, allein zu sein."

„Sie war fast ihr ganzes Leben mit Opa zusammen. Und das sage ich nicht nur so, das war so. Schon als kleines Kind war sie bei Opa."

„Das hat sie mir noch gar nicht erzählt. Wie war das denn?"

„Oma redet nicht gern darüber. Ich weiß das auch nur von meiner Mutter. Sie ist als kleines Kind zu den Eltern vom Opa gekommen, weil ihre Eltern tot waren. Deshalb war sie immer mit Opa zusammen. Ihr Leben lang. Vielleicht erzählt sie es ja dir einmal selbst."

„Sie hat mir nur erzählt, dass er vor ein paar Jahren gestorben ist. War er denn krank?"

„Also weißt du Nora, manchmal kannst du schon dumme Fragen stellen. Wäre er nicht krank gewesen, dann wäre er doch nicht gestorben."

Sina war elf Jahre alt, als er starb und offensichtlich hatte man ihr den Selbstmord verschwiegen.

Nora lachte und antwortete:

„Du bist eindeutig schlauer. Ich bin Meisterin im Dumme-Fragen-Stellen."

„Ich muss jetzt wieder los. Ich bin mit meiner Freundin verabredet. Wir sehen uns. Und noch mal vielen Dank", sagte sie und war auch schon verschwunden.

Sie so auszuhorchen war nicht nett von ihr, das wusste Nora selbst, aber es war notwendig, wenn auch erfolglos, gewesen.

Sie musste mit Oma Pötschke reden. Sie ging in den Garten und goss die Pflanzen, als Nora Oma Pötschke aus dem Haus kommen sah. Sie stellte sich an den Zaun, bereit für einen Plausch und Nora ging zu ihr.

„Hast du dich zu Hause wieder eingelebt?", fragte Nora.

„Es ist schön, wieder da zu sein, aber einsam", entgegnete Oma Pötschke.

„Sina hat mir mal erzählt, dass dein Mann und du euer ganzes Leben zusammen wart. So etwas kann sich heute keiner mehr vorstellen. Aber ich denke, das macht es dann noch schwerer, ohne den anderen zu sein."

„Das stimmt. Ich rede immer noch mit ihm und erzähle ihm alles, was mich so bewegt. Aber es kommt keine Antwort mehr. Das war im Urlaub schöner. Da hatte man immer jemanden zum Reden."

„Ich erzähle alles, was mich bewegt, entweder Satchmo, Robin oder den Pferden. Da kommt auch keine Antwort zurück." Beide lachten.

„Woran ist denn dein Mann gestorben?", fragte Nora nach.

„Er beging Selbstmord."

Oma Pötschke war alt, aber nicht dumm. Sie blickte Nora direkt an. Nora fühlte sich durchschaut und senkte den Blick.

„Willst du mich etwas fragen, Nora?"

„Ja. Kanntest du meine Mutter?"

„Ja. Aber ich wusste nicht, dass es deine Mutter ist."

„Du hast vor Jahren in der Kanzlei angerufen und sie beschuldigt, am Tod deines Mannes schuld zu sein. Warum?"

„Das ist lange her, Nora. Damals hatte sich mein Mann gerade umgebracht, da ist man nicht mehr Herr seiner Sinne. Ich bin jetzt eine alte Frau. Man gewöhnt sich im Leben an so vieles. Es ist, wie es ist. Inzwischen wäre er 90 und höchstwahrscheinlich sowieso schon tot."

„Bist du ihr am Tag ihres Verschwindens begegnet?"

„Wann soll das gewesen sein?"

Oma Pötschke war eine schlechte Schauspielerin. Man sah ihr an, dass sie sich dumm stellte.

„Kurz bevor du verschwunden bist."

„Nein."

Damit war das Gespräch für Oma Pötschke beendet.

Es war zum Verzweifeln. Sie kam nicht weiter.

Nora goss weiter ihre Pflanzen, als Simone sie ins Haus rief.

Kommissar Baldur war gekommen.

„Ich wollte Ihnen persönlich die Schlüssel zum Haus Ihrer Mutter zurückbringen. Unsere Untersuchungen dort sind abgeschlossen. Es gab im Haus keinen Hinweis auf ein Mordmotiv. Ich muss Ihnen leider sagen, dass wir keinerlei Hinweise auf einen möglichen Täter haben. Es gab einen Hinweis, dem wir nachgegangen sind, aber der hat sich zerschlagen."

„Ich weiß, Hans Lederer hat ein Alibi", rutschte es Nora heraus.

„Sie wussten davon und haben mir nichts darüber gesagt? Gibt es sonst noch etwas, was Sie mir verschweigen?"

„Nein. Was Hans Lederer angeht, waren wir uns ja auch gar nicht sicher", versuchte Nora zu beschwichtigen.

Kommissar Baldur zog die Stirn ungläubig in Falten, konnte ihr jedoch nicht das Gegenteil beweisen und verabschiedete sich.

„Ich fahre in Mutters Haus und suche nach einer Verbindung zu Oma Pötschke", teilte Nora Simone mit.

„Ich komme mit", antwortete diese.

Nach einer Hausdurchsuchung sieht ein Haus zwar nicht aus wie nach einem Einbruch, aber im Flur stapelten sich die Kisten, die von der Polizei zurückgebracht worden waren.

Glücklicherweise waren sie beschriftet. Auf jeder Kiste stand, aus welchem Zimmer der Inhalt stammte.

Nora schnappte sich die Buchführungsordner und die privaten Rechnungen. Sie suchten den ganzen Tag. Simone suchte vermutlich eher nach einer Kopie des Testamentes. Das interessierte Nora nicht. Das würden sie noch früh genug erfahren. Nora suchte eine Verbindung zu Oma Pötschke. Kurz bevor sie aufgeben wollte, fiel ihr eine Quittung ins Auge. Ihre Mutter hatte für 100 Euro eine Eichentruhe von Opa Pötschke gekauft. Kurz vor seinem Tod. Nora hatte die Truhe nie gesehen. Sie suchte Simone, die frustriert in Unterlagen wühlte.

„Ich suche eine alte Eichentruhe. Hast du hier im Haus irgendwo eine gesehen?"

„Was willst du denn jetzt mit einer Eichentruhe? Fehlt dir so was noch zu deinem Landhausstil?"

„Mutter hat sie Opa Pötschke abgekauft."

Simone stand auf und gemeinsam suchten sie das ganze Haus danach ab. Vom Keller bis zum Dachboden. Nirgends eine Eichentruhe. Es ergab keinen Sinn, sich wegen einer Truhe für 100 Euro das Leben zu nehmen. Trotzdem musste es einen Zusammenhang geben.

Es fanden sich keine weiteren Hinweise.

Sie fuhren wieder heim und aßen noch eine Kleinigkeit. Danach versorgte Nora noch ihre Katzen, denen der neue Lebensrhythmus von Nora nicht gefiel. Sie versprach, dass sich der alte Rhythmus bald wiedereinstellen würde.

Sie gingen früh schlafen.

# Sonntag, 07. Juni

Der Sonntag verlief ruhig und ereignislos. In Anbetracht der Umstände fühlte es sich an wie die Ruhe vor dem Sturm. Nora versorgte, wie jeden Tag, ihre Tiere und die Pflanzen. Nach einem ausgiebigen Frühstück mit ihrer Schwester entschied sie sich für eine Radtour, mit dem Zielort Stausee. Dort angekommen setzte sie sich in die Sonne und bestellte einen Eiskaffee. Ihr war klar, dass sie den heutigen Tag dazu nutzen musste, ihre Energiereserven aufzufüllen, um für die nächsten Tage gewappnet zu sein.

Die morgige Trauerfeier würde sie höchstwahrscheinlich an ihre Grenzen bringen.

Bei der Testamentseröffnung würde sicher nichts geschehen, was sie überraschen würde. Vermutlich würde Simone das meiste erben. Damit hatte sie kein Problem.

Einige Tage später würde noch die Waldbestattung folgen. Wie diese auf sie wirken würde, wusste sie nicht.

Nachdem sie eine Stunde gesonnt hatte, fuhr sie zurück nach Bergental. Sie baute jedoch einen größeren Umweg ein.

Zwei Stunden später war sie erschöpft, aber zufrieden wieder daheim.

# Montag, 08. Juni

Es war der Tag, an dem die Trauerfeier stattfand. Nur im allerengsten Familienkreis.

Simone hatte darauf bestanden, dass niemand eingeladen wurde. Sie sagte, dass entspräche dem Wunsch ihrer Mutter. Nora war sich da nicht so sicher. Als Trauergäste waren deshalb lediglich Nora, Simone und Frau Werner erschienen. Der Beerdigungsunternehmer hatte alles wunderschön arrangiert. Der Sarg war in der Trauerhalle aufgebahrt, darüber lag ein schwarzes Tuch. Die Dekoration aus altrosa, weiß und lila Blumen hatte Rosi liebevoll gestaltet. Dazwischen standen Kerzenleuchter mit brennenden Kerzen.

Simone hatte eine klassische Musik dazu ausgesucht, die dem feierlichen Rahmen entsprach. Der Trauerredner hatte eine angenehm tiefe, melodische Stimme. Er trug Simones Text leicht abgeändert vor, was dem Text etwas mehr Authentizität verlieh. Es gelang ihm, den Text so vorzutragen, dass alle drei anwesenden Personen zutiefst ergriffen waren, und still vor sich hin weinten. Es war ein komisches Gefühl, sich ihre Mutter im Sarg vorzustellen. Noch unangenehmer war es, sie darin zurückzulassen. Der Sarg würde ins Krematorium überführt werden. In ein paar Tagen könnten sie die Urne beerdigen.

Nach der Trauerfeier fuhren sie zu Nora nach Hause.

Franka hatte Kuchen gebacken, Rosi die Tischdekoration übernommen und Dirk kochte Kaffee und Tee. Peter und Paul kamen etwas später dazu. Simone wurde das alles zu viel, aber sie hielt durch, bis Frau Werner sich verabschiedete. Danach zog sie sich auf ihr Zimmer zurück. Nora teilte Frau Werner an der Haustür noch mit, dass bereits zwei Interessenten als Kanzleinachfolger mit ihr via Mail Kontakt aufgenommen hätten. Sie selbst sei aber noch nicht dazu gekommen, ihnen zu antworten. Nora fragte Frau Werner, ob sie ernsthaften Interessenten ihre Nummer geben dürfte, was Frau Werner als selbstverständlich ansah.

Als sie wieder unter sich waren, erzählte Nora ihren Freunden von der gefundenen Quittung. Unterschrieben von Opa Pötschke.

„Ich habe mal einen Fleurop-Blumenstrauß für Oma Pötschke abgeben müssen. Ich glaube, es war zu ihrem 80. Geburtstag. Sie reagierte nicht auf das Klingeln an der Haustür. Die Tür zur Werkstatt stand offen. Sie war mit irgendetwas beschäftigt. Dort stand eine Eichentruhe. Sie fiel mir auf, weil sie so schön geschnitzt war. Ich dachte noch, was für ein Jammer, dass dieses Teil in der Werkstatt steht."

„Aber zu dem Zeitpunkt hatte meine Mutter sie ja bereits vor Jahren gekauft", überlegte Nora. „Das muss eine andere sein."

„Es kauft aber doch in der heutigen Zeit keiner eine Eichentruhe, um sie in eine Werkstatt zu stellen", warf Peter ein.

„Vielleicht hatten sie zwei Truhen", ergänzte Paul.

„Das könnte ich Sina mal fragen", schlug Nora vor. Alle nickten.

Nach dem Kaffeetrinken räumten sie gemeinsam den Tisch ab. Danach verabschiedeten sich alle.

Nora ging zum Briefkasten und war erstaunt, als sie ihn öffnete, wie viele Trauerkarten sie darin vorfand. Es befand sich auch noch ein Brief von einem Notar dabei. Dieser lud sie für den nächsten Tag zur Testamentseröffnung ein.

Sie ging in den Wintergarten, blickte in den Garten und dachte über ihre Mutter nach. Ihr fielen einige Anekdoten zu ihr ein. Sie konzentrierte sich auf die netten Erlebnisse und machte ihren Frieden mit ihr. Es gab so vieles, was sie ihr noch gerne gesagt hätte. Sie entschied sich, das in einen Brief zu schreiben und diesen mit ins Urnengrab zu legen.

Jeder Mensch hatte gute und schlechte Seiten. Selbst Massenmörder konnten gute Söhne oder Väter sein. Keiner war vollkommen. Deshalb hatte Noras Meinung nach niemand das Recht, einem Anderen Gewalt anzutun. Weder der Einzelne noch die Gemeinschaft, indem sie die Todesstrafe verübten.

Krankheiten und Unfälle konnten geschehen, aber Mord und Totschlag war ihrer Meinung nach keine Lösung für Probleme. Was könnte ihre Mutter getan haben, dass sie so viel Hass auf sich gezogen hatte? Und konnte Oma Pötschke eine Mörderin sein? Sie hoffte, dass dem nicht so war.

Den Abend verbrachten Simone und Nora mit dem Öffnen der Trauerkarten. Bei einem Gewaltverbrechen trauert jeder mit. Nora hegte den Verdacht, dass dabei auch der Gedanke ‚Gott sei Dank ist es nicht mir passiert' eine Rolle spielte.

Danach gingen sie schlafen.

# Dienstag, 09. Juni

Um 13.00 Uhr waren sie mit dem Notar verabredet. Außer Nora, Simone und dem Notar waren noch Frau Werner und eine weitere Frau anwesend, die Nora und Simone nicht kannten.

Nachdem die Formalien geklärt waren, eröffnete der Notar das Testament. Frau Werner sollte für jedes Jahr, das sie in ihren Diensten stand, 1.000 Euro bekommen, das waren nach 32 Jahren 32.000 Euro. Die unbekannte Frau stellte sich als Frau Weber heraus. Sie war die 1. Vorsitzende einer gemeinnützigen Organisation. Dieser hatte Gisela Esch 10.000 Euro vermacht. Danach verabschiedete der Notar die zwei Damen. Nora und Simone blieben allein zurück. Der Notar kehrte zum Testament zurück. Die Aktienanteile sollten halb und halb unter den Töchtern aufgeteilt werden, das Mehrfamilienhaus in Berlin ging an Simone, das in Frankfurt an Nora, das Mietshaus in der Kreisstadt ging an Simone und das Privathaus an Nora. Wenn man es nicht so genau nahm, konnte man das eine gerechte Aufteilung nennen. Auf jeden Fall sorgte sie für klare Verhältnisse und dafür war Nora ihrer Mutter dankbar. Auch das vorhandene Barvermögen sollte unter den Schwestern hälftig aufgeteilt werden. Die Höhe des Betrages ließ jedoch Nora kurz den Atem stocken. Es handelte sich um insgesamt vier Millionen Euro. Nora hatte keine Ahnung, wie man als ehrlicher Mensch im Laufe eines Lebens an so viel Geld kommen konnte. Sie wollte es auch gar nicht wissen. Der Notar teilte mit, dass dies das Ende des Testaments sei. Er wollte von ihnen wissen, ob sie dazu noch Fragen hätten. Nora hatte keine Fragen mehr. Aber Simone:

„Gibt es noch Schließfächer oder einen Safe?"

Bei einem Erbe von jeweils zwei Häusern und zwei Millionen Euro in bar plus Aktien fand Nora die Frage ziemlich gierig.

„Das müssten sie bei der Bank Ihrer Mutter nachfragen, darüber liegen mir keine Informationen vor. Aber wenn es da etwas gibt, dann greift auch dort das Testament und der Inhalt gehört Ihnen jeweils zur Hälfte."

Sie bedankten sich beim Notar und verließen seine Kanzlei.

„Wie kommst du denn auf Schließfächer oder einen Safe?", fragte Nora.

„Ich weiß, dass Mama ein Bild hatte, das sie mir persönlich schenken wollte. Es wurde aber im Testament nicht erwähnt. Ich weiß jetzt nicht, ob sie es noch hat, ob es bereits verkauft ist oder was damit geschehen ist."

„Was ist das denn für ein Bild? Vielleicht hängt es ja irgendwo im Haus. Wenn du willst, können wir dort gerne vorbeifahren und nachsehen."

„So genau weiß ich es auch nicht. Aber nachsehen würde ich gerne."

Sie fuhren zum Haus ihrer Mutter, das jetzt Nora gehörte.

Nachdem sie das Haus betreten hatten, lief Nora mit einem anderen Blick durch das Haus. Es war jetzt ihr Haus. Das fühlte sich ungewohnt an. Nora überlegte, was sie damit machen sollte. Verschob den Gedanken aber auf später.

Die Bilder fand sie alle schrecklich. Welches auch immer Simone wollte, von ihr aus könnte sie jedes mitnehmen. Aber Simone war an keinem interessiert. Sie durchsuchte das ganze Haus zielstrebig, ohne auch nur einen Blick auf die Bilder an den Wänden zu werfen, allerdings blickte sie hinter jedes Bild, in der Hoffnung, einen Safe zu finden. Was Nora komisch vorkam. Simone hatte doch gesagt, sie wüsste nicht, welches Bild es wäre.

„Kannst du mir jetzt mal sagen, was genau für ein Bild du suchst?"

„Ich weiß es selbst nicht", erwiderte Simone. Aber Nora glaubte ihr nicht.

Im Anschluss daran fuhren sie zur Bank der Mutter und dort wurde ihnen aufgrund des vorgelegten Erbscheins Zugang zu dem Schließfach der Mutter gewährt. Darin befanden sich die Unterlagen zum gesamten Aktienpaket der Mutter. Ein Berater der Bank informierte die Schwestern, wie dieses geteilt werden könnte, und beide veranlassten das. Von einem Bild fehlte jede Spur und es gab auch keinen Hinweis dazu im Schließfach.

Wieder zu Hause zog sich Simone umgehend ins Gästezimmer zurück. Nora hörte sie telefonieren. Einzelne Wortfetzen konnte sie verstehen. „Christie's", „Sotheby's", „ab 2014". Es ging also um Versteigerungen ab 2014. Das war das Todesjahr von Opa Pötschke. Christie's und Sotheby's waren zwei renommierte Auktionshäuser, in denen hochrangige Kunst versteigert wurde. In Nora kam der Verdacht auf, dass Simone sehr genau wusste, nach was sie suchte.

***

## OMA PÖTSCHKE

*Ich mag Nora. Sie weiß, dass ihre Mutter etwas mit dem Tod meines Mannes zu tun hatte. Aber sie kennt die Zusammenhänge nicht. Wie sollte sie auch? Die kannte nicht einmal mein Mann. Ich habe einen Fehler begangen, dass ich nie mit ihm darüber geredet habe. Aber das hatte ich meinen Eltern versprochen. Ihnen war die Konsequenz von dem, was sie von mir verlangt haben, nicht klar. Ich hätte es auf jeden Fall als erwachsene Frau anders handhaben müssen.*

*Ich bin 1938 geboren, als Selma Fischer und Kind eines jüdischen Vaters. Meine Mutter war die*

*Tante meines Mannes, die Schwester seines Vaters. Ich war somit seine Cousine. Die Nazis haben meinen Vater und meine Mutter geholt, als ich sechs Jahre alt war. Mein Onkel hatte erfahren, dass sie kommen, sie selbst konnten sich nicht mehr in Sicherheit bringen, aber mich konnte man noch verstecken. Sie hinterließen mir eine Eichentruhe. Die stand abgedeckt in der Werkstatt meines Onkels. Mein Vater und mein Onkel arbeiteten oft dort zusammen. Papa sagte mir, dass die Truhe einen doppelten Boden hätte. Das dürfe ich niemals jemandem verraten und ich müsse gut auf die Truhe aufpassen. Wenn es mir jemals schlecht ginge im Leben, dürfte ich den Inhalt rausnehmen. Aber nur dann. Die Werkstatt war der sicherste Ort für die Truhe und dort steht sie noch heute. Nachdem sie meine Eltern abgeholt hatten, haben die Nazis unser ganzes Haus ausgeräumt. Das Einzige, was mir blieb, war meine Puppe und die Truhe. Mein Onkel hatte noch ein paar Fotos von meinen Eltern, die er mir gab.*

*Mein Mann war acht Jahre älter als ich. Während ich ein Jahr in meinem Versteck ausharren musste, war er meistens bei mir. Er spielte mit mir und tröstete mich. Ich hätte mir niemals vorstellen können, einen anderen Menschen so zu lieben wie ihn. Nachdem die Nazis besiegt waren, durfte ich mein Versteck wieder verlassen. Mein Onkel und meine Tante sorgten für mich, als wäre ich ihr eigenes Kind. Es fehlte mir an nichts. Nachdem mein Mann und ich verheiratet waren, blieben wir im*

*Haus der Schwiegereltern. Dort wohne ich noch immer. Ich musste nie Hunger leiden, war nie auf der Flucht. Ich war glücklich verheiratet, unser Sohn war gesund, auch als er heiratete und Sina auf die Welt kam, ging es mir gut. Warum hätte ich also in die Truhe sehen sollen?*

*Es war Neugier oder Langeweile. Ich weiß nicht mehr, wann es war, es ist schon zu lange her, meine Schwiegereltern waren bereits tot, mein Sohn aus dem Haus und mein Mann mit seinem Verein auf einem Ausflug. Ich ging in die Werkstatt und öffnete die Truhe. Es dauerte eine Zeit, bis ich sie ausgeräumt hatte und rausbekommen habe, wie das mit dem doppelten Boden funktioniert. Aber ich habe es hinbekommen. Keine Ahnung warum, aber ich dachte immer, da wäre viel Geld drin. Das hätte mir als junge Frau auch nichts mehr genützt. Die Reichsmark war längst durch die DM ersetzt worden. Umso erstaunter war ich, als ich den Inhalt sah. Nachdem ich den flachen Gegenstand ausgepackt hatte, stellte ich fest, dass kein Geld in der Truhe war, sondern lediglich ein Bild. Wir hatten einen sehr schönen Druck über unserer Couch hängen. Es zeigte einen röhrenden Hirsch in einem bergigen Gelände. Dieses Bild, was ich dort in den Händen hielt, gefiel mir überhaupt nicht. Es war viel zu bunt, in grellen Farben und gar nicht originalgetreu. Als hätte es ein Kind gemalt. Ich wusste aber, wenn ein Name auf dem Bild steht, kann es oft wertvoll sein. Es stand ein Name auf dem Bild. Ich habe dann versucht, rauszubekommen, wer das war und ob das Bild was wert ist. Ich bin in die Stadt gefahren und ging in die Bibliothek. Die Bibliothekarin war sehr nett. Ich fragte sie, ob sie etwas über Bilder hätte und dass ich nach einem bestimmten Maler suche. Sie meinte, wenn er berühmt sei und seine Bilder wertvoll, hätte sie sicher etwas. Aber auch für die weniger berühmten Maler gäbe es Nachschlagewerke. Als ich ihr den Namen nannte, lachte sie und sagte, der ist berühmt. Über ihn gibt es viele Bücher. Mir reichte eins, um das Bild zu entdecken.*

*Nachdem ich alles über das Bild gelesen hatte, und ungefähr wusste, was es wert war, habe ich mit niemandem darüber gesprochen. Ich wollte in meinem Leben nichts ändern. Ich ging nach Hause. Setzte ein Testament auf und brachte das zum Gericht. Sollte ich sterben, würde es Sina bekommen. Ich hatte ihr die Geschichte der Truhe darin aufgeschrieben, wie sich der doppelte Boden heben ließ und was das Bild ungefähr wert sei. Ich habe den Fehler gemacht, es nicht meinem Mann zu sagen.*

*Eines Tages las er eine Anzeige: Kaufe alte Möbel zu Höchstpreisen. Ohne mich darüber zu informieren rief er dort an. Er wollte einen alten Schrank seiner Eltern verkaufen, aus den 60er-Jahren. Er rief dort an und Noras Mutter erschien daraufhin bei uns. Als sie kam, war er gerade in der Werkstatt. Den Schrank kaufte Gisela Esch nicht, aber die Eichentruhe. Mein Mann hatte die Truhe sein Leben lang in der Werkstatt seines Vaters stehen sehen. Er wusste nicht einmal, dass es die Truhe seiner Schwiegereltern war. Er hatte deshalb die Truhe* nie als das einzige Vermächtnis meiner Eltern angesehen. Sie hatte einen Helfer dabei und mein Mann half diesem noch, die Truhe auf den Hänger zu laden, den sie am Auto hatte. Ich kam gerade heim, als ich das Auto vom Hof fahren sah. Ich rannte noch schreiend hinterher, aber sie hielten nicht an. Mein Mann wusste gar nicht, warum ich so ein Theater machte. Unter Tränen erzählte ich ihm alles. Er versprach sofort, dort noch einmal anzurufen und die Truhe zurückzukaufen. Noras Mutter weigerte sich, sie ihm zurückzugeben. Sie hatte ihm 100 Euro dafür gegeben. Sie lachte und meinte, sie bekäme 2.000 Euro dafür. Er war bereit, ihr diese zu geben. Zwei Tage später brachte sie sie zurück, steckte die 2.000 Euro ein, ließ die Truhe abladen und fuhr davon. Sofort öffneten wir den doppelten Boden: Das Bild war nicht mehr da.

# Mittwoch, 10. Juni

Das Beerdigungsunternehmen rief am Vormittag an und teilte mit, dass die Urne eingetroffen sei und der Baumbestattung nichts mehr im Wege stehen würde.

Sie vereinbarten einen Termin für den nächsten Tag.

Simone fragte, ob sie sich ein paar persönliche Erinnerungsstücke aus dem Haus der Mutter mitnehmen dürfte. Das war für Nora selbstverständlich. Nach dem Frühstück fuhr Simone los. Neugierig geworden, betrat Nora das Gästezimmer. Simones Laptop war ausgeschaltet. Da er vermutlich passwortgeschützt war, machte Nora sich zunächst nicht die Mühe, ihn zu öffnen. Sie durchsuchte Simones Unterlagen, ohne einen Hinweis auf ein Bild zu finden. Da sie nichts fand, blieb ihr nichts anderes übrig, als den Laptop zu öffnen. Sie setzte sich davor und versuchte, sich vorzustellen, welches Passwort ihre Schwester wohl gewählt haben könnte. Drei Versuche hatte sie, beim zweiten gelang es ihr, den Laptop zu öffnen. Ihr Passwort war der Spitzname, mit dem Mutter Simone als Kind ansprach.

Nur wenige Klicks und sie wusste, um welches Bild es sich handelte und was daraus geworden war. Es bedurfte jedoch weiterer Recherche, um herauszufinden, wie ihre Mutter an das Bild gekommen war. Sie fuhr den Laptop wieder herunter und verließ das Zimmer.

Was diese Informationen bedeuteten und wie sie damit umgehen sollte, darüber musste sie in Ruhe nachdenken. Zeit blieb ihr dafür nicht.

Zeitgleich mit Simone betrat Kommissar Baldur das Haus. Er war inzwischen an dem Punkt, an dem auch Simone gewesen war, bis der Verdacht gegen Oma Pötschke aufkam. Er vermutete, dass Nora etwas mit dem Mord an ihrer Mutter zu tun haben könnte. Bevor er zu weiteren Konsequenzen bereit war, suchte er noch einmal ein Gespräch mit ihr.

„Wir sind zu dem Ergebnis gekommen, dass Ihre Mutter vermutlich hier in der Straße verschwunden ist. Gibt es etwas, das Sie mir sagen wollen? Ist Ihnen noch etwas eingefallen, was Sie als Alibi anführen können, außer dass Sie allein gearbeitet haben? Haben Sie mit jemandem telefoniert in dieser Zeit oder E-Mails geschrieben?“

Nora dachte angestrengt nach. Sie hatte tatsächlich zwei Telefonate geführt und etliche Mails geschrieben. Sie gingen in ihr Büro und sie zeigte ihm ihren Mailverlauf. Was die Telefonate anging, wollte er ihre Telefonlisten einsehen lassen. Ob er dazu ihre Einwilligung benötigte, wusste sie nicht, aber sie gab sie ihm trotzdem. Er fragte sie, ob es noch etwas gäbe, was er wissen sollte.

„Ich habe meiner Mutter nichts angetan. Das hätte ich niemals getan. Meine Mutter war immer in Action. Ihre Füße waren meistens schneller als der restliche Körper. Wie oft ist sie gestürzt. Wäre es hier zu einem Unfall gekommen, hätte ich Notarzt oder Polizei gerufen. Auf keinen Fall einen Freund, um die Leiche zu entsorgen. Selbst wenn wir es gemeinsam getan hätten, dann hätten wir ihr Auto vor Lederers Haus oder vor ihr Privathaus gefahren und ganz bestimmt nicht nach Frankfurt."

Kommissar Baldur ließ sich nicht anmerken, ob er ihr glaubte.

„Gibt es sonst noch etwas, was Sie mir sagen wollen?", fragte er.

„Nein", antwortete Nora.

„Doch", warf Simone ein.

Kommissar Baldur blickte von einer zur anderen.

„Ich höre", sagte er und dabei legte sich seine Stirn in Falten.

Simone erzählte ihm von dem Verdacht gegen Oma Pötschke. Aber sie verschwieg ihm den Fund der Quittung über den Truhenkauf.

Er blickte Nora an, runzelte die Stirn und hakte nach: „Was sagen Sie dazu?"

„Ich kenne Oma Pötschke, seit ich hier eingezogen bin. Sie ist eine ganz liebenswerte Person. Sie war wohl nach dem Selbstmord ihres Mannes nicht sie selbst. Das ist ja verständlich. Aber das ist inzwischen viele Jahre her. In dem Alter von Oma Pötschke kühlt Hass vermutlich schneller ab als in jungen Jahren. Warum sollte sie ausgerechnet nach so vielen Jahren unsere Mutter ermorden und wie sollte sie erfahren haben, wann sie hierher kommt. Ich habe mit niemandem darüber gesprochen."

Er verabschiedete sich. Nora sah ihn kurz danach das Haus von Oma Pötschke betreten.

An Simone gewandt sagte Nora:

„Wieso hast du ihm das erzählt?"

„Erstens hat er einen Teil dieser Information vermutlich bereits von Frau Werner erfahren und zweitens lenkt ihn das vom Verdacht gegen dich ab."

„Und warum hast du ihm den Truhenkauf verschwiegen?"

„Er muss ja nicht alles wissen, was wir wissen."

Simone handelte nach ihrer eigenen Logik.

„Kann das mit dem Bild zusammenhängen, welches du suchst?"

„Nein", schoss es aus Simone hervor.

„Bist du dir da ganz sicher?", räumte Nora ihr noch eine Chance ein.

„Ja", gab Simone überzeugend von sich.

Nur wusste Nora inzwischen, dass sie log.

Den morgigen Tag mit der Beisetzung musste sie noch überstehen und danach würde Simone abreisen.

Peter rief an, um Nora darüber zu informieren, dass Kommissar Baldur die gesamte Familie Lederer vernommen hatte und auch ihn. Er konnte mit einem Alibi aufwarten. Er hatte an diesem Tag um die Mittagszeit einen Termin in der Kreisstadt mit einer Kunsthändlerin wahrgenommen, in der Hoffnung, dort ein paar seiner Werke ausstellen zu können. Sie war zwar nicht interessiert, konnte aber sein Alibi bestätigen. Danach war er mit seinem eigenen Auto nach Frankfurt gefahren, hatte dort einen Freund besucht und war erst spät abends wieder in Bergental angekommen. Für nachts um 2 Uhr hatte er kein Alibi. Zu diesem Zeitpunkt hatte er allein in seinem Bett gelegen und geschlafen.

Nora wollte am letzten Abend mit ihrer Schwester keinen Streit mehr. Sie bereitete ein leichtes, aber feines Essen vor. Es gab eine bunte Gemüsepfanne und Kroketten. Dazu hatte sie einen guten Wein aus dem Keller geholt. Sie deckte den Tisch im Garten.

Während des Essens unterhielten sie sich über ihre Mutter und über ihre Zukunftspläne. Die Häuser und das Geld ermöglichten ihnen beiden nun ein unbeschwertes Leben. Simone wollte die beiden Mietshäuser zunächst behalten. Von den Mieteinnahmen wollte sie sich eine schicke Penthousewohnung in Berlin finanzieren. Sie hatte bereits eine im Visier, die sie interessierte. Die Aktien und das Bargeld wollte sie gewinnträchtig anlegen. Auch dafür hatte sie bereits konkrete Pläne.

Als Simone ihre Zielvorstellungen darlegte, fragte sich Nora, ob sie etwas mit dem Tod der Mutter zu tun haben könnte. Nora hatte Simone auf ihrem Handy angerufen, um sie über das Verschwinden der Mutter zu informieren. Es gab keinen Beweis, dass sie zu diesem Zeitpunkt in Berlin gewesen war. Simone hatte bestimmt vom bevorstehenden Besuch der Mutter bei Nora gewusst. Vermutlich aber nichts von der Familie Lederer. Würde Nora wegen Mordes verhaftet, wäre sie im Fall der Verurteilung erbunwürdig und das gesamte Erbe fiele Simone zu. Ihre Mutter hier in der Straße abzupassen, gemeinsam im Auto zum Wohnhaus ihrer Mutter zu fahren und nachts an den Flughafen, wäre für Simone kein Problem gewesen. Ihr würde dann das ganze Erbe zufallen. Dass es das Bild gab, wusste sie bereits. Menschen hatten schon für deutlich weniger Geld gemordet. Wäre der Verdacht durch Frau Werner nicht auf Oma Pötschke gefallen, wäre Nora die Hauptverdächtige. Das Bild wollte sich Simone, unabhängig vom restlichen Erbe, aneignen, ohne dies mit Nora zu teilen. Erst durch ihr neugieriges Suchen hatte Simone erfahren, dass das Bild nicht mehr im Besitz der Mutter war. Der Verdacht gegen Simone war nicht unrealistischer als der gegen Nora, Peter oder Oma Pötschke.

Bevor Simone abreiste, musste sie noch mit ihr über das Bild reden. Aber nicht mehr heute Abend.

# Donnerstag, 11. Juni

Vormittags fuhren Nora und Simone zu einem Waldparkplatz. Dort waren sie mit einem Mann verabredet, dem das Beerdigungsinstitut die Urne übergeben hatte. Vom Parkplatz führte ein Waldweg in den Wald hinein. Nach ein paar Fußminuten bog der Mann ins Unterholz ab. Sie mussten über umgefallene Bäume steigen und nach ein paar Metern standen sie vor einem Baum, an dessen Stamm ein Schild mit der Nummer 817 befestigt war. Am Fuß des Baumes war ein Loch ausgehoben. Dort wurde die Urne durch den Mann beigesetzt. Er zog sich diskret auf den Waldweg zurück, nicht ohne sie genauestens zu beobachten. Es war an Trostlosigkeit kaum zu überbieten.

„Bist du dir wirklich sicher, dass es das war, was Mutter sich vorgestellt hat?", fragte Nora.

In ihr schlummerte die Hoffnung, sie könne die Urne mitnehmen und ordentlich beisetzen.

„Ich weiß nicht, was sie sich vorgestellt hat. Sie sagte mir, dass es das sei, was sie wolle", antwortete Simone, „sie meinte, da wir beide keine Kinder hätten, würde sich sowieso keiner um ihr Grab kümmern."

„Man muss ja nicht jeden Tag auf den Friedhof rennen und mit den Toten reden. Wenn meine Kater einmal sterben und ich sie bei mir im Garten beerdige, ist das würdevoller", erwiderte Nora. Sie hatte sich von Rosi eine Tüte mit Rosenblättern geben lassen und legte diese auf und um die Urne herum. Neben dem Baum stand ein Spaten. Da der Mann noch immer an derselben Stelle stand, ging sie davon aus, dass er das Grab zuschaufeln würde. Es hätte sie aber auch nicht gewundert, wenn man das den Angehörigen hier überließ. Über 1.000 Euro für so eine letzte Ruhestätte erschien ihr ein gewinnträchtiges Geschäftsmodell zu sein. Um den Baum herum gab es acht Urnengräber. Dies war Baum Nummer 817. Für jede vergrabene Urne gab es auf Wunsch ein kleines Schild am Baum.

Für sie selbst wäre dies kein Bestattungsmodell, was ihr zusagen würde.

Sie stiegen wieder über die umgefallenen Bäume zurück auf den Waldweg. Der Mann erkundigte sich, ob er nun die Urne mit Erde bedecken dürfe und ob sie den Weg zum Parkplatz allein zurückfänden. Sie bestätigten beides.

Im Anschluss an die Beisetzung fuhren sie in ein Restaurant und aßen dort zu Mittag. Dabei unterhielten sie sich darüber, welche weiteren pflegeleichten Beerdigungsmöglichkeiten es noch gäbe und welche ihnen persönlich vorschwebten. Die Trauerfeier hatte Nora tief berührt. Sich die Mutter im Sarg vorzustellen war hart gewesen. Zu der Asche in der Urne konnte sie keine Verbindung herstellen. Nora dachte, wie traurig es sei, am Ende eines schillernden Lebens, mit Gewalt zu Tode gebracht, in den Wald geworfen zu werden, von den

Wildschweinen rumgeschleudert und letztendlich wieder im Wald verscharrt zu werden. Dabei hätte ein Begräbnis im ganz großen Stil mit viel Glanz und Aufmerksamkeit besser zu ihrer Mutter gepasst.

Nachdem sie wieder zu Hause waren, teilte Simone Nora mit, dass sie nun abreisen werde. Sie vertraue darauf, dass Kommissar Baldur den Mörder oder die Mörderin finden würde. Für sie gäbe es hier nichts mehr zu tun und sie müsse auch wieder arbeiten.

Jetzt war der Punkt gekommen, über das Bild zu sprechen.

Nora bat Simone, sich kurz zu setzen, und stellte einen Kaffee vor sie auf den Tisch.

„Wir müssen noch etwas besprechen. Ich weiß von dem Bild, dass die Truhe einen doppelten Boden hatte und dass dieses Bild darin lag. Ich weiß auch, dass es ein Bild von dem Maler Paul Klee ist und dass es für 2,1 Millionen Euro bei Christie's versteigert wurde. Das Bild gehörte Oma Pötschke. Für 100 Euro hätte sich Opa Pötschke nicht umgebracht, für den Verlust von 2,1 Millionen schon. Es ist nicht rechtens, das Geld dafür zu behalten. Es ist Bestandteil des Bargelderbes. Wir sollten das Geld Oma Pötschke geben."

Simone blickte Nora fassungslos an:

„Bist du noch ganz bei Trost? Vielleicht hat sie Mama umgebracht. Mama hat ein Möbelstück rechtmäßig erworben, sogar mit Quittung. Sie hat es wieder verkauft und den Inhalt versteigern lassen. Das ist ein absolut korrektes Geschäft gewesen. Ich denke nicht mal im Traum daran, auch nur einen Cent des Geldes an eine für mich wildfremde Person zu geben. Aber selbstverständlich steht es dir frei, mit deinem Geld zu machen, was du willst. Mutter hatte schon recht, du hast kein Händchen für Geld und solltest keines in die Hand bekommen."

Nora startete, unter Aufbringung all ihrer Selbstbeherrschung, noch einen letzten gütlichen Versuch:

„Es ist auch das Erbe von Sina. Dir ist schon klar, dass du ihr ihre Zukunft raubst? Du hättest immer noch genug, wenn du eine Million davon abgeben würdest."

Simone zuckte kurz zusammen. Sie mochte Sina. Allerdings nicht so sehr, dass ihr das eine Million Euro wert war.

„Ich bezahle nicht noch die vermutliche Mörderin meiner Mutter."

Damit war das Gespräch für Simone beendet. Sie stand auf und ging packen.

Nora wollte auch nicht der Mörderin ihrer Mutter Geld geben. Sie würde warten, was Kommissar Baldur herausfinden würde.

Ein paar Minuten später kam Simone mit ihrem Gepäck die Treppe herunter. Beide verabschiedeten sich voneinander, indem sie sich kurz umarmten. Nora wünschte eine gute Heimfahrt und Simone sagte:

„Wir hören voneinander."

Viel weniger herzlich hätte eine Verabschiedung zwischen zwei Schwestern nicht sein können.

Wie sich der weitere Kontakt zwischen ihnen entwickelte, würde sich zeigen. Der übliche Anruf zu Weihnachten, Ostern und zum Geburtstag würde wohl weiterhin stattfinden. Darüber hinaus konnte sich Nora nicht vorstellen, dass es Gründe der Kontaktaufnahme geben könnte.

Nachdem Simone das Haus verlassen hatte, atmete Nora tief durch und nahm ihr Haus wieder in Besitz. Sie hatte sich die ganze Zeit darauf gefreut, aber nun fühlte es sich nicht so großartig an, wie sie vermutet hatte. Sie spürte im Gegenteil plötzlich eine Leere, die vorher nicht vorhanden war.

Diese Leere und die Trauer um ihre Mutter brachen sich jetzt einen Weg. Nora begann hemmungslos zu schluchzen. Satchmo kam ins Haus, setzte sich ein paar Meter von ihr entfernt hin und beobachtete sie. Dann stand er auf, kam zielgerichtet auf sie zu, sprang auf ihren Schoß und begann, mit ihr zu schmusen. Das öffnete die letzte Schleuse. Sie umarmte ihn, drückte ihn fest an sich und ihre Tränen verwandelten sich in Sturzbäche, die Satchmos Fell überfluteten. Stoisch hielt er das aus. Nach ein paar Minuten beruhigte sich Nora wieder. Das war der Punkt, an dem Satchmo beschloss, lang genug der Tröster gewesen zu sein, und den Zeitpunkt gekommen sah, sein Futter einzufordern. Mit tränennassen Wangen, aber lachend, folgte Nora ihm in die Küche und gab ihm sein Futter. Auch Robin kam herein und freute sich über die außerplanmäßige Fütterung.

\*\*\*

In der folgenden Nacht klingelte Noras Handy. Im ersten Moment dachte sie, Simone sei etwas auf dem Heimweg passiert, aber dann erkannte sie Bennys Stimme.

„Entschuldige Nora, dass ich dich mitten in der Nacht wecke. Das Baby kommt. Ich muss Carmen ins Krankenhaus fahren. Und ich kann Carola nicht erreichen. Kannst du auf unsere Kinder aufpassen. Sie schlafen tief und fest. Nur falls eines aufwacht, muss jemand da sein."

„Ich bin in fünf Minuten bei euch."

Nora sprang aus dem Bett und in ihren Jogginganzug. Sie verließ das Haus und das Grundstück durch das Loch im Zaun und ging direkt durch die Küchentür in das Stuber-Haus. Benny und Carmen waren bereits abfahrtsbereit.

„Viel Glück", wünschte Nora und fragte sich, ob dies das sei, das man einer werdenden Mutter kurz vor der Geburt wünschte oder eher ‚wenig Schmerzen' oder was auch immer.

Bereits zwei Stunden später betrat Benny wieder sein Heim. Erschöpft, aber strahlend.

„Beide sind gesund und es geht ihnen gut. Es ist ein Junge. 55 Zentimeter und 4450 Gramm. Ich soll dir auch noch mal vielen Dank von Carmen ausrichten, dass du sofort eingesprungen bist. Auch von mir, vielen Dank."

„Wisst ihr denn schon, wie er heißen soll?"

„Ja, er soll Marlon heißen."

„Das ist aber ein schöner Name. Wann kommen beide heim?"

„Spätestens übermorgen."

Benny zeigte Nora noch ein Foto des Neugeborenen und Nora fand ihn wirklich bildhübsch.

Nora verabschiedete sich. Zu Hause nahm sie sich ein Glas Cognac und ging damit in den Wintergarten.

„Auf Marlon", prostete sie sich selbst zu.

# Freitag, 12. Juni

Am nächsten Morgen kam Kommissar Baldur vorbei. Er sah erschöpft aus. Nora bot ihm einen Kaffee an und stellte eine Schale mit Plätzchen auf den Tisch. Sie selbst blieb, mit ihrer Kaffeetasse in der Hand gegen die Arbeitsplatte gelehnt, stehen.

„Wir haben mit allen Verdächtigen gesprochen. Ihre Nachbarin streitet nicht ab, vor sechs Jahren bei Ihrer Mutter angerufen zu haben. Aber sie schwört, dass Ihre Mutter zu dem Zeitpunkt ihres Verschwindens nicht hier in der Straße war. Sie hätte gemeinsam mit ihrer Freundin Erika einmal in ihrem Leben das Meer sehen wollen. Ihre Freundin fährt noch Auto. Also blickte sie, sozusagen bereits auf gepackten Koffern sitzend, ständig aus dem Fenster, bis ihre Freundin kam, um sie abzuholen. Zu zweit verließen sie diese Straße. Ohne Ihre Mutter oder deren Auto gesehen zu haben. Es gibt keinen Beweis für das Gegenteil. Wir haben auch Ihre Angaben überprüft. Falls Sie nicht mal schnell zwischen zwei E-Mails Ihre Mutter erschlagen haben, was ich nicht für sehr wahrscheinlich halte, muss ich Ihnen mitteilen, dass wir auf der Stelle treten. Auch die Überprüfung des Wagens hat keine neue Spur ergeben. Wir haben keine fremde DNA im Auto gefunden. Ich kann Ihnen gegenwärtig leider nicht versprechen, dass wir den Täter oder die Täterin dingfest machen können, solange es keine

neuen Hinweise gibt. Ist Ihnen noch etwas eingefallen?"

Während er sprach, hatte er die ganzen Plätzchen aufgegessen. Nora füllte die Schale nach,
ohne dass er es wahrnahm. Sie setzte sich ihm gegenüber.

„Ich weiß nur, dass ich sie an dem Tag nicht gesehen habe und ihr Auto auch nicht. Ich weiß nicht,
ob die Familie Lederer oder Oma Pötschke oder
wer auch immer meiner Mutter etwas angetan hat.
Im Grunde bin ich mit der ganzen Situation überfordert. Für mich war Bergental immer Idylle pur und
nun bröckelt Stück für Stück die Fassade ab. Menschen, die ich kennen und lieben gelernt habe, geraten plötzlich in den Fokus als mögliche Mörder
meiner Mutter. Für mich hat sich etwas Entschei-
dendes geändert mit dem Tod meiner Mutter. Es
hört sich jetzt vielleicht sonderbar an, aber für mich
verändert sich faktisch vermutlich nichts, wenn der
oder die Täter gefasst und bestraft werden. Allerdings würde mir es helfen, zu wissen, warum und
wie genau meine Mutter zu Tode kam. Ich habe gerade eine sehr schwierige Phase zu bewältigen, die
viele Fragen für mich und mein weiteres Leben auf-
wirft. Die meisten Antworten darauf kenne ich noch
nicht. Die Frage, wer meiner Mutter das angetan
hat, ist dabei von geringerer Bedeutung für mich als
das Warum. Sie dürfen so einen Standpunkt nicht
vertreten, denn das würde Ihren Beruf infrage stellen. Egal, was ich Ihnen jetzt erzählt habe: Wenn
Sie den Mörder meiner Mutter überführen und ich

weiß, was geschehen ist, wird es mir trotzdem helfen, meinen Frieden zu finden."

Er legte seine Hand auf ihre und entgegnete:

„Glauben Sie mir, ich verstehe genau, was Sie meinen. Wir Polizisten machen es uns in einem Punkt leicht, wir ermitteln nur und sind nicht diejenigen, die verurteilen. Wir übergeben unsere Verantwortung und die Täter der Justiz. Wir vertrauen auf deren Unabhängigkeit und deren Urteilsvermögen. Ich hoffe, wir finden den Täter."

Er blickte erstaunt auf den leeren Plätzchenteller. Nora stand auf, packte die letzten Plätzchen aus der Packung in eine Tüte und überreichte sie ihm mit den Worten:

„Für die nächste Kaffeepause."

Sein Widerstand war nur halbherzig und er nahm sie dankbar an.

Sie verabschiedeten sich. Nora war sich sicher, dass dies nicht sein letzter Besuch bei ihr gewesen war.

Sie fand, dass es Zeit wäre, sich wieder um ihre Arbeit zu kümmern.

Wenn sie eine Woche konzentriert von morgens bis abends durcharbeiten würde, wäre sie wieder auf dem Laufenden. Sie ging in ihr Büro, hörte die Mailbox ab und änderte den Ansagetext. Es gab drei ernsthafte Interessenten für die Kanzleinachfolge. Sie notierte deren Nummern und gab sie an Frau Werner weiter. Sie öffnete die Post der letzten

Tage, sortierte die Unterlagen, erledigte notwendige Anrufe und schrieb ein paar E-Mails. Dann begann sie, die Umlagenabrechnungen für den ersten Kunden zu bearbeiten. Nachdem sie diese fertig hatte, steckte sie alles in ein Kuvert und machte es für den Versand fertig.

Zwischendurch aß sie eine Kleinigkeit und arbeitete anschließend direkt weiter. Sie konnte für weitere zwei Kunden die Abrechnungen abschließen. Kurz vor vier Uhr beendete sie ihre Arbeit und brachte die Umschläge zur Post.

***

Als sie ihr Haus wieder betreten wollte, kam Benny mit Carmen und den Kindern vorgefahren. Sie winkten und bogen in ihre Einfahrt ein. Nora ging zu ihnen.

„Geht es dir gut, Carmen?", wollte sie wissen.

Carmen strahlte über das ganze Gesicht.

„Ja. Marlon auch. Willst du ihn mal sehen?"

Nora sah sich das kleine Wesen an und hoffte, Carmen würde ihr nicht anbieten, es zu halten. Sie tat es trotzdem. Obwohl sich Nora sträubte, drückte Carmen ihr den winzigen Marlon in den Arm.

„Du schaffst das schon. Es ist nur ein Baby. Es beißt und kratzt nicht", lachte sie und fügte hinzu: „Pass nur auf seinen Kopf auf."

Mit einem rohen Ei hätte sich Nora sicherer gefühlt. Sie fragte sich, warum man immer gesagt bekam, man solle auf den Kopf aufpassen. Sie hatte noch niemals gehört, dass einem Baby der Kopf abgefallen sei. Das würde sie irgendwann einmal Carmen fragen. Jetzt jedoch passte sie auf, dass es nicht gerade geschah, solange sie Marlon auf dem Arm hatte.

„Du musst keine Angst haben, sogar ich darf ihn schon halten und schaffe das", gab Lilli von sich.

Carmen befreite sie schnell wieder von der Verantwortung.

„Benny und ich haben uns gefragt, ob du vielleicht die Patentante von unserem kleinen Marlon sein möchtest?"

Nora war gerührt.

„Nichts würde ich lieber machen, aber leider geht das nicht, ich bin in keiner Kirche und soviel ich weiß, ist das die Voraussetzung dafür. Ich wäre aber gerne etwas anderes für deine Kinder, ich weiß bloß nicht was", lachte Nora.

„Da fällt uns bestimmt noch etwas dazu ein", erwiderte Carmen strahlend.

Die Familie Stuber ging ins Haus und Nora wandte sich ihrem Haus zu.

Sie öffnete die Tür und es war die Leere, die ihr entgegen prallte. Die Zeit mit Simone im Haus hatte etwas verändert. Vermutlich musste sie sich erst einmal wieder ans Alleinsein gewöhnen.

Sie blickte in Kühlschrank und Gefrierschrank. Darin gab es nicht viel, was sie begeisterte. Sie überlegte sich, etwas zum Essen zu bestellen, als sie ein freundliches „Huhuuu" vernahm, das eindeutig zu Rosi gehörte. Rosi schwenkte einen Blumenstrauß vor sich her und eine große Schüssel.

„Ich dachte, wenn du jetzt wieder dein Haus für dich hast, solltest du das feiern. Dazu gehören ein Blumenstrauß und ein paar Freunde. Hol schon mal den Wein raus, die anderen sind bereits auf dem Weg. Ich habe Nachtisch gemacht. Franka und Dirk haben Brot gebacken. Peter und Paul bringen einen großen Topf vegetarischer Bolognese, Parmesan und Nudeln mit. Die Nudeln kochen wir hier. Oliver hat eine Vorspeisenplatte vorbereitet. Er hat sich viel Mühe gegeben und sollte dafür gebührend gelobt werden."

„Du glaubst gar nicht, wie sehr mich das freut."

Nora war kurz davor, in Tränen ausbrechen. Das kannte sie so von sich überhaupt nicht. Das konnte nur mit dem Tod ihrer Mutter zusammenhängen. Die Anspannung der letzten Tage war zu viel für sie gewesen.

Für den Abend war Regen vorhergesagt und damit fiel das Sitzen im Garten aus. Sie deckten den Tisch im Wintergarten. Stellten Wein, Wasser und Blumen dazu. Holten noch den Gartentisch herein, damit alle genügend Platz hatten. Nora dachte ernsthaft über die Anschaffung größerer Tische nach. Nachdem alle eingetroffen und die Nudeln gekocht waren, erzählten sie sich beim Essen, wie sie die letzten Tage verbracht hatten. Nur Nora hielt sich zurück. Sie wusste, nach dem Essen wollten die anderen alles von ihr erfahren. Oliver wurde ausgiebig für seine Vorspeisenplatte gelobt. Rosis Ananascreme war raffiniert, aber einfach zuzubereiten. Susannes Brot war köstlich wie immer. Nur Peter beschwerte sich scherzhaft, dass keiner seine selbst gekauften Nudeln lobte. Alle lachten. Am Ende des Essens verteilte Nora Espresso und Dirk stellte eine Flasche Calvados auf den Tisch.

Danach fragte Dirk Nora, wie es ihr die letzten Tage ergangen sei. Sie erzählte, wie schön die Trauerfeier war und wie trostlos die Beerdigung.

„Am liebsten würde ich die Urne wieder ausgraben und hier im Garten beerdigen. Leider ist das verboten und deshalb getraue ich es mich nicht. Es fühlt sich kein bisschen richtig an, unter diesem Baum zu liegen. Die Urnen sind spezielle Urnen, die nach zwei Jahren verrotten und keine Belastung für die Umwelt darstellen. Das finde ich gut, den Rest nicht."

Es herrschte betretenes Schweigen, keiner gab einen Kommentar ab. Nora fuhr fort:

„Ich habe mich hier im Haus in all den Jahren absolut wohlgefühlt, mir hat nichts gefehlt, auch nicht nach der Scheidung. Jeden Tag mit meiner Schwester zusammen habe ich mir gewünscht, ich hätte mein Haus wieder für mich. Wir haben uns so oft gestritten. Nun ist sie erst seit gestern Vormittag weg und mir kommt mein Haus so leer und einsam vor. Ich war den ganzen Tag heute immer wieder am Weinen. Ich denke mal, das ist die Belastung seit dem Verschwinden meiner Mutter, die sich jetzt einen Weg sucht. Vermutlich geht es mir bald wieder besser. Ich bin sehr froh, dass es euch gibt und dass ihr hier bei mir seid. Ich fürchte, ohne euch hätte ich heute in Bergental ein Hochwasser mit meinen Tränen verursacht."

Am liebsten hätten jetzt alle Nora in den Arm genommen, um sie zu trösten, was dann erst recht zu der Überschwemmung geführt hätte, die es zu vermeiden galt. Dirk rettete die Situation, indem er fragte:

„Was haben denn die Ermittlungen inzwischen ergeben?"

Nora atmete tief durch und berichtete von ihrem, Peters und Oma Pötschkes Alibi. Sie informierte ihre Freunde über Kommissar Baldurs Prognose, dass er vielleicht nie den Täter finden würde. Einen kurzen Moment zögerte sie, ob sie Details zu Oma Pötschke preisgeben sollte, entschied sich dann aber für die Wahrheit, soweit sie ihr bekannt war.

„Ihr vermutet bereits, dass Oma Pötschke vor sechs Jahren in der Kanzlei meiner Mutter anrief und ihr die Schuld am Tod von Opa Pötschke gab. Das stimmt. Inzwischen habe ich durch einen E-Mail-Verkehr zwischen meiner Schwester und meiner Mutter in Erfahrung gebracht, dass meine Mutter diese Eichentruhe für 100 Euro Opa Pötschke abgekauft hat. Oma Pötschke war wohl kurz vorm Nervenzusammenbruch, weil dies das einzige Erbstück ihrer Eltern war. Opa Pötschke wollte die

Truhe wieder zurückkaufen. Meine Mutter verkaufte sie ihm für 2.000 Euro zurück. Das war zwar ein Verlustgeschäft von 1.900 Euro, aber noch lange kein Grund für einen Selbstmord. Der Grund lag im doppelten Boden der Truhe. Dort lag das eigentliche Vermächtnis von Oma Pötschkes Eltern: ein Bild.

Nachdem Opa Pötschke meiner Mutter die 2.000 Euro ausgehändigt hatte, ließ sie die Truhe abladen, stieg in ihr Auto und fuhr davon. Sofort danach öffneten sie den doppelten Boden und das Bild war nicht mehr darin. Ein weiterer Anruf bei meiner Mutter führte wohl dazu, dass sie meinte: Geschäft sei Geschäft und Dummheit gehöre bestraft. Das war der erste Anruf von Oma Pötschke in der Kanzlei, den Frau Werner erwähnte, dann folgte noch der zweite, ein paar Tage später, in dem sie ihr die Schuld am Selbstmord von Opa Pötschke gab."

Im Augenblick deuteten die Gesichtsausdrücke ihrer Freunde darauf hin, dass der ein oder andere Verständnis für den Totschlag ihrer Mutter aufbrachte.

Rosi fragte sofort nach:

„Was war das denn für ein Bild? Wo ist es jetzt?"

Alle sahen Nora gespannt an.

„Es war ein Gemälde von Paul Klee."

Peter zog hörbar Luft ein und blickte Nora entgeistert an: „Entartete Beutekunst nannte man seine Bilder während des Krieges, wenn sie von den Nazis gestohlen wurden. Wie kam Oma Pötschke beziehungsweise ihre Eltern an dieses Bild? Waren das Nazis? Was wurde daraus?"

„Meine Mutter ließ es bei dem Auktionshaus Christie's versteigern. Es erbrachte einen Erlös von 2,1 Millionen Euro."

Ein Raunen ging durch den Raum. Dann überschlugen sich die Stimmen.

Wieder übernahm Dirk die Regie:

„Ruhe, Leute, einer nach dem anderen. Ich vermute mal, dieses Geld ist Bestandteil des regulären Erbes. Es würde mich wundern, wenn sich Nora dazu noch keine Gedanken gemacht hätte. Also hören wir uns erst einmal an, was Nora dazu meint."

„Tatsächlich bin ich erst seit vorgestern im Besitz dieser Informationen. Aufgrund der ganzen Situation kann ich nicht sagen, dass ich alles konsequent zu Ende gedacht habe. Ehrlich gesagt habe ich versucht, das weitestgehend zu verdrängen. Das Erbe sieht so aus, dass Frau Werner und eine gemeinnützige Organisation etwas Geld bekommen. Meine Schwester bekommt ein Berliner Mietshaus und das Mietshaus in der Kreisstadt. Ich bekomme ein Mietshaus in Frankfurt sowie das Privathaus in der Kreisstadt. Wir bekommen jeweils zusätzlich 2 Millionen Euro. Ich habe mit meiner Schwester gesprochen und sie gefragt, ob sie bereit wäre, auf eine Million zu verzichten, damit wir

Oma Pötschke zwei Millionen zurückgeben könnten. Sie meinte, Geschäft sei Geschäft, unsere Mutter hätte nicht betrogen und sie würde ganz sicher die vermeintliche Mörderin unserer Mutter nicht auch noch bezahlen. Ich erwähnte, dass es auch Sinas Erbe sei, das berührte sie zwar kurz, änderte aber nichts an ihrer Einstellung. Bis zu diesem Gespräch fand ich es absolut richtig, Oma Pötschke das Geld zurückzugeben. Nun bin ich mir nicht mehr so sicher. Falls ihre Eltern dieses Bild einer jüdischen Familie gestohlen haben, steht es ihr nicht zu. Angenommen, dass sie meine Mutter im Affekt erschlagen hat, und anders kann es nicht gewesen sein, dann wäre es nicht richtig, ihr dafür auch noch zwei Millionen zu bezahlen. Ich fände das ziemlich makaber. Noch weiß ich nicht, ob Oma Pötschke für den Tod meiner Mutter verantwortlich ist. Deshalb bin ich so hin und her gerissen."

Darüber mussten alle erst einmal nachdenken.

„Du musst mit ihr reden. Die Polizei wird den Fall nicht aufklären. Ich bin sicher, dass du nach dem Gespräch klarer siehst und weißt, was du zu tun hast", trug Peter zur Diskussion bei.

Den restlichen Abend versuchten die Freunde, Nora durch andere Themen abzulenken. Rosi verabschiedete sich zuerst, zeitgleich mit ihr gingen auch Peter und Paul nach Hause. Kurz danach verabschiedeten sich Dirk und Franka.

Oliver half ihr noch, das restliche Geschirr abzuräumen.

„Wenn ich dazu beitragen kann, dass du dich nicht so allein fühlst, dann solltest du dich nicht scheuen, es mir zu sagen. Ich würde gerne bei dir bleiben", sagte Oliver.

„Das ist das Netteste, was ich heute Abend gehört habe und ich danke dir dafür. Ich mag dich von Herzen gerne, aber ich möchte kein Verhältnis mit einem verheirateten Mann", antwortete sie ihm mit viel Zuneigung im Blick.

Er nickte verständnisvoll, nahm sie in den Arm und küsste sie zärtlich auf die Wange.

„Das verstehe ich. Ich bin für dich da, wenn du mich brauchst."

Er ging zur Tür und drehte sich dort noch einmal um.

„Ich bin übrigens geschieden, Süße", sagte er, zwinkerte ihr grinsend zu und weg war er.

Nora erstarrte in der Bewegung. Das konnte doch nicht wahr sein. Sie dachte konzentriert nach. Rosi hatte gesagt, er hätte zwei erwachsene Kinder, tatsächlich hatte sie nicht gesagt, er sei verheiratet, das hatte Nora nur vermutet. Das eröffnete völlig neue Perspektiven. Selig lächelnd begab sie sich in ihr Schlafzimmer und dort ihren Fantasien hin.

# Samstag, 13. Juni

Den nächsten Tag arbeitete Nora konzentriert durch. Oliver rief an und fragte, wie es ihr ginge. Peter und Franka erkundigten sich auch nach ihrem Gemütszustand. Sie musste bei dem Gedanken grinsen, dass sie sich gestern noch einsam gefühlt hatte. Kurz vor 16 Uhr brachte sie wieder ihre abgeschlossenen Arbeiten zur Post, kaufte ein und schaute bei Rosi vorbei.

„Ich habe etwas über Oma Pötschke in Erfahrung gebracht. Ihr Vater war Jude, die Mutter verweigerte die Scheidung, deshalb holten die Nazis auch sie ab. Beide kamen im KZ ums Leben. Ihr Großvater väterlicherseits war ein vermögender Mann. Vermutlich stammte das Bild aus dessen Besitz."

Der nächste Kunde betrat den Laden und Nora konnte darauf nicht mehr antworten. Sie fuhr nach Hause. Dort überlegte sie, was sie mit dieser neuen Information anfangen sollte. Es gab der ganzen Angelegenheit eine weitere dramatische Wendung. Der Tag heute war anstrengend genug gewesen. Sie entschied sich, dass morgen auch noch Zeit für ein Gespräch mit Oma Pötschke war. Bereitete auf einem Teller etwas zu essen zu und zog sich mit einem Buch in ihr Schlafzimmer zurück. Simone war nicht mehr da und sie konnte, zur Freude ihrer Katzen, die Schlafzimmertür wieder offenlassen. Beide nutzten die Gelegenheit und kamen zu ihr ins

Bett. Nora dankte es ihnen mit ausgiebigen Strei-cheleinheiten. Während des Tages hatte sie viel an Oliver denken müssen. Irgendwann in nächster Zeit würde ihre Zeit kommen.

# Sonntag, 14. Juni

Am nächsten Morgen erwachte sie ausgeruht und optimistisch, dass alles wieder gut werden würde. Sie entschied sich, den Tag geruhsam zu beginnen. Erst einmal wollte sie nach ihren Pflanzen und den Pferden sehen. Den Pflanzen ging es gut. Auch die Pferde machten einen zufriedenen Eindruck. Nurabi hatte die letzten Tage an Mut gewonnen, er berührte Noras Hand und ließ sich von Nora kurz streicheln, bevor er davongaloppierte.

Auf dem Weg zurück zum Haus sah sie Peter mit einer großen Einkaufstasche durch den Vorgarten kommen.

„Was bringst du mir denn da Schönes mit? Bin ich schon wieder zum Essen eingeladen?", grinste Nora.

Peter grinste nicht. Mit der würdevollsten Stimmlage, die ihm möglich war, erwiderte er:

„Ich bringe dir die Urne deiner Mutter. Ich habe auch noch Blumenblätter bei Rosi geholt. Jetzt musst du nur noch entscheiden, ob wir zwei sie alleine beerdigen wollen oder ob du deine ganzen Freunde dabei haben willst. Ich habe alle gefragt, ob ich die Urne überhaupt holen soll, und alle waren damit einverstanden."

Das war eindeutig zu viel für Nora. Heulend fiel sie ihm um den Hals und konnte nur noch ein `Danke` von sich geben.

Sie suchten gemeinsam nach einem schönen Platz im Garten und entschieden sich für den Fuß einer alten Eiche. So hatte sie ihr gewünschtes Baumbegräbnis. Peter grub dort ein Loch aus und legte eine Platte darüber. Die Urne stellten sie vorübergehend in das Gewächshaus, da war sie sicher untergebracht. In Anwesenheit von allen Freunden sollte die Urne im Garten beerdigt werden. Nora wollte für den Abend Pizza und Salat bestellen.

Nora trug normalerweise ein sportlich-lässiges Outfit. An diesem Tag hatte sie das Bedürfnis, sich entsprechend dem Anlass etwas feierlicher zu kleiden. Sie zog ein ärmelloses, hochgeschlossenes, schwarzes Lederkleid an und passende Pumps.

Ihre Freunde hatten sie noch nie so gekleidet gesehen. Sie würden staunen.

Tatsächlich war es Nora, die staunte, als ihre Freunde eintrafen. Alle Männer erschienen in schwarzen Anzügen oder mit schwarzen Jeans. Auch die Frauen trugen Trauerkleidung. Nora war zutiefst berührt.

Gemeinsam begaben sie sich zur alten Eiche. Peter trug würdevoll die Urne vor ihnen her. Paul entfernte die Abdeckplatte. Die Urne wurde in ihrer letzten Ruhestätte beigesetzt. Jeder der Anwesenden streute eine Handvoll Blütenblätter von Rosi auf die Urne. Peter hielt eine kurze, aber berührende Rede, in der er versuchte, Gisela Esch in ihrer ganzen Bandbreite darzustellen. Im Anschluss begaben sich alle in den Wintergarten. Kurz danach klingelte es an der Haustür und der Lieferservice brachte das Essen. Wie es sich für einen richtigen Leichenschmaus auf dem Land gehört, wurde viel getrunken und gelacht. Nora gab etliche Anekdoten ihrer Mutter preis. Es war schon spät und Nora hoffte, dass Oliver sein Angebot, bei ihr zu bleiben, wiederholen würde, aber ein Anruf auf seinem Handy machte dies zunichte. Er musste zu einem Notfall und würde danach nicht wiederkommen.

# Montag, 15. Juni

Am nächsten Morgen ging Nora zu ihren Pflanzen ins Gewächshaus. Sie hatte vor einiger Zeit einen Ableger einer wunderschönen alten Kletterrosensorte in einen Eimer Wasser gestellt. Inzwischen hatte er Wurzeln gezogen und die ersten Triebe. Sie nahm ihre Blumenkelle, eine Gießkanne Wasser und den Wurzelstock und trug beides zur letzten Ruhestätte ihrer Mutter. Dort setzte sie den Rosenstock ein und stellte sich vor, wie sich die Kletterrose an der Eiche emporwinden würde. Ihr gefiel der Gedanke daran. Eine pflegeleichte Baumbestattung, wie ihre Mutter es sich gewünscht hatte. Es fühlte sich richtig an.

Auf dem Weg zurück, sah sie Oma Pötschke am Zaun stehen. Als sie auf sie zuging, fragte Oma Pötschke:

„Hast du etwas Schönes gepflanzt?"

„Eine alte Kletterrosensorte, die sich um die Eiche winden soll."

„Das sieht bestimmt gut aus. Ich wollte dich fragen, ob du Lust hättest, heute Nachmittag zu mir zum Kaffee zu kommen?"

In all den Jahren war das noch nie vorgekommen. Sie hatten immer nur am Zaun oder auf der Straße miteinander gesprochen.

Nora erhoffte sich ein paar Antworten.

Was Oma Pötschke erwartete, wusste sie nicht.

„Ich komme gerne", antwortete Nora und meinte es auch so.

Mit einem selbst gepflückten Strauß ihrer eigenen Blumen klingelte sie nachmittags an Oma Pötschkes Haustür.

Diese führte sie in ihr Wohnzimmer. Es war klassisch altdeutsch eingerichtet. Sogar einen röhrenden Hirsch gab es über dem Sofa. Auf dem Couchtisch stand eine richtige Kaffeekanne mit Tropfenfänger, ein Milchkännchen mit flüssiger Sahne, eine Zuckerdose mit Würfelzucker, eine Tortenplatte mit selbst gemachtem gedecktem Apfelkuchen und eine Glasschale mit geschlagener Sahne. Dazu hatte sie passende Kuchenteller sowie Tassen und Untertassen gestellt. Das komplette Geschirr war weiß mit Goldrand, nicht für die Geschirrspülmaschine geeignet, was keine Rolle spielte, denn Oma Pötschke besaß keine. Zunächst erzählte Oma Pötschke von ihrer Zeit an der Ostsee und wie schön es dort gewesen sei. Nora hatte noch nie jemanden so begeistert Strand und Meer beschreiben gehört. Danach erzählte Nora vom Besuch ihrer Schwester und der Trauerfeier ihrer Mutter. Nora lobte den Kuchen, der wirklich köstlich schmeckte.

„Ich habe dich eingeladen, weil ich dich sehr mag", begann nach dem Essen Oma Pötschke das Gespräch, „ich werde dir nun eine Geschichte erzählen. Es bleibt dir überlassen, ob du am Ende zum Ergebnis kommst, ob sie wahr ist und sich genau so zugetragen hat oder ob es nur eine Geschichte ist. Für mich ist es nur eine Geschichte, ich erzähle sie nur dir und nur ein einziges Mal."

Nora nickte und hörte aufmerksam zu.

„Es war einmal ein kleines Mädchen, zwei Jahre jünger, als Lilli jetzt ist. Nennen wir sie hier Selma. Sie lebte glücklich mit ihren Eltern in einem kleinen Dorf. Auch ihre Tante, ihr Onkel und ihr Cousin wohnten dort. Eines Tages nahmen ihre Eltern sie mit zu ihren Verwandten. In der Werkstatt, in der ihr Vater und ihr Onkel oft miteinander arbeiteten, stand eine alte Truhe. Der Vater zeigte dem sechsjährigen Mädchen die Truhe und sagte zu ihr: ‚Was auch immer geschieht, meine Kleine, du musst gut auf diese Truhe aufpassen und darfst sie niemals hergeben. Wenn es dir jemals schlecht geht im Leben, aber wirklich nur dann, dann öffne sie und du wirst im Boden der Truhe ein Geheimnis entdecken, das dir weiterhilft.' Das kleine Mädchen presste ihre einzige Puppe, die sie besaß, fest an sich und versprach es ihrem Vater. Danach gingen sie ins Haus der Verwandten. Ihre Eltern teilten ihr mit, dass sie jetzt bei ihrem Cousin schlafen müsste, weil sie wegmüssten. Sie wollte tapfer bleiben, aber als sie sah, dass ihre Eltern weinten, klammerte sie sich schreiend an ihre Mutter und wollte sie nicht gehen lassen. ‚Es wird bestimmt alles gut, mein Schätzchen', sagte ihre Mutter zum Abschied und gab die Kleine ihrer Schwägerin auf den Arm. Die Eltern verließen fluchtartig unter Tränen das Haus. Das war das letzte Mal, dass das kleine Mädchen ihre Eltern sah. In der folgenden Nacht holten die Nazis ihre Eltern und brachten sie ins KZ Sachsenhausen, wo sie kurz danach ermordet wurden. Ihr Haus wurde geplündert und bekam einen neuen, nicht-jüdischen Besitzer. Ihre Tante erklärte ihr, dass sie sich jetzt tagsüber immer verstecken müsste und nicht mehr zum Spielen rausdürfte. Ihr Cousin verbrachte viel Zeit mit ihr. Er war acht Jahre älter als sie. Er tröstete und beschützte sie. Nach einem Jahr war der Krieg vorbei und sie durfte ihr Versteck wieder verlassen und draußen spielen. Ihre Tante und ihr Onkel behandelten sie, als wäre sie deren Tochter, sie wurde geliebt und es fehlte ihr an nichts. Sie litt weder Hunger noch musste sie flüchten. Deshalb blickte sie nie in die Truhe, das hatte sie ihrem Vater versprochen. Es war nur folgerichtig, dass der wichtigste Mensch ihres Lebens, ihr Cousin, den sie mehr liebte als alles andere auf der Welt, ihr Ehemann wurde. Sie bekamen einen Sohn und viele Jahre später eine Enkelin. Ihre Puppe hatte das kleine Mädchen, das inzwischen eine erwachsene Frau war, noch immer."

Nora standen Tränen in den Augen und sie betrachtete die armselige Puppe, die auf dem Sessel in der Ecke saß. Sie stellte sich vor, wie sehr diese geliebt worden war und was sie alles erlebt hatte.

Oma Pötschke trank einen Schluck Wasser und fuhr fort:

„Selma lebte nach dem Tod ihrer Schwiegereltern weiterhin in deren Haus. Eines Tages, viele

Jahre später, überkam sie die Neugier und sie öffnete die Truhe. Diese hatte einen doppelten Boden und darin befand sich ein Bild. Sie informierte sich und stellte fest, dass es sich dabei um ein sehr wertvolles Gemälde handelte. Es gab auch einen Brief dazu, datiert auf Juni 1912. In diesem stand, dass der Maler ihrem Großvater sehr zu Dank verpflichtet, aber leider nicht in der Lage sei, ihn finanziell zu entschädigen. Für sein Einverständnis, statt Mark ein Bild als Entlohnung anzunehmen, dankte der Maler ihrem Großvater herzlich. Selma hatte einen schönen Druck in ihrem Wohnzimmer hängen und wollte nichts in ihrem Leben verändern. Sie legte das Gemälde wieder in die Truhe. Sie setzte ein Testament auf, vermachte darin das Bild ihrer Enkelin und schrieb ihr die Geschichte des Bildes auf. Den Brief des Malers an ihren Großvater legte sie dazu. Aber es kam anders. Sie hatte nie jemandem von dem doppelten Boden erzählt, auch ihrem Mann nicht. Dieser verkaufte die Truhe für 100 Euro, kaufte sie für 2.000 Euro zurück und das Bild war nicht mehr vorhanden. Er gab sich die Schuld am Nervenzusammenbruch seiner Frau und am Verlust des Erbes seiner Enkelin und nahm sich kurz danach das Leben."

Oma Pötschke erzählte ihr diese Geschichte mit der Distanziertheit einer Märchenerzählerin. Wer so viel erlebt, und durchgemacht hatte wie sie, hatte am Ende seines Lebens vielleicht keine Tränen mehr zur Verfügung. Ungerührt fuhr sie fort:

„Einige Jahre später, begegnete sie der damaligen Käuferin der Truhe durch Zufall vor ihrem

Haus. Völlig geschockt, sie wiederzusehen, bekam sie Angst, dass sie ihr noch mehr wegnehmen wollte. Sie konnte sich keinen anderen Grund vorstellen, warum diese Frau erneut vor ihrem Haus auftauchte. Der Gedanke war zwar unlogisch, aber das begriff sie in diesem Augenblick nicht. In ihrer Panik beschimpfte sie die Frau, was dazu führte, dass die damalige Käuferin auch wütend wurde. Sie stritten sich heftig."

Nora war nicht in der Lage, weiter zu atmen. Gerade erfuhr sie, wie ihre Mutter zu Tode gekommen war. Oma Pötschke fuhr fort:

„Vor lauter Aufregung geriet Selma ins Straucheln und fiel rückwärts in ihre Hecke. Trotz ihrer misslichen Situation schimpfte die damalige Käuferin weiter. Genau in diesem Augenblick erschien ihre Nachbarin. Sie kam gerade vom Einkaufen zurück. Sie dachte, die fremde Frau hätte Selma angegriffen und wollte schlichten. Das führte dazu, dass die Frau auch sie beschimpfte."

Jetzt verstand Nora plötzlich die Geschichte nicht mehr. Sie war nicht dazu gekommen, das wusste sie ganz genau. Was erzählt Oma Pötschke denn da für einen Blödsinn, fragte sie sich.

„Die Nachbarin geriet zwischen die Fronten, sah sich bedroht, wollte sich nur wehren und holte mit ihrer vollen Einkaufstasche aus. Sie traf die Frau damit am Oberarm. Unglücklicherweise befand sich in der Einkaufstasche eine tiefgefrorene Lammkeule, deshalb war der Schlag wohl etwas zu heftig ausgefallen. Die Frau stürzte und schlug mit dem Kopf auf die Bordsteinkante auf. Sie war sofort tot."

Oma Pötschke hielt erschöpft inne. Nora war schockiert und sprachlos. Was sollte das mit der Nachbarin. Sie war Vegetarierin und kaufte keine Lammkeulen, weder frisch noch tiefgefroren.

„Möchtest du wissen, wie die Geschichte weitergeht?", fragte Oma Pötschke.

Nora nickte, unfähig zu antworten.

„Als die alte Frau und ihre Nachbarin sahen, was sie angestellt hatten, riefen sie die Schwester der Nachbarin zu Hilfe. Innerhalb weniger Minuten war sie vor Ort. Die Schwester, nennen wir sie hier mal Carola, fuhr das Auto der Toten zunächst in die Garage und die Tote trug man auch dort hinein. Selma, die verreisen wollte, wurde ein paar Minuten später von ihrer Freundin abgeholt, die von alledem nichts mitbekam. Carola fuhr nachts das Auto nach Frankfurt an den Flughafen, man wollte niemand anderen hier in Bergental belasten. Das Auto zu ihrem Wohnhaus in der Kreisstadt zu fahren, wäre sinnvoller gewesen, aber sie wussten nicht, wo dieses war. Carola brachte es nicht fertig, mit der Leiche im Auto so weit zu fahren. Die Leiche lud sie an einer Stelle ab, wo sie sehr schnell gefunden werden sollte. Sicherlich hätte es auch dafür einen besseren Platz gegeben. Dass es infolge des Wetters so lange dauerte, bis man sie fand, war nicht absehbar. Sie waren keine Profikiller, sie machten Fehler. Selma hatte aufgrund ihres hohen Alters eine leichte Blasenschwäche und für diverse

Mitfahrgelegenheiten wasserdichte Sitzauflagen im Haus. Sogar noch eine original verpackte. Man hörte ja immer etwas von DNA in den Krimis, deshalb wurde diese Auflage über den Sitz gezogen, damit Carolas DNA dort nicht gefunden werden konnte. Weiterhin trug sie Gummihandschuhe. Sie fuhr mit dem Zug von Frankfurt zurück und ihre Schwester holte sie vom Bahnhof in der Kreisstadt ab."

Oma Pötschke legte eine kurze Pause ein. Nora verharrte in einer Art Schockstarre und hoffte gleichzeitig, jedes noch so kleine Detail zu erfahren. Oma Pötschke schenkte sich und Nora noch einmal Kaffee nach und beendete ihre Geschichte mit folgenden Worten:

„Wer in dieser Geschichte ist der Schuldige? Selma, die wütend wurde und diesen Prozess erst ins Rollen brachte? Die Nachbarin, die Selma nur helfen wollte und sich letztendlich selbst bedroht sah? Carola, die Angst hatte, dass vier Kinder ohne Mutter aufwachsen und die alles dafür getan hätte, um ihre Schwester zu beschützen? Es liegt nun an dir zu entscheiden, ob du mir glaubst, dass dies eine fiktive Geschichte ist oder sie für real hältst."

Nora atmete tief durch, setzte sich aufrecht hin und trank einen Schluck Kaffee. Oma Pötschke ließ ihr alle Zeit der Welt, sie verstand, dass Nora die Geschichte erst einmal überdenken musste. Nora schaute lange die Puppe auf dem Sessel an. Sie stand auf, nahm die Puppe und setzte sich wieder auf die Couch. Sie sah Oma Pötschke nicht an, als sie mit der Puppe zu sprechen begann:

„Liebe kleine Puppe, du hast schon einmal in deinem Leben eine schwere Aufgabe gemeistert, indem du die beste Freundin, die verlorene Mutter und der verlorene Vater gleichzeitig für ein kleines Mädchen warst. Du hast schlimme und gute Zeiten erlebt. Aber in all der Zeit wurdest du nie vergessen und immer geliebt. Es wird Zeit, dass du zur Ruhe kommst. Noch einmal von vorne beginnen und vier kleine Kinder trösten zu müssen, die Mutter und Tante verloren haben, hast du nicht verdient. Es kann nicht richtig sein, dass Kinder ohne ihre Eltern aufwachsen müssen. Sie, die Unschuldigen, leiden darunter am meisten."

Nora setzte die Puppe wieder auf ihren Sessel, streichelte ihr über die strohigen Haare. Sie ging zurück zur Couch, trank noch einen Schluck Kaffee und wandte sich an Oma Pötschke:

„Mich interessiert noch ein Teil der Geschichte, den du mir bisher nicht erzählt hast."

Oma Pötschke wirkte gleichzeitig erleichtert und erstaunt:

„Welcher Teil soll das sein?"

„Die Erben der Käuferin müssen sich wegen des Bildes noch mit dieser Selma einigen."

„Dieser Teil der Geschichte ist noch nicht geschrieben, aber ich bin mir sicher, dass auch dieser Teil der Geschichte für alle gut ausgehen wird."

„Ich auch", antwortete Nora und erhob sich. Sie bedankte sich bei Oma Pötschke für Kaffee und Kuchen. An der Haustür drehte sie sich noch einmal um und sagte:

„Ich finde, du kannst gute Geschichten erzählen. Kommissar Baldur hat mir übrigens gesagt, dass es mehr als unwahrscheinlich ist, dass der Mörder meiner Mutter jemals gefunden wird."

Oma Pötschke standen Tränen in den Augen und sie schickte ihr ein „Danke" hinterher. Nora, die sich bereits abgewandt hatte, hob ihre Hand und winkte, ohne sich noch einmal umzudrehen.

# Epilog

Zwölf Wochen später.

Oma Pötschke und Nora hatten sich darauf geeinigt, dass Nora ein Aktienpaket in Höhe von einer Million Euro auf den Namen von Sina übertragen sollte. Mehr lehnte Oma Pötschke kategorisch ab. Nora rügte sie noch, was den Ausgang der Geschichte anging. Sie fand, die Geschichte hätte sich besser angehört, wenn alle Beteiligten die Polizei gerufen hätten. Oma Pötschke gab ihr Recht. Sie hatte Carmen über das Gespräch informiert. Diese war daraufhin bei Nora erschienen, fiel ihr weinend in die Arme und entschuldigte sich bei ihr. Als sie Gisela Esch mit Oma Pötschke streiten sah, war sie zunächst nur wütend. Als diese dann anfing, sie zu beschimpfen und einen Schritt auf sie zumachte, bekam sie Angst um ihr ungeborenes Kind. Sie reagierte instinktiv und dachte in diesem Augenblick nicht an die tiefgefrorene Lammkeule in ihrer Einkaufstasche.

Auch Carola kam vorbei und entschuldigte sich bei Nora. Vieles, was sie getan hatte, ergab im Nachhinein keinen Sinn. In der Situation, in der sie sich befand, hatte sie kopflos reagiert und machte so viele Fehler, wie man nur machen kann, wenn man das erste Mal in seinem Leben eine Leiche entsorgt.

Nora putzte jetzt regelmäßig mit Lilli die Pferde, entdeckte ihre Freude am Geschichtenerfinden, was bei allen Stuber-Kindern gut ankam und verlor ihre Angst vor Säuglingen. Carmen drückte ihr immer öfter Marlon in den Arm und Nora entspannte sich im Umgang mit ihm. Sie passte gut auf sein kleines Köpfchen auf und war zuversichtlich, dass ihm nicht sein Kopf abbrach, während sie ihn betreute. Ebenso wie Carmen, die Noras diesbezügliche Ängste lachend kommentierte:

„Bei dir ist er in absoluter Sicherheit. Keiner geht so vorsichtig mit ihm um wie du."


Ihren Freunden hatte Nora glaubhaft versichert, dass Oma Pötschke nicht die Mörderin ihrer Mutter war. Sie erzählte ihnen eine Geschichte und alle fanden die Geschichte sehr traurig. Alle bestätigten ihr, dass sie dies für eine fiktive, statt eine reale Geschichte halten würden. Nur Dirk gab zu bedenken, dass ein unaufgeklärter Mordfall immer Schatten des Zweifels auf unbeteiligte Dritte werfen könnte. Dem Problem wollten sie sich gemeinsam stellen, wenn dieses aufkommen würde.


Für die Kanzlei ihrer Mutter hatte sich ein Nachfolger gefunden. Er war froh, dass Frau Werner bei ihm bleiben wollte. Frau Werner fand ihn ausgesprochen sympathisch.

Nora war jetzt eine reiche Frau. Sie dachte aber nicht daran, deshalb viel in ihrem Leben zu verändern. Sie behielt ihre Firma und arbeitete weiterhin. Sie blieb in ihrem Haus wohnen. Sie unternahm keine weiten Reisen und kaufte sich keinen teuren Schmuck. Aber ein paar neue Dinge gönnte sie sich doch. Als Erstes kaufte sie zwei große Tische. Einen für den Wintergarten und einen für den Garten. Nun passten alle ihre Freunde an eine Tafel. Die zweite Anschaffung erfüllte ihr Herz mit großem Stolz: Sie durfte nun Nurabi ihr Eigen nennen. Franka bot ihr an, die Jahre, bis er alt genug zum Reiten war, auf ihren Pferden zu reiten und ihr auch bei der Ausbildung von ihm behilflich zu sein. Lilli fand, das sei die beste Entscheidung in Noras Leben und fragte, ob sie Nurabi auch reiten dürfte, was Nora bejahte. Nora fand jedoch, dass es ihre zweitbeste Entscheidung gewesen sei. Die Beste war Oliver.

Oliver rief an und berichtete ihr, dass er in einer Notlage sei. Er fragte Nora, ob sie vielleicht bereit wäre, ihm kurzfristig auszuhelfen. Ohne zu fragen, um was es sich handelte, erklärte sie sich dazu bereit. Er sagte, er käme gleich vorbei. Nora fragte sich, in welche Notlage Oliver geraten sein könnte. In den letzten Wochen waren sie sich nähergekommen. Die Glut, von der Nora schon so lange geträumt hatte, entpuppte sich als tosender Steppenbrand. Allein bei dem Gedanken an das Zusammensein mit ihm wurde Nora heiß. Sie hätte sich niemals zu träumen gewagt, dass eine Liebe gleichzeitig so leidenschaftlich und wohlig warm sein konnte. Sie war in der Küche, als sie ihn mit einer großen Kiste durch den Garten kommen sah. Er stellte den Karton auf den neuen großen Tisch. Sie kam ihm entgegen. Er zog sie an sich und küsste sie.

„In welcher Notlage bist du denn?", fragte sie.

„Diese Kiste hat jemand bei mir vor die Praxis gestellt. Anonym. Ich bringe es nicht über das Herz, sie in die Kreisstadt zu fahren. Ich habe zurzeit sehr viel in der Praxis zu tun und kann mich selbst nicht ausreichend darum kümmern. Deshalb wollte ich fragen, ob du dich vielleicht so lange darum kümmern kannst, bis ich jemanden dafür gefunden habe."

Er öffnete die Kiste und Nora warf einen Blick rein.

„Nein", entfuhr es ihr, „das kann ich nicht."

Damit hatte Oliver nicht gerechnet. Aber selbstverständlich würde er es akzeptieren.

„Kein Problem", sagte er.

„Doch", antwortete sie grinsend, „kümmern kann ich mich, aber wieder hergeben kann ich nicht."

Dann fiel sie ihm um den Hals und küsste ihn.

Er griff in den Karton und holte den wuscheligsten und niedlichsten Hundewelpen aus der Kiste, den Nora jemals gesehen hatte und drückte ihn in ihre Arme. Sie strahlte über das ganze Gesicht.

„Das dachte ich mir", lachte er, „und vermutlich muss ich in Zukunft auch noch das Bett mit ihm teilen."

„Davon kannst du ausgehen", strahlte sie und war sich in dieser Sekunde bewusst, wie glücklich sie war.


Sie blickte Richtung Garten und sah, dass die Kletterrose an der alten Eiche in voller Blüte stand.


**ENDE**

# Nachwort

Liebe Leser/innen,

Ich hoffe, das Buch hat Ihnen gefallen und Sie hatten Freude daran, eine kurze Zeit das Leben von Nora und ihren Freunden zu begleiten.

‚Bergental' ist ein fiktiver Ort. Es gibt viele Orte im Vogelsberg die Bergental sein könnten.

Dies ist ein Roman. Alle Figuren und die Geschichte sind frei erfunden. Ähnlichkeiten mit real existierenden Personen, Firmen oder Gegebenheiten sind rein zufällig und nicht beabsichtigt.

Herzlichst

Ihre

Cynthia Lotz

## Die Autorin

Cynthia Lotz, geboren in Langen, lebt seit vielen Jahrzehnten im Vogelsberg.

Zu ihrem Hausstand gehören Pferde und Katzen.

## Danksagung

Ich danke meinem Mann Reinhold für seine Unterstützung und Geduld. Ebenso meiner Freundin Simone für ihre Mühe und ihre ehrlichen Kommentare.

Cynthia Lotz

Dezember 2020

Zeitfracht Medien GmbH
Ferdinand-Jühlke-Straße 7
99095 Erfurt, Deutschland
produktsicherheit@kolibri360.de